张皓宸 著

后来 时间

A MATTER OF LOVE

都与你有关

天津出版传媒集团

天津人民出版社

目录

前　言

P　R　E　F　A　C　E

　　时间的跨度不过是一次遇见和告别，短的是三两行情诗，长的是用一生陪伴。而我往时间里看一眼，只能看见你，当我看你一眼，便看见整片后来时间。

　　这本书从秋天起笔，初夏结束，是我出版过的书里，字数最多的一本。写作过程中我几乎掏空了所有的情绪与感受。文字本是一场梦境，带人窥探相同情感的另一个世界，在这完全虚构的9个故事里，如果有幸某段情感让你感同身受，让我们隔空击个掌，或许这就是灵魂的相遇。

　　人这一生只有900个月，也就是一张30×30的表格。要如何定义这本书，它或许像是用文字搭载的影像世界，不敢大言不惭地在我这个年纪讨论人生，只能用不成熟的感受，去寻找时间给我们的答案。

这些故事，或许像一个沙漏，提醒你要珍惜身边的人，像一架时间机器，让你重视每一次选择，像一双粗糙而宽厚的手，轻抚你不敢再去爱的心，抑或是一张红牌，一盏红灯，告诉你那些执迷不悟的事是时候放手了。

有些故事多看几遍，慢点读它，或许会有不同的感受，希望这本书能在你的周围，占据你记忆里一小块空位。

愿那个在乎你的人，会让你住进他的日常，保护你的天真，给你伤害他的权力。他知道你一个人不行，或许过去没来得及参与，但未来里一定会有你。他不是为了你而来到这个世界，但会因为你，觉得不虚此行。

这个人，可以是你情感世界的任何对象，也可以是你自己。

后来时间都与你有关，还好是你，成为我的喜欢。

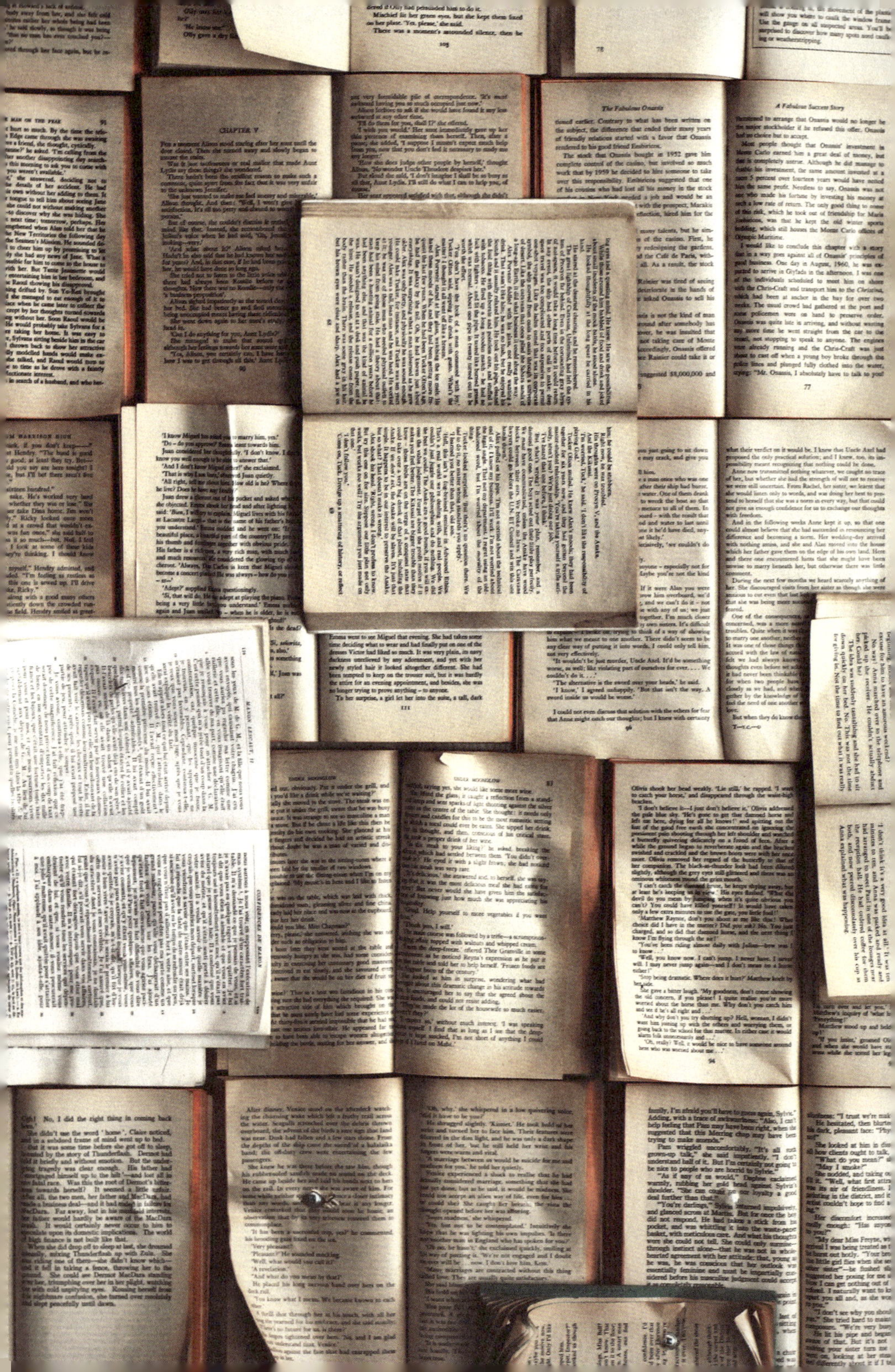
CHAPTER V
The Fabulous Onassis
A Fabulous Success Story

05:30　　　　AM

01

DAYDREAMING
&CONFESSION

白日梦

告白书

很多事情，差一点就可以。
海滩差一点才能遇见海浪。
出租车差一点就能等到乘客。
情歌歌词差一点就能被有心人听懂。

要要爱的时候，差一点才真被爱上。
但那一点，化络要付出很多代价。

01

DAYDREAMING

&CONFESSION

001/

当初跟××先生在一起的时候，欣赏他的主动与忠诚、藏不住的孩子气与天真、元气满满，但没想过他有一个隐藏技能是说情话。

事情是这样的：因为近两个月开项目会，作息稍微乱了点，体重不争气地稳重了点，于是脸和肚子上的肉齐头并进，每次想问题想躁郁了，我就会玩自己肚子。

××先生在旁边看老港片，E罩杯大胸妹从泳池里出水，此时他回头看我一眼，然后继续看他的电影，表情略微绝望。

我不爽地问："干吗，有比较有伤害吗？"

他淡淡地回："挺好的，别的男人喜欢上面那一圈，我比较喜欢下面这一圈。"

虽然听着有点耻辱，但也被甜到了。从此说服自己，多长一圈肉,他就多喜欢我一寸。

哦,忘了说,为什么叫他××先生,因为不想给他太多存在感,名字就懒得取了。

002/

其实严格来说,我不是一个合格的CEO。

只是碰巧做了喜欢的事,公司又有一百多号人等着喂饱,必然每天妆容精致、走路生风告诉他们老娘倒不了,必然在见风投基金的时候于一堆数字之间的变量啊逻辑中找到底气,必然要在"你怎么平衡职业与家庭"这种愚蠢问题前强忍怒气,开玩笑说买个秤。

外界有很多定义女强人的词:强势、控制欲、压迫感。曾经有一段时间,我的脸上像长了个句号,同事碰到我话题就收尾了。我听不到批评,看着一张张病态的笑脸和漂亮的成绩单,满脑子都是自己很优秀的泡沫,一度以为久了我会慢慢变成自己想嫁的那种人,直到遇见了××先生。

尽管他也同样优秀,但我一直很怕××先生被人说是小白脸,吃软饭。

有一次××先生跟朋友聊起投资餐厅的事,刚好我听见说是差点钱,请不到法国的厨师,我提出赞助,但他立刻就拒绝了。睡前,我刻意转了条鸡汤到朋友圈,大意是说,活着,就不要在乎别人的看法。

我趴在床上,××先生上来拍了拍我的屁股,撒娇道:"这年头,'财'貌双全的女人不好找了。"

我特别想踹他,转过身就不自觉埋到他怀里了。

他抱着我说："投资也讲究缘分的，'差一点'就是老天爷告诉你这不是你的。没关系啦，喜欢你是我这辈子做过最稳赚不赔的投资了。"

他总有特别的办法让我开心。

女强人在爱情面前不过也是女人，也要围于昼夜、厨房与爱，可能外人不理解，其实女人最强大的一面，叫作温柔。

003/

我们刚谈恋爱那会儿，我爸是第一个知道的。我家的"催婚"人员配置一直反套路，我爸热衷于给我找对象，反而我妈总以一个大学教授的身份叮嘱我，宁缺毋滥，要往高处看，天上才有宝贝。

带××先生去见我爸的路上，他盯着我看，末了丢下一结论："你爸的脸肯定很方，不然你怎么长得这么正。"

我猛地一转方向盘："你紧张就说紧张，别拿我开涮！"

因为我爸的脸型非常鹅蛋。

他见到我爸第一句话说："叔叔好帅啊，这脸型跟打了瘦脸针一样。"

后来我们决定结婚那天，我爸喝到断了片儿，趴在我耳边说："我第一眼见××的时候，就特别喜欢这个孩子，实诚。"

实诚？老爸你这些年瞒着我做了什么？

004/

讲真，我有时也挺受不了自己的。

最近看了某青春文学女王的书，我跟××先生吐槽那些只能感动小学生的非主流桥段："完了，我觉得这种少女文全都打动不了我，我心里应该住着个男人。"

××先生说："对啊，我住在里面，谁敢打一打动一动试试？"

看完电影《我的少女时代》，又找回久违的少女心。××先生穿着一件连帽卫衣，我怎么看怎么顺眼，于是在大马路上犯花痴，不自觉想到一个作死的问题。

我问他："你以前比较喜欢我，还是现在比较喜欢我啊？"

他咬着冰棍，含混地说："我未来比较喜欢你。"

好啦！就让你当一晚的徐太宇。

005/

我有一个明星朋友Q，你们不用猜名字了，只是我刚好看到手边有张扑克牌，黑桃Q。Q是典型的热心肠，很好奇她红成这样平日是怎么对我们这些平民的烦恼了如指掌的。那段时间是我入行以来最忙最焦躁的时期，压力大到一度有过好几次解甲归田的念头。她没问我，直接给我订了飞夏威夷的机票，于是我抛弃××先生，她甩掉经纪人，两个傻女去岛上浪。谁知道××先生竟然不回我信息，我就隔着大洋跟他吵了一架，直接微信拉黑，电话拒接。后来我才知道其实××先生在创作期，扛的压力比我还大。

回来拥抱他的时候，才看清他脑袋上白头发都蹿出来好多根。

晚上我们在超市买了两瓶染发剂，神经兮兮地回家自己染头发。

他好认真地帮我套上塑料膜，仔细研究一番后，煞有介事地说:"别把衣服弄脏了,干脆裸体吧。"

"哦。"我还真脱了。

然而那晚我们并没有染成头发。

要说××先生给我的全部感受,用电影《Her》里的台词可以概括:风雨里像个大人,阳光下像个孩子。

好男人会让女人一直做个没心没肺的good girl,一个好女人会想让男人努力 be a better man。

006/

我们暧昧的最后一天,是2·14"屠狗节",我俩的微信对话是这样的。

××先生:"情人节快乐,祝你早日脱单。"

我回:"也祝你早日脱单。"

"那我们为什么不在一起啊?"

"是啊,确实没做好人才配置。"

我们热恋的时候,他会半路"劫持"外卖小哥,把我点的外卖里三层外三层套上盒子。

我打开第一层,上面贴着便签,问:"你想我吗?"

想立刻下去跟他吃饭,不想继续打开。

第二层:"再给你个机会,好好想想。"

想立刻下去跟他吃饭,不想继续打开。

第三层:"好,你赢了,我上来陪你吃。"

我们决定结婚，要感谢那顿杂志推荐的日料。去之前我成竹在胸地跟××先生打赌，好吃，他埋单；难吃，我埋单。

结果那顿日料难吃到我如果睁眼说瞎话都会遭天谴的地步。

我吃了一肚子气，掏出信用卡："我埋单吧。"

"那结婚证，我埋单吧。"他说。

007/

我想过我人生的结局。

我也想过那些"身为一个女强人的体验"里的标准答案。

哪怕相亲过程中，男方中途"尿遁"，我也会岁月静好地埋单之后独自回家。哪怕揭开时间的骰盅是清一色的孤独，我也无话可说。因为我相信幸福和衰就像是动能和势能，在一定条件下相互转化，但最后两者都是守恒的。如果这一秒衰到极点，那下一秒一定会触底反弹。

直到遇见××先生，我知道我的明天开始变得不一样了。

单单把新写的文发布到微博，瞬间成百上千的评论涌进来："狗粮来了""100000点暴击""一日一屠"。她满足地合上电脑，今夜又是一场好眠。

每天早晨8：45，单单都会准时出现在公司对面的街口。8：50，鹿游原会穿着衬衫，端着一杯热咖啡从旁边走过来，单单刚好假装偶遇跟他打招呼。

完美的一天要从这样完美的偶遇开始。

公司里有人讨论昨天白芷的更新。她跟××先生的小日常羡煞旁人，吸引了大票粉丝，通杀各个年龄段。

单单轻轻坐到位置上，侧头看了眼鹿游原，打开文章开始校对。

这是一家小而精的图书公司，专攻年轻市场，主推穿越鸡汤小暖文，偶尔来点文艺散文调和，成绩亮眼，是出版市场里一支新秀。单单刚来公司一个月，情商不以"高""低"计算，只能说还"有"，毕业之后换过三次工作，也没能把她改头换面，仍然是活脱脱一个平凡妹子，茫茫海里的一枚贝壳，跟着浪走。坐在单单旁边的，是两个编辑，卷头发的叫小萨，每天都抱着一头猪的公仔；另一个戴红框眼镜、穿棉麻裙子的大龄女文青叫慢慢，目前除了喜欢黄渤、说话慢以外暂没发现其他存在感。坐在最里面的是设计黄桑（皇上），身高一米八，性取向不明。皇上的设计能力是随他吃没吃好这个标准上下浮动的，最近畅销到盗版摊上都铺满的言情书是他做的，库房里堆着的那些也是。坐在对桌的这位，名字跟脸一样让人服气，上辈子应该苦念经书千百遍，才能姓鹿，还得投胎到一对有文化的爸妈家里，才能名游原，天时地利人帅，不公平三个字就这么写的。还有这个正朝她走过来的，犹如脚踩维多利亚秘密舞台、屁股开着振动模式的，是她的项目经理Lisa。

"单单，看看你二校的稿，我随便看一眼，就能揪出俩错别字。"Lisa叉着腰。

"Lisa姐，我叫单单，那个字用作姓的时候……读shàn。"单单弱弱地说。

"我管你是山丹丹还是红艳艳，需要你来教我拼音吗？"

做错了事儿就得挨着，更何况怼天怼地不怼美人，单单老实受着骂，蜷在座位上一动也不敢动。

对于名字，单单一直都耿耿于怀。爸妈起的名儿太随便了点儿，以至于她的人生也显得过于随便。随便的长相，随便的性格，随便的运气。在这座能食人的大城市里以为靠着一腔孤勇，就能看见自己的光，但只有努力过，才发现人跟人的差距真的是大到不公平。

就像她来这个公司遇见鹿游原，虽然感叹世界的不公，却又想跟这个不公平产生交集。要说喜欢他什么呢，小到每天不重样但服帖的衬衫，大到做书时满溢的才情，又或者粗浅一点仅是因为那张精致的脸。总之因为他，单单开启暗恋模式，陷入纯情，即便对方是座拒人于千里之外、傲娇清高的冰山。

单单的人生中唯一值得欣慰的是，对文字长情，总还算有点高贵爱好。某天她在梦里参加了自己跟鹿游原的婚礼，醒来就甚是犯病，打开了久违的word文档，翻中药百科一眼相中笔名，白芷。

生活中得不到的东西，统统在文字世界里实现吧。

可能是这个时代的人都太缺爱，这些仅在脑海里排练过的桥段，竟然戳中痴男怨女的心，哪怕网上根本搜不到他们的照片，也对白芷和××先生坚信不疑，说这就是嫁给爱情的样子。

这天单单一早醒来，打开卧室门就被客厅大包小包的衣服拦了去路，穿着牛仔衣的宁缺从一堆纸箱子里探出半个身子，跟她道早安。这个短发女孩是她多年的闺蜜，单单眼里的未来影后，张牙舞爪的性格专演十八线女汉子，一群女的里最爷们儿的那个，衬托"傻白甜"女主角的。宁缺的偶像是蒂尔达·斯文顿，房间满墙贴的都是她的海报，她说演戏就是要学会修炼气质。只是这位影后迫于生计，没戏的时候就淘宝卖卖衣服，她跟那些网红还不一样，自己不出镜当模特，另外如果有差评，她会毫不留情地顶回去。曾有人给差评的理由是，不包邮，她回复说，给你包机吧。

一语双关，下流女商人。

宁缺是全世界唯一知道单单秘密的人。所以宁缺在单单的世界里再飞扬跋扈，她也只能转身微笑，揣着一肚子憋屈，认怂地问她一句玩爽了吗。好在有这几年闺蜜情撑着，不然宁缺一定变成她笔下某个讨人厌的路人甲。

单单的公司有个行踪不定的神经质男主编，此时正站在单单身后，说作者拖稿把Lisa拖得去了医院挂急诊，他决定让全公司最人畜无害的单单帮Lisa催稿去。单单一听是那个青春文学女王朵蜜，吓得大惊失色连连向后退。主编大手一挥，鹿游原作为前辈，会陪你去。

如果所有爱情故事里都有一个这么明事理的配角，编剧就犯不着那么辛苦了。

对于编辑催稿这件事，好比打游击战，敌进我退，敌驻我扰，敌疲我打，敌退我追。对面那群作者们的招数，保持着一天五次的更新频率：他们的系统最容易崩溃，他们的word文档最容易忘记保存，他们不是打开电脑发现电脑打不开，就是在准备打开电脑的路上；他们有特别的时间观念，"马上""等会儿""明天"均等于"永远"；手机的作用是镇宅，小区隔三岔五断电，英年最容易早衰，行走的生病百科全书，一年失恋三百六十五次；他们有全天下最够义气的朋友，三天两头喝酒闹事打胎抓"小三"，他们有最体贴的父母，一两天不见就逼他们回家亲亲抱抱举高高。

一般的编辑可能在催稿一周后，就对这个世界失去了信心，但像鹿游原这样的大神，自然成竹在胸，大招在后。

一路上鹿游原都稳着他的氟利昂气质，刻意跟单单保持一段安全距离，单单只得有一搭没一搭地找话题，实在觉得尴尬就用余光瞥他。从她的身高看过去，刚好能看到他的喉结。这小东西怎么长得这么可爱，她想。

来到一个高档别墅区，门卫小哥见到鹿游原殷勤地打了个招呼，单单瞬间骄傲放纵，昂首跨步到朵蜜家门口。鹿游原突然站住不动，单单会意，咽了团口水，准备上前按铃。

"回来。"鹿游原终于出声了。

单单愣住。

"退到一边。"他命令道。

单单应声缩到一边，乖乖看鹿游原放大招。只见他没有按铃，而是席地而坐，拉开拎包，拿出一包全麦吐司和两瓶酸奶，跟着翻出一个红色胶囊状的音箱，然后开始——放《爱的供养》，单曲循环。

单单下巴要掉下来了。

一个小时后，有个阿姨开了门。

"你好，朵蜜老师在吗？"单单强忍困意，补上八颗标准露齿笑。

鹿游原咬着牙小声提醒："她就是。"

直到现在，单单都无法相信出版了16本青春少女读物的作家朵蜜真实身份是个四十多岁的大妈。代入想想又不禁暗自垂泪，要是被不明真相的粉丝们知道白芷的真实身份是她这等模样，应该比这个朵蜜还要让人气愤吧。

朵蜜老师不是刻意拖稿的。有一天她不小心看到男助理小朱的工作邮箱，里面全是谩骂的邮件，她才开始研究网上的评论，原来大家早已对她脱轨且矫情的文字嗤之以鼻。当一个人达到某种地位的时候，身边的人会自然为你筑起一道屏障，你住在阁楼顶上，听不见外界的喧嚣，很难听到实话，所有感知的讯息都是被美化后你想听到的。朵蜜看清真相，一时间无法扛住舆论压力，丧失了面对word文档的勇气。

单单全程一言不发，倒是鹿游原彬彬有礼，难得凑出了很多成段的话，大体都离不开那几句："走自己的路让别人说去吧""你写给那些真正喜欢你的人就好了""只要还畅销就说明是正确的"……跟他的人一样，冷冰冰的商人语气。

四十多岁的大人反而更玻璃心，朵蜜听不进去，执意让小朱送客。在单单努力从"这个男助理长得挺鲜"这个生不逢时的感慨里回过神时，他们已经快被推出门外了。

她突然抵住大门，怒刷存在感，朝屋里大吼："是啊，你真的写得很烂啊！"

朵蜜老师从屋里出来，靠在扶梯上，一副要吃人了的表情。

"来来回回就那么几件事，也就是消费原有的粉丝罢了。青春就是谈恋爱，出车祸打个胎就能赚人眼泪，真实的青春其实全是有血有肉的日常啊。为什么一定要写青春呢，青春留给那些正在经历的人自己感受就好了，你的使命已经达成了。你是作家啊，作家就是造梦的，这个梦旧了，换个新的不就行了，你还有很多别的感受可以写啊。反正以你的地位，无论写什么，都一定会有人埋单出版的不是吗？"单单连着前阵子看完她的书的怨气，一口气发泄完。

最后他们还是被赶了出去。鹿游原用一种不可思议的眼神望着她，单单拍拍袖子，佯装镇定道："我有预感，她会很快交稿的。"

现实生活始终没有鸡汤故事来得励志，朵蜜还是没有交稿，她甚至立刻毁了出版合约，随后让小朱在工作室微博上发了声明，宣布暂停写作计划，并且表示一直都在赶路，现在想看看风景。

单单不知道朵蜜会不会带着更大的骄傲回来，只知道自己的年终奖肯定是没有了，要不是抱紧主编大腿，顺带去庙里烧了三炷高香，自己可能连工作都保不住。单单彻底成了害群之马。皇上事不关己地猛塞了口方便面，慢慢的节奏还没跟上，抱猪同事小萨指桑骂槐连发好几条朋友圈暗讽猪队友。这只是暴风雨前的宁静，躺在医院的Lisa还不知道这个"好消息"。

第二天单单垂头丧气地踏进公司，看见工位上多出来一个纸杯蛋糕，上面用马克笔画了一只动物——牛。她向四周扫了一圈，直到视线停在最不可能的鹿游原身上，他竟然在看着她。

008/

不知道有没有人跟我一样，喜欢男生的喉结。

××先生的喉结很大，跟他站在一起的时候，我的视线刚好对着他的喉结。看他仰头喝水时喉结一上一下的样子，就满足了我所有身为怪阿姨的幻想。

有一回我看到资料，说亚当在偷吃伊甸园的苹果时，吃得仓促，有一片果肉哽在喉中，不上不下，留下个结块。他们违背了上帝的告诫被逐出伊甸园。从此，亚当就永远在脖子前端留下"喉结"，作为偷吃禁果的"罪证"。

看完我不禁感叹道："男人的喉结是伊甸园里最后一个存在于世的苹果了，怪不得我那么喜欢。"

旋即××先生接话："我身上还有很多突出来的东西，你都可以喜欢一下。"

我要报警了。

009/

我公司里有个女孩，暂且给她个英文名Lisa吧。Lisa工作履历低调，为人倒是挺高调，日常穿着隆重，见着我总是一口一个"白姐"。

我一向对事不对人，但碰到她很难喜欢得起来，每个"姐"字都听着别扭，好像无时无刻不在提醒我，该买保险了。

最近一次公司搞团队建设，百十来人浩浩荡荡去了近郊的度假村，××先生担心我喝多也跟来了。那是他第一次这么正式地抛头露面，往日那群乖宝贝人设的丫头们，都迈着她们雪白的"蹄子"，围着××先生转。

其他小孩我权当开玩笑也就算了，唯独Lisa最不懂事地扒着××先生聊了很久。

事后我问他们都聊了些啥，××先生说："她就夸我啊，听说白姐以前的男友都挺惨的，你的抗压能力应该特别强吧。"

我当下就想打给人事，让她滚蛋。

××先生看出我爆表的怒气值，问："你不想知道我怎么回的？"

"嗯哼？"我开始编辑信息给人事。

××先生生动地演起来："啊？她告诉我，我是她的初恋啊！"

不好笑！我关掉微信，准备直接打给人事，打完电话再打眼前这个男的。

"我说，这种理性知性并存，性感可爱同在的女人，之前的loser不适合她。"××先生扳下我的手正色道。

说实话，我没有很详细地告诉过他前任的事迹，他也没有很在意。反正每个人在爱情这门课上都会有几个试错的名额，学会穿上铠甲，丢掉软肋。遇到××先生之后，我更擅长做自己，毛毛虫蜕变成蝶，留下的那层茧，冰块融成水，流走的时间，就是我的伪装。

好了，大人不记小人过，Lisa你就浪去吧。

单单就觉得冥冥中今天会发生什么事，早晨起来口气很重，倒开水烫了手，宁缺强行占用她如厕时间让她帮忙对的戏，是在后宫只活了一天的宫女，出门赶地铁晕乎乎坐过了站而迟到，种种预示都往不好的方向发展。

而终点只有一个。

Lisa坐在单单的座位上，悠闲地喝着咖啡。见到埋头示弱的单单，她阴阳怪气地调侃："你真是催稿领域的天才。"

Lisa当然不会善罢甘休，剩下的稿子不用校了，发配单单驻扎偏远山区的印厂，帮忙搞印制。先不说厂里糟糕的空气，单是上纸切纸，力气小点的女生都要耗费半条命，防止头发卷入印刷机还得扎着，饿了又只能吃盒饭，几天下来，单单已然从一个还能看的女人变成一个普通的雌性。

在她历史最丑最瘦的时候，宁缺拎着面膜、麻辣香锅、啤酒和一袋红薯拯救了她。印厂外有个卖红薯的大爷，每天限量供应。有次宁缺因为最后一根红薯跟一个帅哥起争执，饿到变形的单单跑到案发现场。宁缺嚷道，在这根红薯熟之前我就预定了。帅哥倒是幽默，还嘴道，那你叫叫它，看它理不理你。他说着便掏出一百块塞给大爷，想把红薯拿走。此等鸟不拉屎的地方冒出个高富帅，不是私人飞机抛锚了就是千年妖怪，单单捂着叫个不停的胃，不管这个帅哥某个角度有点眼熟，上前一把拽过红薯，连皮带肉先下口为强，然后留下目瞪口呆的帅哥，挽着宁缺，拎着半截红薯走了。

美食面前无男人，这种积极向上的态度，宁缺自愧不如。

后来单单才知道这位眼熟的帅哥，就是鹿游原一直想签下的当红作家顾文。鹿游原此等冰山属性的人，能撂下面子，路上拦门口堵，好不容易才让顾文点头答应。就在做好合同给对方发过去的时候，顾文突然反悔了，他发了张名片过来，问这个人是不是你们公司的。

名片上写着：单单，文字编辑。

单单赔上一百根红薯，也填不满遗憾。鹿游原那天当着所有人的面，朝她发了脾气。他听不进单单的解释，也对，解释什么呢，因为自己饿，抑或是在印厂工作的委屈，在不喜欢自己的人面前，所有原因都失去了立场。

他点了一个赞，你脑补出了一出戏，他更新一条动态，你就像在做阅读理解，他坐在你身边，却隔着一条银河，他什么都没做，却成了你心里的最重要。他什么都好，唯一的缺点就是不喜欢你。

在新一轮被同事的眼神吊打后，单单躲在茶水间里写辞职邮件，写到声泪俱下时，皇上咬着鸭脖子从沙发背后钻出来，扶着把手喊腿麻了。他说躲起来吃东西能找到不一样的灵感，单单抹了一把泪，说，不要再提吃了。

皇上瞥了一眼她屏幕上的辞职邮件，继续咬下一块鸭脖子。单单雪上加霜，问他，你怎么就不劝我一下呢。皇上含混着说："人跟人之间啊没那么熟，各顾各的就好。"单单眼泪又上来了："你是不是也太直接了点。"皇上吐掉骨头，补充道："但我觉得你可以再努力一下，不然怎么证明自己就是个普通人呢。"

单单被口水呛得出不来气，邮件也没心情写了，陪皇上啃起了鸭脖子。第二天她破天荒地翘了班，多方侦察锁定顾文的公寓地址，去他家门口放音乐，结果被保安赶了出去。之后又尝试各种办法，比如假装送快递的，伏击他常去的咖啡厅，半路拦他的座驾，最后要么被拉下半截墨镜的顾文眼神杀，要么被他的工作人员直接拎走。她哭求再给他们公司一个机会，但顾文非常决绝——不可能。

直到一周后，单单想再垂死挣扎一次，熬夜手写了整整五页说鹿游原有多牛的推荐信，埋伏在顾文家附近的进口超市里，隔着一截货架的距离伺机行动。猫着腰来回蹿了几次，顾文突然不见了，等她四处打量的时候，突然小腿被推车架子撞上，腿一软，整个人坐进推车里。回过头，抱着一大袋薯片的顾文正睨着她。

没等她说话，顾文顺手拎起一件酒，直接推她去收银台结账。他们坐在超市门口的小桌上，顾文把酒一瓶瓶打开，说陪他喝，喝开心了再听她说话。

单单咬咬牙，接过啤酒，怔怔地看了眼顾文，然后用力撞上他的瓶子，仰头灌了下去。

喝完最后一瓶酒的时候，单单觉得自己被整了，但理智已经被酒精冲散，她只记得几个脑海里定格的画面，一张是她抱住顾文让他读推荐信，一张是顾文直接把她装在推车里推着走，一张是中途下车抱着路边的垃圾桶，边吐边哭。

010/

年前我查过一次基因，就是那种吐口唾沫就可以检测体质、遗传病的技术。

我的报告说是酒精代谢快，千杯不醉。××先生不相信，愣是买了好几瓶红酒回来。于是老夫老妻两个人大晚上在家里酗酒。

果然我喝多了就是不停去厕所尿尿，而他就是不停去厕所吐。

最后他像只猫咪一样趴在我怀里，硬要把银行卡里的钱转给我，余额宝里的都要转出来，他说想把一切都给我。睡着之前，他喃喃道："感觉真的要一辈子了。"

那一晚我无比爱他。

还有什么比喝醉酒就打钱的丈夫更令人喜爱的呢。

　　单单没有料到，清晨出现在梦里的，不是××先生或鹿游原，而是顾文，他那一副不可一世的贱样，灿烂地占据她16∶9的超清视界。再一睁眼，听到门铃响个不停，单单腰酸背痛地起身开门，顾文拎着一袋子早餐满脸灿烂。

　　他一进门就帮单单回顾昨晚是如何一路走一路吐，死都不肯坐出租，以及千里推车送疯子。但他大气地不计较，因为被单单打动了，感谢她给了自己创作瓶颈期的灵光一现，说着举起手机栽到沙发里，一条腿搭在扶手上，说着："你的推荐信我看了，我可以帮你。"

　　单单觉得间隔一晚的世界变化太快，她需要适应。

　　接下来他们的对话是这样的。

　　"单单。"

　　"我叫shàn单，那个字念shàn。"

　　"哈哈哈哈，我以为是小名呢，你父母真够损的。"

　　"你到底要干吗?！"

　　"小声点，你喝醉酒后的样子比现在可爱多了。"

　　"我喝醉……是啥样子？"

　　"没什么，就是抱着垃圾桶喊鹿游原的名字。"

　　"……然后呢？"

　　"然后就骂你这个没良心的啊，我喜欢你啊，我只是想帮你啊，你对我好点会死啊，你……"

　　"可以了！"单单打断他，不想再听。

　　听着动静的宁缺蓬头垢面地从房间出来，眼见红薯男上门，抢起抱枕就想打，被单单劝下来。一听说是那个红到不行的大作家，宁缺瞬间态度突变，整理好睡衣和发型，换了个声调问，大作家，最近有没有新作品翻拍啊？

到底是演戏的，在屋檐下别说低个头，磕个头都行。

顾文出现在单单公司的时候，工位上的人已清空，大家像《釜山行》里的丧尸一样趴在会议室的玻璃上，观赏这难得一见的当红炸子鸡。

会议室里，顾文在出版合同上签上了名字。鹿游原承诺，一定会做好这本书。顾文朝他暖心一笑，指着外面抱着稿纸路过的单单说："我要她做。"

人生总是不堪与顺遂交错，这样才会坚信自己是被上帝选中的人。每一次触底反弹的前提往往伴随着谷底几日游，单单终于从印厂的苦海脱身，却又跳进另一个泥沼里。

鹿游原彻底把单单隔绝出了他的世界。单单每天准点8：50的早安，他权当过耳的风；单单刻意凑近他身边找的话题，他也用标准的省话模板"嗯啊哦呵呵"带过；最后单单受不住了，在男厕门口堵住他，说自己能力不够，顾文的书还是还给他做。他只是冷冷地看了单单一眼，撂下一句："连你都不要的东西，我还会要么。"再无赘言。

单单被他这话激起斗志，刻意在他面前忙碌，虽然主编安排了其他的编辑帮她编校书稿，但单单的日常也几乎只剩工作。除了要面对顾文的稿子外，还要搞定封面排版，确定用纸计算成本，提供给营销人员亮点卖点。她一度崩溃，发现自己什么都不会，在很多年前，她就知道自己是这个世界第二梯队的人，但这一刻，她承认了自己的普通。

在快绝望的时候，慢慢拍了拍她的肩。

慢慢虽然性子慢，但好歹是老编辑，有慢慢的帮忙，单单心态平和，开始上手了。慢慢说，做书一定要知轻重，不要想在重要的地方偷懒，或者跳过哪个步骤，反正到最后，你做过没做过的事，都会在这本书上看见。

那个顾文的时间观念比他的人还随便，常常凌晨三点一个电话，五点微信连环轰炸，单单战斗力不足，神经又紧绷，于是练就出一个右手摸着电脑键盘，左手扶着电话，挺直腰背、头纹丝不动的入睡技能。这天鹿游原刚好也加班，夜深后，他伸个懒腰提神，看到对面像是在做法事的单单，免不了背后一凉。

他起身把单单的头按在桌上，不料没过一会儿她的头又条件反射地弹了起来，无奈之下，只得拿同事的空调毯整个给她罩住。大概是空气稀薄，单单开始呜呜地呻吟，鹿游原赶紧把毯子掀开，给她调整好睡姿。单单一个激灵，半眯着眼醒了，她觉察到身边的鹿游原，便假模假式地装睡抓住他的胳膊，然后再也不松开，鹿游原就可以无比暖心地被她这么枕着直到天亮。童话故事里都这么演的。

现实是单单刚碰上鹿游原，鹿游原就下意识地一抽手，手背直接正中单单的脸，好嘹亮的一声响。接下来的后半夜，公司独留无比清醒的单单，美梦与情人的手印交织，体验丰盛异常。

鹿游原没告诉过任何人，他拒异性于千里之外的原因，是不能让异性碰他，只要身体有接触，就跟触电一样，不受控弹开。想想焦头烂额的单单，自己放不下面子，忍不住让慢慢去帮她，也说不清原因，那一刻他只是说服自己，就当是对弱者的同情，但心里又有另外一个声音响起，觉得她的能量绝非只是走到这里而已。

011/

最近碰上一个难缠的大客户，时间观念被狗吃了，害得我总是熬夜看方案，好在××先生也在搞创作，于是我俩破天荒地对坐在书桌上一起刷夜，颇有重返青春，在图书馆共同温书的架势，小腿在桌底打架，小纸条在桌上横飞。

××先生还真是配合，其间动不动偷瞄我，以为是在看暗恋的姑娘呐。

我忍不住损他："我知道我好看，但你也要适度啊。"

"就你这姿色，别自恋了。"

我准备"揭电脑而起"。

"参加选美比赛，最多前三。"

单单没想到顾文这个宇宙直男，最挑剔的竟然是封面。在皇上出了十稿设计之后，顾文仍然不满意，他说，不是他要的感觉。

单单更没想到第一次去日本，是跟着顾文去的。受岩井俊二文艺片的影响，单单对日本有少女情结。她一直幻想陪她在银座四丁目看霓虹与夕阳、在河口湖远眺富士山、在箱根温泉里亲吻的人，是她心里的那个人。但在顾文要求她一起去见一个日本设计师朋友后，这个幻想就永远只能在脑海里排练了。

那次日本行，其实只用了半天时间见设计师，之后的五天单单都在给顾文当助理，订餐厅订车票拎购物袋。在东京的娃娃机里，单单抓了一个很丑的公仔送给顾文，说跟他很像。在箱根吃美食，每一口顾文都要惊叹地叫一下，让单单又尴尬又好笑。在神社烧香为新书祈福，临走前顾文送给单单一个御守，感谢这段时间被他折磨。

回国后的单单了无生趣地在御守上画了只鹿，默念了三遍，"桃花快来"。

日本人并没有传说中那么守时：单单在承受着上市日期压力、终于盼来设计师的稿子后，直接傻了眼。封面一片直截了当的灰白，寡淡得像是无印良品体系的招贴广告，原本跟爱情有关的书名坦荡荡地躺在一角，显得故事主人公要么清苦，要么是个寡妇。

文艺青年都不靠谱，但没想到顾文非常满意。他执意要用这版封面，这令皇上之前的十余稿设计死得特别冤枉。单单知道，每版封面的背后都是皇上用麻辣香锅酸菜鱼煲仔饭鱼香肉丝泡椒凤爪海胆寿司喂出来的。

单单信誓旦旦地跟皇上说，承蒙上回"开导"之恩，所以这次一定会帮忙。然后她雄赳赳气昂昂地去跟顾文理论，好好的一本爱情故事，偏偏做成性冷淡，男人到死都是少年，女人永远活在自己的十八岁，爱情就要有颜色，黑白灰也要看主人啊。干净素雅的封面是别致，但对于一本书的价值而言，好看的封面是要想拿起来读的，而不是只想买回家！

顾文二话不说，取下鸭舌帽反手套在单单头上，戴上墨镜潇洒离场。两天的冷战后，顾文在进口超市结完账，看见门口拎着一件啤酒的单单。

她按老规矩，先灌了自己一瓶酒，手里紧紧握着皇上的设计稿。

没一会儿单单的理智就下线了,飘忽着说再喝就睡了,顾文霸道地捏住她的肉脸撑住她,嚷嚷道:"那就看我喝。"一口气喝了大半瓶,他呛得龇牙咧嘴,手微微失了气力,单单就直接倒在了他肩上。

他看着单单,换了语气:"其实那天你说完那些话,我就已经有选择了。上次在这里,你拿着推荐信,这次拿着设计稿,你怎么就那么不服输,那么固执呢,我突然很期待,你还能做出什么事。"

后来在单单做好的征订单上,顾文的新书是黑色色调,犹如静默宇宙,书名一抹亮橙,两个手绘的男女相遇。设计师一栏的名字是黄桑。

从此以后,单单桌上的美食就没断过。

012/

跟××先生的日本行。

找了几家点评网推荐的银座美食,都大排长龙,在我快暴走的时候,××先生看到巷子里一家新开的饺子店,里面刚好有空位。

结果我们全程尖叫着吃完那顿饭。

××先生走之前用蹩脚的英文外加实诚的大拇指对厨师说:"这是我吃过最好吃的煎饺和蛋炒饭。"

其实我只是觉得好吃,也嫌过他是不是太夸张,但他大快朵颐的真诚,也让我的每一口"好吃"变成了"好幸运"。他总是很容易感知幸福,对世界上的一切美好都保持好意。

男人到死都是少年，我想这就是我如此喜欢他的原因吧。

013/

我跟××先生发明了很多情侣间的小游戏，在箱根泡温泉的时候，我俩裸着身子玩猜明星。出题者心里想一个名字，答题者有21个提问机会，但出题方只能回答"是"或"不是"。输了的人要给对方买礼物。

我以为自己的"景岗山"已经超纲了，没想到他请来了"屠洪刚"，于是我俩两败俱伤，我给他送了一个在箱根神社求的御守，可他迟迟没给我礼物，离开箱根前，他竟把那枚御守塞还给我，不过上面多了一只手绘的鹿。只有我知道，鹿代表的是他。

他努努嘴说："我知道你什么都有，所以就希望你平安，以及老老实实待在我身边。"

我让温泉旅馆的司机小哥再等我们一下，然后转身给了××先生一年份的吻。

014/

我们并没看到富士山。

好死不死地赶上大雾，我站在河口湖畔，对着一片苍茫的惨白哀号。

回去的飞机上，××先生突然把我叫醒，指着窗外清晰可见的富士山对我笑。

在河口湖的时候，××先生安慰我："它一直都在，只是你没看见。"

我躺在××先生的肩上，以特别的角度俯视着富士山，不自觉眼眶就红了。想想我总归是不自信的，因为事业太顺利总怕给另一半压力，所以当初才会三番五次拒绝××先生，迷信天时地利人和，追求命中注定，差点就要错过他了。

心里的人从未离开过，这就是最好的天意。

顾文新书的征订单一发出去，首印的50万册就被瓜分得差不多了。在单单以往的工作经验里，一本书能做到10万册，已经要拜天地了，更何况自己第一本统领全程的书，竟然是顾文的，现在想来还不免觉得是一场大梦。

说到顾文，没想到这位久经沙场且看上去没烦恼的大人物竟然也有"产前焦虑症"，三不五时的电话不说，还要约单单出来陪着他才能缓解。几次下来，连累原本只有一点小紧张的单单也变得莫名焦躁，每一个细节都要来回确认无数遍，生怕自己容易触霉头的属性又惹来灾难。

恍恍惚惚间竟然在早晨8：50撞上鹿游原，他手里的咖啡泼出来，弄脏了单单包里掉落的一地杂物。

鹿游原捡起那个画着鹿的御守，来回翻看。

单单安慰自己，凭鹿游原这种高冷神人，应该不会看她写的那些凡夫俗子的情爱段子。

鹿游原突然开口："你是白芷……"

天。

"……的朋友？"

单单夺过御守，头点个不停。

事情往诙谐的地步发展了。鹿游原让她帮忙引荐白芷，想出版她的书。他对单单每多说一个白芷身上的优点，单单的心里就痛一下，终于等到了自己跟他的交集，但交错的却是平行世界里，那个张扬的、幸福的、成功的、虚构的自己。

推开"白芷"的别墅大门，女管家有模有样地招呼鹿游原和单单，大概五分钟之后，穿着真丝家居服、妆发到位的宁缺在二楼闪亮登场，全程用慢半拍的步子游离下来，一落座就开始做作地磨指甲。

"你的御守上次落我这儿了，"单单刻意把御守塞给宁缺，在她耳边咬牙切齿道，"搞那么大阵仗我钱包不答应啊！"

按照之前跟单单对好的台词，宁缺动用影后演技拒绝了鹿游原的出版邀请，借口全推给××先生，他说爱情只是分享，不想变成商品云云。没想到鹿游原对宁缺使出当初对朵蜜老师那套，用异常温柔的语调完整洒了一整罐鸡汤。活了快半辈子的朵蜜自然免疫，但宁缺就完全上了套，在一个帅哥严肃地告诉自己"你很优秀，我看到了你身上闪光的东西，你会记录这些细节说明你善良"等等漂亮话后，宁缺听醉了。

不过是上个厕所的工夫，单单出来就看到鹿游原起身，对宁缺说，那就这么说定了。他本想伸出手，却又警惕地缩回，改为点头道别。

鹿游原走后，单单想把宁缺千刀万剐。宁缺撩着头发对单单说："人间极品啊，这次我承认你有眼光了。"

"你们说定了什么，不会答应他了吧？"

"老娘吃素的吗，先耗着，折磨他个九九八十一难。"

从网店预售开始，顾文就每天穿着一件毛茸茸的熊猫家居服窝在电脑前，不停刷新榜单，但凡掉到第二，他都会把单单拎到家里来虐一遍，以至于整整半个月单单都没敢合眼，满脑子都是顾文的脸以及网站的刷新声效。直到书店正式铺货那天，她才舒了口长气，紧绷的神经微松，身子就垮了，烧得厉害。打电话给顾文，才知道他松得更离谱，直接低血糖晕去了医院。

顾文躺不住，没等葡萄糖输完，就拔掉针头，牵着单单去了就近的书城。

穿着病号服的顾文格外显眼，只能用袖子捂着半张脸，躲在角落里看他新书的堆头，看有多少人路过，多少人愿意拿起书读，多少人愿意抱在胸口带回家。

单单觉得顾文在抖，抬眼一看，他竟然哭了，是那种小男孩的哭法，手掌抹着眼，泪痕把脸弄花。

顾文抽泣着说："写东西真的是一个很孤独的过程啊，一万次想砸电脑摔手机，一万次自暴自弃塞零食转移注意，一万次骂自己写的是什么垃圾，一万次又觉得好有成就感。一万次想放弃，一万次明白已经没有放弃的资格了。终于看它出来的那一刻，就像重新活了一遍一样。"

这是第一次有个男人在她面前哭，单单被吓得不知所措，只得拍拍他的肩以示安慰。看来每个职业都一样，所有的光鲜其实都是外在的茧，内在多难，真的只有做毛毛虫的自己知道。

这时有别家公司的销售员出没，偷偷把他们作者的书盖在顾文的堆头上。单单直接冲上前一番理论，在对方胡搅蛮缠快败下阵来的时候，顾文适时出现，坦荡地露出脸，销售员惊呆了，连说了几声对不起, 仓皇逃走了。

单单把那个作者的书放回原位, 俯身整理顾文的书, 碎发垂在耳际, 她下意识地伸手撩到耳后。顾文看在眼里, 心里突然涌上一阵暖意, 有什么按钮被打开了。

规整如初。二人相视一笑, 为了这几个月的成果用力击掌。

015/

今天要讲一下我的大明星Q。

因为在拍一个大导演的大戏, 所以这段时间她都在组里, 除了拍戏, 经常无聊骚扰我。她特别爱收集各种段子, 尤其是折叠答案, 就是发在朋友圈, 你得点开全文的那种。

我经常提醒她, 做点你们女明星该做的事吧。

她却回我: "你教教我, 女明星该做什么。每次和你说好玩的事情, 想到你屏幕后面的笑脸都不由自主地开心, 这件事对我比较重要。"

尽管我知道, 台词功底超强的她对这些酸话信手拈来, 但我相信, 说话的那一刻, 她是真心的。

016/

要说我跟Q认识的过程真的非常drama。当时我在上海出差, 听到酒店隔壁房间, 一个女的好像来捉奸, 一直像雪姨一样喊开门。我两度打开门说, 你要么找服务员抓紧把房卡办好, 要么带两个壮汉破门而入, 抓奸哪有敲门抓的啊, 吵死了。

结果没一会儿, 外面就打起来了。那女的在酒店走廊质问服务员，为什么你们酒店可以找小姐。好像很精彩，但我一个人太怂，不敢开门，于是开了一条门缝，发现斜对面一个漂亮妹子也在偷看，我的门缝对着她的门缝，我俩四目交接有些尴尬。就是那一眼，两个八卦的人就此建立革命友谊，我反射弧比较长，直到后来微信都加上了，才终于想起她就是那个电视上广告上微博热搜上经常出现的大明星。

感谢那一场好戏。

今年公司给Q搞了场生日会，刚好我一个人在家，就找她要了票，想着去凑热闹。当天场地外已经被粉丝的应援墙淹没，我跟着人流往入口处挤，结果还没走到一半，手里拿的票就不知道被谁扯走了。到了检票口，工作人员不让进，态度还恶劣，好歹我也是一上市公司的CEO，气不过就跟那男的理论了几句。

等到快开场时，眼看这眼力见儿低的生物无法教育，就发了个微信给Q，准备打道回府。没想到她竟然放着内场一大票粉丝不顾，踩着高跟跑过来，身边围着一群吓坏的工作人员，她指着检票人员说："你不让她进来，那我就出去了。"

她永远不在乎别人怎么说她，大大咧咧，没有偶像包袱，带兔头儿来我家啃，喝醉酒拉我去KTV疯，手机打到烫手才肯挂，跟我睡觉的时候非要比谁胸大。洒脱到有点可爱，耿直到有点臭屁，她说过："能跟你成为闺蜜，我很荣幸，如果有一天我们俩淡了，也为你感到高兴，还好你早点认识我了。"

这点是真的，写到她的时候，感觉她就是我的骄傲。

友情跟爱情一样，宁缺，也不要滥，她是很多人的大明星，却是我唯一的星星。

宁缺欣赏完单单笔下的自己，异常满意，即便外包装是假的，但闺蜜的内核比真金还真，宁缺大手一挥说会以撮合她跟鹿游原为己任，每次鹿游原约她出来聊书，她就把单单带上。但那个画面非常糟糕，宁缺很称职的一身女强人装扮，鹿游原保持他一贯的衬衫禁欲风，身材高挑的两人中间夹着个像是出门帮妈妈买菜的单单。为此单单跟宁缺抱怨，一直觉得自己的加入凑成了吉祥三宝。

宁缺拍她后背让她挺直身子，说他这种猫系男，都喜欢强势的，你下次打扮成熟点。不过单单对"成熟"的定义有误解，以为把头发绑起扎高，套件皮衣，有模有样地画上浓妆就熟了。等他们仨再并排走的时候，宁缺扶额叹息，完了，这次像一对拉拉和她们的代孕爸爸。

鹿游原和单单陪宁缺去舞蹈工作室学街舞，说是想要出她的书，就要参与她的兴趣；去健身房跑步，说是要身体受得住日后的折磨；帮她填淘宝快递单，说是要练字。直到单单某天打开无人的公司门，看见鹿游原在跟着音乐跳舞之后，她郑重地跟宁缺开会，差不多就可以了，不是不忍心看到自己的高冷男神那么接地气，而是跳得真的太难看了。单单问天问大地，自己身上没有费洛蒙，而今还要在鹿游原面前演戏，不禁心灰意冷。

回公司时，单单在门外看见一个不知该叫爷爷还是大叔的男子，头发白了大半，拎着一个蓝色的帆布袋来回踱步。本想上前关心，这时慢慢从里面出来，非常不友好地把男子赶走了。后来单单又在公司附近遇见过他几次，才知道这个男子是慢慢的爸爸。

慢爸其实也是个作家，不过写的大体都是家乡的方言故事、地方历史和民间传奇，他视作宝贝的蓝色帆布袋里，装了厚厚的手写稿。他来找女儿，是想能出版自己的书，但他明白，女儿避着他，是不想让他做白日梦。这个时代，看书的人本来就少了，大家不是用儿女情长来消遣，就是在乎深切意义，不愿花时间读一些晦涩无聊的小地方趣味。

单单特意找慢慢聊过，理解她的苦衷，慢爸卖了老家的房子，自费在小地方出版了几本书，但结果都是自娱自乐，为此妈妈离开了家，他们父女俩也积下矛盾。如今出版行业难做，好的出版社都不愿意收留这样一个偏门弱小的孩子，有些梦想终归是要悬崖勒马的。单单连夜读完慢爸的手稿，竟被他笔下对文化逗趣的解读所感动。叔叔有一个年过半百的智慧心，知道什么值得记录，什么随它遗忘。她冥冥中觉得，自己的公司会容纳慢爸，于是向鹿游原请教，他的答复是，试试看。

单单把慢爸之前自费出版的书都读了一遍，写了满满两页纸的选题报告，在周一的提案会上慷慨陈词，最后却铩羽而归。她抱着电脑跑到主编跟前，想让他看看稿子，主编拒绝，她连问数个为什么，却被主编骂了回去："出版不是施舍，你有你的赤子之心，公司有公司的考虑，不要以为你一腔热血，就能说服别人照你说的做，说白了，还不是自私。"

单单的不服气挂在脸上，不轻易认输，一连拜访了几个认识的出版社编辑，都被退了回来，到底不免俗地还是失败了。单单把蓝色帆布袋还给慢爸，离开后想到他失望却强行释怀的表情，难免鼻酸，甚至有那么一刻，她开始怀疑自己的职业，怀疑自己每天朝九晚五的原动力，怀疑自己每每去书店里赏心悦目的是什么，是明码标价的商品，还是铅字印纸背后的梦想和热血。

鹿游原放了瓶水在中间，坐到一边，递给单单一块灰色的手帕："由不得你任性吧。"

"我没哭，"单单不敢多看鹿游原一眼，这种让她措手不及的关心，随时会让她的眼泪不争气地漾一脸，她兀自说："我真的很喜欢这本书，为什么大家就不试试呢，至少也给读者一种可能啊。"

"喜欢和合适是两回事。喜欢是了解了别人，合适是了解了自己，自己所在的位置，整个行业的现状，你应该最清楚。"

"我以为我可以的。"

"想象都很美好，可现实往往比较残酷，生活用这种方法来证明它的厉害，凡人要是能琢磨清楚，就不那么容易失望了。想来这也是生活的一种温柔啊。"

她不置可否地喝了口水，问鹿游原："你为什么当编辑啊？"

"作家负责天马行空，编辑负责天马落地，我已经没有想象的能力了，所以当编辑比较适合我。"鹿游原反问道，"你呢，没想过自己写东西？"

单单言辞躲闪："想过写，但没想过出书……我就是自娱自乐写写，书对我来讲还是一件很神圣的事，让给那些更有天赋的人完成使命吧。"

两人有一句没一句聊了一会儿，暮色四合，起风了，鹿游原才发现不知道什么时候单单已经坐在他身边了。他脸色陡变，腾地起身，淡淡道了别就离开了。

几天后的某个早晨，慢慢的座位空了。她辞职的原因有很多个版本，主编说她身体不舒服，小萨说她被那个固执的老爸带回老家，转行做生意去了。只有单单知道，在她的微信记录里，躺着昨晚慢慢发来的消息：做了这么久别人的编辑，是时候要帮爸爸成为真正的作家了。谢谢你让我知道我还不够懂他。

想象虽美好，现实却总是残酷，所以我们降低期待值，不容易失望，但另一方面，也让我们自愿选择挑战，反正最坏的情况已经烂熟于心。

周围议论声不断，单单撑着下巴颏儿转着笔，对桌的鹿游原探出半个头，送上一抹难得的笑。

顾文的新书巡回签售会成了单单的二度噩梦。带通告原本是营销编辑的工作，却被顾文油腻腻的两句话"这么久不见难道你就不想我""你是孩子的妈，生了还要教人家走"堵得只能硬着头皮陪同。顾文开车杀到单单楼下，勾住她的肩膀塞上了车，热闹的是，宁大小姐也坐在后座，最近没戏可拍，淘宝生意不好，这一个月准备蹭吃蹭喝蹭好感，时刻不忘举着顾文的书推销自己适合哪个角色。

前几场签售会单单被顾文这个生活不能自理的过动儿折腾得不轻，在人头攒动的签售会上还不时地抬头看向单单，朝她做鬼脸，吃饭的时候一定要她陪着吧唧嘴，房卡一定要她收着一张，这样第二天准点掀他被子才不会耽误行程。只是那个时候的单单，"被喜欢"只存在于想象，现实总是慢半拍，她不知道，当一个男生喜欢上一个人，就会迫不及待去找她，无论何时视线都离不开她，再硬气的汉子也可以分分钟娇喘成一只猫，总之，傻子什么样他就什么样。

第四站签售来到南方城市，当地领导很重视，批了最好的购物中心做场地，主编还特意让鹿游原飞来支援，但也就是这一站，单单发现生活兜兜转转，注定就是个笑话。

事情是这样的。宁缺出门跟当地的朋友聚会，单单不凑巧地把顾文的房卡错给了她，后来喝大了的宁缺不凑巧刷错了房，在顾文身边睡了一晚，睡成死猪的顾文不凑巧没有醒，抱着顾文大腿的宁缺不凑巧以为是单单最近没积极剃毛，最后非常不凑巧，鹿游原一大早敲响了顾文的房门。

人生他妈的就是这么多不凑巧。

发丝凌乱的宁缺握紧门把手，"Hi"地自带振动模式，此时顾文被门口的动静吵醒，穿着一条内裤走过来，宁缺和他面面相觑，下一秒炸弹就引燃了。好在单单及时出现，赶在宿醉的宁缺开始表演之前，对鹿游原正色道，顾文就是××先生。然后把顾文拉去一边，破罐子破摔："我就是白芷，网上的故事是我编的，但我跟鹿游原说白芷是宁缺，哎呀我知道有点绕，来不及解释了你就先当一下××先生，帮我这一次我求你了什么我都答应你。"

爱耍小聪明的顾文会意，上前抱起宁缺原地打转，落地再来个壁咚，说一晚不见，甚是想念。

鹿游原恍然大悟，怪不得不愿意让我出你们的书。

签售结束后，当地书店领导请他们去附近的风景区游玩。一行人来到姻缘树前，导游介绍这棵千年古木很灵验，只有顾文积极地买来木牌子，背过身写字，嘴里还傻乎乎地振振有词，接着把写着他和单单名字的木牌扔到了树顶上。众人离开后，从上帝视角，可以看见宁缺偷偷摸摸来到姻缘树旁，写好名字，后退几步想扔到最高点，正要脱手时，被前来的单单抓个正着，于是那牌子只飞到了树中间，挂在一根瘦削的树枝上。单单边写鹿游原的名字边审问她，什么时候有喜欢的人了。宁缺仰起头，保持她那副盛气凌人的模样，随口说，顾文呗，我掐指一算，一看他就旺妻。

单单扔完木牌，像干了件坏事，火速逃离犯罪现场，看着单单的背影，宁缺收敛了脸上表情，回望一眼姻缘树，正想离开，听见"啪"一声，有块木牌掉了下来。她捡起来，发现是自己的那块，旋即吸了下鼻子，强忍眼泪，把"鹿游原"旁边"宁缺"的名字涂掉，改成了"单单"。

她使出全身力气往空中一扔，嘴里含糊地默念着，你们要幸福。

很多事情，差一点就可以，海滩差一点才能遇见海浪，出租车差一点就能等到乘客，情歌歌词差一点就能被有心人听懂，想要爱的时候，差一点才真被爱上，但那一点，往往要付出很多代价。

外表无坚不摧的宁缺，心里到底还是有笨拙的软肋，摸爬滚打这些年，她早已清楚，谁才是对她最重要的，她可以忽略沉没成本，懂得止损，喜欢一个人，但就到喜欢为止。

当地有一个淡水湖，这个季节温度适宜，映衬着碧水蓝天，很多人在湖上泛舟。小舟两人一只，还在假扮是××先生的顾文不得已跟宁缺组队，单单跟鹿游原共乘一只。两人优哉游哉地在湖中心划着桨，单单看着远处小山后面，几束阳光从云里泻下，像是受到什么指引，她提议去那边看看。

他们来到一片草海，一层青绿把水面铺满，隔开了蓝天白云的倒影，与之前全然是不同的景致。水面上的植物根系发达，他们的船桨很快被缠住，越用力越难摆脱，直到力竭。鹿游原使出最后一点力气，不巧没有握紧船桨，身子直接被带了出去，对面的单单迅疾地拉住了他，由于外力的惯性使然，他们一起栽进了湖里。爬上小舟，才发现太阳已经下沉，整片天空布满火烧的晚霞。

两部手机一部进水一部无服务，他们裹着湿透的衣服在起风的傍晚蜷起身子，以为大部队会来拯救他们。山对面的湖畔，宁缺拉住魂不守舍的顾文，悠悠地说，应该是去对面的岛上了，让他们俩单独待一会儿吧。

单单觉得冷，往鹿游原身边靠了靠，手臂的皮肤彼此触及的那刻，鹿游原又本能地弹开了。单单委屈地逼问他为什么总要保持安全距离，你又不是唐僧，我也成不了妖精，要是你今天告诉我你是个弯的，那我就当场认了你这个姐姐。

那晚，鹿游原第一次向外人敞开了心扉：5岁的时候，邻居的好奇姐姐带他一起洗了澡，给他上了堂生动的生理卫生课，内敛的鹿游原从此对女性身体有种莫名的羞赧。看来性启蒙太早也是一种压力啊。

鹿游原掏心掏肺地讲童年阴影，一旁的单单没忍住笑出声，以鹿游原这种后天高冷阴郁的气质，总以为会有什么了不起的缘由，这样听来莫名多了点喜感，说到底都是"怪姐姐"的错。

两人聊到夜深，也不见有人来，四周愈加安静，没有一点光亮，听着水里不知是什么生物发出的声响，单单瑟缩着抱膝坐着。鹿游原把手机电筒打开，叮嘱单单不要胡思乱想，如果害怕就早点睡，天亮再想办法。

终于感受到有一种"关心"是来自喜欢的人，竟然脑里还闪过变态的假设，如果一直就困在这草海里也不错。单单的幻想世界开始运转，坐在对面的鹿游原变成对她爱到痴狂的××先生，怕她受凉，还把未干透的外套脱下披在她身上，然后把她抱在怀里，对着天上的星河哼起曲子。

雨水把美梦扰醒，清晨的湖面雾气重重，凉风刺骨。单单叫不醒鹿游原，碰上额头才发现烫手。她倒吸一口气，把自己的外套脱下来给鹿游原盖好，在小舟上找到一把儿童伞，帮他撑着，自己只能躲进去半个脑袋。

雨不见停，她紧靠着鹿游原，心跳加速，自言自语地反问自己，怎么就喜欢上你了呢。她微微侧头，见鹿游原的喉结上下蠕动，一点儿醒过来的意思都没有。

单单的手不受控地轻轻拉下雨伞一角，贴在鹿游原脸前，然后伸长脖子，隔着伞上透明的塑料膜，在鹿游原嘴唇的位置，偷偷留下一个吻。

雨一直下，晨雾深处，顾文和宁缺的呼声传来。

因为从来没有曝光过自己和××先生的照片，网上各种传闻，有说我其实是个男的，也有说××先生是个家暴男，我是受了委屈才在微博上幻想的。还有人说我是年纪大太强势，所以金屋藏鲜肉，不敢让大家知道××先生有多帅。

有次我问××先生："如果我把你的丑照发出去你怎么办？"

"那我就发一张你美到不可方物的。"

"那这样你不是很亏？"

"不会啊，这样显得你瞎啊。"

"那我就发你帅照。"

"那我只有发你抠脚挖鼻屎，对我发脾气的照片了。"

"这不会显得你瞎吗？！"

"那只会显得你暴殄天物。"

是啊，反正怎样都是你对。我要代表广大女权同胞表示抗议。

019/

第一次跟××先生接吻是在一个雨天。记得《燕尾蝶》里有一段情节印象很深，肖飞鸿对雅佳说："灵魂碰到云会变成雨，所以没人见过天堂，雨天的时候，我想这就是天堂吧。"

××先生撑着伞，俯身亲吻我的时候，那一刻，无论是肉体还是灵魂，我都觉得置身天堂。

单单如往常一样挤地铁，换乘公交车，8：45准时出现在公司对街，等待5分钟后出现的心上人。只是今天这一路，莫名感受到多了些眼光。她不解地滑开手机，扫了几眼后，止不住颤抖地锁上屏，在鹿游原距离她只有短短十几步路的时候，掉头往来时的方向逃走了。

自己的微博在凌晨更新了一条图文，文字内容是，这是我的真相。图片是公司存档的个人信息，姓名、年龄、出生地、工作经历、住址，全部一清二楚。

单单删掉微博，可惜为时已晚，微博上已经炸开了锅。她越来越多的私人信息被扒出来，不是什么事业女强人，只是一家出版公司小小的女编辑，而编辑最清楚什么样的文字能够迎合读者，什么样的套路深得人心。

宁缺来了电话，说家里已经闯进来几个小女生哭天喊地。单单让宁缺先出去避避风头，在更多信息和电话涌进来之前，她无助地关掉手机，看着迎面路过的行人，仿佛随时有人站出来指责她，为什么要欺骗大家的感情。单单不敢出示身份证，去不了酒店，兵荒马乱间买了些干粮躲进公园，一躲就是三天，最无助的时候，能自我安慰的办法就是逃避。

也是在这个公园里，她竟然撞见小萨和一个脸熟的男生你侬我侬。原本只是出于好意关心一下公司有没有受影响，却意外从那个笨拙的男生口里听出了端倪。事情的线索要回到当初去朵蜜家，因为单单义愤填膺的一段话，朵蜜封笔，男助理小朱，也就是眼前的这个男生，跟着失业，而小萨常抱着的猪公仔就是爱的见证。

小萨也破罐子破摔露出真面目，某天用单单电脑的时候，看到了她忘记退出的微博主页。自卑的小萨不明白，同样是平凡的女孩，为什么单单就能得到那么多原谅与关注。她不喜欢单单身上那种正能量加身的光环，这只能衬托自己多么可悲。

于是小萨替单单说了实话。

伤透心的单单觉得饿坏了。她丢掉剩下半块已经发硬的吐司，跑去附近的高档酒店吃自助餐，各种情绪加上胃的抗议，她发疯似的胡吃海喝，结果成了史上第一个吃自助餐吃到去医院的病人。

对床的门帘拉开，出现了Lisa素颜憔悴的脸。两人默契地同时拉回门帘，用被子罩住头。过了会儿，只听隔壁的Lisa说，不然我们聊聊。单单欣然应允，这才得知Lisa得了胆囊炎，身体一直不好，跟男朋友领证很多年始终没办婚事。俩人都太忙了，一个做出版，爬到高位就停不了，一个当老师，学校扩招，师资力量不够，所以一拖再拖就给耽误了。

她看新闻知道了单单的处境。她说人活着就是有太多事与愿违，但只要能够承担结果，做什么样的选择都无可厚非。

她还说，等她病好，就马上办婚礼。

单单躺在床上，听着Lisa说自己的故事，洗胃后的不适渐渐缓解。想上厕所，刚走到病房门口，看到鹿游原出现在楼梯口，她立刻撤回来躲进病房的柜子里，留下一条缝，朝Lisa比了个"嘘"的手势。

鹿游原见到Lisa并无惊讶，只是一声不吭地在病房内溜达，来回拨弄着手机，末了正想离开，Lisa突然叫住他，神情倦怠道："不管你们男人有多大能耐，永远也不要让一个女人独自躺在医院里。"

鹿游原前脚刚离开，单单就向Lisa道别逃离了医院，这些天她想过一百种给全世界解释的理由，却不敢面对鹿游原，跟他说一句，因为暗恋你，所以梦里的人都像你。

单单用头发挡住脸，埋头来到医院楼下，一头撞上顾文的胸。顾文跛着脚，朝她大吼："躲到医院来算什么本事！你知道这个点儿路上有多堵吗，我车也不要了，学他们扫了一辆共享单车，妈的半路还被撞了。"

"那你赶紧上去看病吧。"单单埋头往前走。

"你能不能行了，多大点事，管别人怎么说啊！"

单单在路边拦出租。

"你不是说今后啥都听我的，那我让你站住！"

一辆出租在身边停下。

"单单我喜欢你！"

车门拉开一半，单单猝不及防地僵住了。听到身后有落叶被踩碎的声音，顾文朝她一瘸一拐地走来。她害怕面对接下来的情景，迅速坐上车，命令司机赶紧开。

不忍心辞职，却又害怕去公司，单单只能漫无目的地让司机在城市里兜圈，最后停在了常去的书店前。

她在货架上徘徊，用手抚摸过顾文的书，朵蜜的书，还有公司出版过的很多作品，甚至又碰到了那个搞破坏的销售员。他见到单单，吓得把顾文的书放在自己公司的书堆上，一副慷慨就义的表情。单单朝他笑了笑。

更深处的货架下，装满了几篮子卖不动的书，她能预见到它们的目的地，运气好一点，只是回到冰冷的库房，残忍一点，就在造纸厂里结束短暂的生命，化为新的纸浆。

这个世界上从不缺好的故事。书里的铅字真真假假，无心人在意结局，有心人不会问底，反正美人与英雄各自老去，结果与答案都成了谜。

单单一只手划过货架上冰凉的书脊，直到指尖在一本新书上停住。她小心翼翼地取出来，看见书上慢爸的名字，翻到信息页，编辑的署名是陈慢。

她终于蹲在地上，狠狠哭了出来。

有人拍了拍她的肩，她抹着泪侧过头，站在身后的是另一个自己——白芷。白芷化着精致的妆容，身着黑色的宽版卫衣，破洞牛仔裤，叉着腰，整个人跟她笔下勾勒的气质一模一样。白芷把单单扶起来，揶揄道："女人啊，别给自己那么多愁绪，哭鼻子这种事，得设定一个限额。"

"我是因为慢慢他们哭。"单单留有最后一点倔强。

"好啊。那别的事就不重要了，活得像我一样，别人相信或者不相信你的故事，那是别人的选择。还记得鹿游原说过什么吗，梦想很美好，现实很残酷，两者之间确实差距巨大，那么你至少，不能让它更糟。"

刚到家的顾文收到单单的微信，转身就踮着脚跑到进口超市。门口的桌上，单单抱着几瓶啤酒，爽快对着等红灯的他，隔空碰了碰杯。

第二天一早，单单让宁缺帮她化了妆，用卷发棒做了发型，还破天荒动用了衣柜里斥巨资镇宅的大牌衣服，在公司所有人注目礼下，闪亮登场。

她甚至主动捡起小萨掉在地上的小猪公仔，若无其事地还给她，道了句，别把人摔着了。小萨的手僵在半空中，脸上的表情说不上是惊讶还是失落。

单单非常诚心地写好致歉声明，打算把真实的自己亲自剖给大家看，一切不过是一场暗恋的白日梦。

而在这之前，微博上出现一个疑似××先生的账号。他竟然开始更新与白芷的日常，那个日常里，有一个白日梦想家，经常闯祸，但拦不住倔劲儿，身体里似乎有个发动机，只要按下她的开关，能量无限。

她每天会跟我说早安，我坐在她对面，偶尔累了，抬头就能看见她傻乎乎努力的样子。是她让我知道，有些事不去瞎想，那这枯燥的现实生活，真是挺难熬的。也是她让我知道，死皮赖脸地争取一下，真的会有转机。她其实挺难的，不要忘了，所有人都相信她的故事是真的，但从一开始只有她自己知道是假的。

我也是她的粉丝，不过人类的感情哪有故事里写的那么简单。她把好的拿出来分享，告诉你还是要心存美好，相信爱情，却不告诉你，背后那些不好的经历，不给你规避办法，也没有解决之道。你就相信你愿意相信的部分就好。

曾经做过一本书，书的扉页上写，我们要说真话，不说假话，但真话只说一半。白芷的故事里，至少有一点是真的，那就是我。

有一天做梦，梦里都是她，醒来觉得这个觉没白睡。我觉得该去找她了。

声明没发出去，单单看着对面空着的座位，给鹿游原发了条微信，说，不用这么帮她。

傍晚下班时，窗外下起了雨，单单没带伞，在屋檐下等雨停，恍惚间伸出手，让雨水打在手心上，想起了她跟鹿游原在小舟上的伞吻。

这时主角突然出现，一把抓住她，拉进他的伞下。

两人紧挨着，一时无言。

"你千万别对我客气。你只是客气，我会幻想很久。"单单逃避他的目光，埋头嗫嚅着。

鹿游原没有说话，他唯一的回应，不是热烈的拥抱或是亲吻，而是牵着她的手，再没有松开过。

南方景区的姻缘树，那天它业务繁忙，送走了单单宁缺顾文，终于迎来最后一位客人。

鹿游原扔了好几次木牌都挂不上去，换作别人可能多少会丧气，认为是天意注定，但鹿游原不信邪，一口气买下一堆木牌，每个都写上单单和鹿游原的名字，然后绑在一起，用了好大的力气抛了上去。

鹿游原跳起来，做了个胜利的动作，看着自己的一捆牌子，牢牢地挂在树顶最粗的树枝上，满足地微微一笑。

那晚在进口超市里，顾文竟先把自己灌醉了，他把额头贴在单单的手背上，用撒娇的口吻说："看过你更新的一千多条微博，却没有一条是跟我有关的，哪怕只是一个过目就忘的角色。我连你的幻想世界都住不进去。自从认识你以后，我新书里每个故事的女主角都有你的影子。感情始终是不对等的，不喜欢就是不喜欢，我认了，但我觉得你一定会后悔的。"

在结束新书的所有宣传后，顾文决定去巴黎旅居，说要收拾心情，为下一个作品收集灵感。单单和宁缺在机场跟他依依惜别时，单单眼泪差点掉出来:"你就不能再多待一段时间吗?都没人跟我喝酒了。"

他犹豫了几秒钟,神情有些复杂,给了单单一个摸头杀:"有的是时间,等下次我回来找你啊。"

说完这句话,顾文头也不回地进了安检口,他背着的双肩包上,挂着单单在日本抓的娃娃。

020/

为什么喜欢××先生,除了眉宇俊朗不羁额头饱满明亮鼻梁挺拔明眸皓齿,用人话来说就是帅以外,他真的有很多缺点。

他撒娇功力满级,幼稚程度可以领终身成就奖。

他是霸道理事国国王,日常行为准则就是,顺我者昌逆我者——来啊我们互相伤害啊。

他自理能力为负,家里有一个凳子,永远会自动长满衣服。

还有很多,不胜枚举。

为什么这么多缺点我还喜欢,因为我知道,他的这些缺点都是以折腾我为圆心,围着我绕一圈,就是他的整个世界。

021/

他住的地方附近有一家进口超市,我们常在那喝酒。

我们刚恋爱那会儿,有一次公司要派他去巴黎出差半年。我们在机场依依惜别,我的眼泪差点掉下来:"你就不能再多待一段时间吗?都没人跟我喝酒了。"

他犹豫了几秒钟,神情有些复杂,给了我一个摸头杀,我以为他要用什么"总有时间回来再去"这样的标准借口搪塞我。

结果他面无表情地把登机牌撕了，站起来牵着我的手说："走吧，现在就带你去。"

仍然是早晨8：45，单单准点站在公司对街，提前5分钟就到的鹿游原，递给她一杯自己常喝的咖啡，他还是保持冷漠表情，并肩走进了公司大楼。

顾文的新书首印售罄，主编批了30万册加印量，单单成了年终奖金最多的编辑，Lisa还给她在淘宝上做了个奖杯，结果掌柜很实在的，把Lisa备注的"出版界小花旦单单，第一个单后面加读音shàn"几个大字都刻在了上面。

最近宁缺又想转行，缠着鹿游原给她出书，在成为中国蒂尔达·斯文顿前，想先出一本《我与世界只差一个马云》。鹿游原当然没理她，签下了新的作者，也是跟白芷一样写"虐狗"日常的，扬言要挑战单单的纪录。

单单和鹿游原同框出现在公司的对桌，街角的素食餐厅，去印厂的路上，每次听到鹿游原远远叫她的名字，都仿佛开启一个崭新的故事。只是故事的进展速度跟单单想象的不太一样，但没关系，无论终点在哪，此刻的他们一起走过就好。《太阳照常升起》里有一句话说："我一闻就知道是你，你离我十米，我就心跳加速。"鹿游原离她还有多远她不知道，但一想到他，就已经心跳加速了。

随着心脏的跳动声，时间拨回几个月前。

单单为了顾文的新书忙得焦头烂额，在公司加班睡得放浪形骸。鹿游原跟熟睡的单单大战三百回合，帮她调整睡姿时，不小心碰到她的鼠标，屏幕亮起来，微博停在白芷的登录页面。

这个故事告诉我们，微博虽好，也请记得退出。自媒体时代，哪有秘密可言，有幸参与你的幻想，与有荣焉。

生活如一场天气系统失衡的晴天风雪，让人持续性怀有希望，却总间歇性给点打击。那些看完和没说是一样的道理，过目则忘，真实体验的人生，只能靠自己慢慢想通。

到不了的梦想，只是一个比现实稍稍多一点修饰手法的平行世界而已；伤害你的人，只是一个在你身边停留久一点点的过客而已；男朋友女朋友，只是比普通朋友稍微特殊那么一点点的朋友而已。

所以不用那么有压力。你所在的世界，暗潮涌动，但是你清楚前方还有多少崴脚的石子，未来那些迷惑的选项也一览无余。所有人都在这个世界真实地活着，而你因为拥有幻想的能力，心里自然也有底气：我看过你们不曾见过的广阔星空。

07:15 　　　　AM

02

YEARS
FROM 　　　ON

此
去

那个时候，
说什么都那么容易的。
我喜欢你，可以是开场白，
我发誓，成了谎话的前奏。

说了再见，
以为真的会再见。

席慕蓉的诗里有这么一句，如何让你遇见我，在我最美丽的时刻。何遇的妈妈就是念着这首诗在一棵杨柳树下遇见了与她执手的人。

何遇的名字由此而来。

十八岁那年，他跟方楚楚离开熟悉的小县城，提前过上了社会人生。这对神雕侠侣没雕，不侠侣，只有神，神经病的神，在吧台上摔过瓶子，在动物园喂过老虎，帮人代笔写过小说，给魔术师当过助理，曾经挥霍着人民币吃遍一整条夜市美食街不心疼，也落魄到买个面包都要一人一半。

二十五岁那年，何遇在一家贺卡公司工作，专职写情书，被女上司强撩未果，倒是让方楚楚以此为梗，吃了半辈子的醋。

二十八岁那年，何遇说，忙归忙，什么时候有空，咱们把婚结了吧。方楚楚说，结婚那么大的事，怎么能这么随便，要不，就今天吧。

三十岁那年，方楚楚脑里长了颗瘤，差点见了阎王，治愈后从此右耳辨音吃力，走路左右摇晃。他们决定不生孩子，统一目标，开始在国内环游，以季为单位，一年去四座城市，方楚楚靠体力在当地的青年旅社打工，何遇靠脑子在路边写字画画赚外快。

四十岁那年，他们成立了一家图书公司，策划了多部畅销书。那一年是2030年，科技主导世界，极简生活者遍地游行，让纸质书起死回生。

五十岁那年，方楚楚旧疾复发，常常昏厥，何遇卖掉图书公司，用所有积蓄买回一辆无人驾驶的房车，将房车改造成移动书店，带方楚楚环游世界，共伴余生。

方楚楚是谁？

两人相遇在高一那年。何遇自小文笔好，私下帮同学写情书，一封两块钱，赚点钱买杂志。但他性子软，碰上那种个儿高人浑的顾客就尿，结果非但没赚到他们的钱，还被反将一军，被老师直接查封了生意，顺带放学别走，留在办公室里写检讨。

这孩子在学校没犯过什么错，一有点风吹草动就放大成黑洞，觉得写检讨是重罪，平日里信手拈来的文字游戏，奋战到天黑什么都没憋出来。他窝在老师的桌上，看着四周堆成山的作业本，咬着笔抓耳挠腮。

此时方楚楚从窗外推开玻璃窗，一个跳跃从容落地，而后不紧不慢地开始在办公室里翻箱倒柜。何遇瞪着眼，气都不敢喘，腮帮子咬笔咬得生疼，盘算着这三层高楼，此乃何方蜘蛛侠。

只有两个人的空间气氛诡异，何遇多年的尴尬综合征上头，全身如针刺般难受，他强找话题："今晚的月亮好圆。"

方楚楚一哆嗦，嘟曦着竟然有人，她叼着一枚棒棒糖含混地说："外面有雾啊大哥。"

接下来，何遇努力不冷场，从天气温度、你叫什么名字到你从哪里来到哪里去，越问越尴尬。倒是方楚楚一边翻着东西，心情大好地接受了采访。他们生活的小县城叫龙泉，城里有两所学校，一所龙泉中学，一所二中，显然，正房和妾的区别，但两家学校不承认，暗地里比拼升学率。之前有过两校的学生谈恋爱错失重本的前科，于是学校出现了一个没列入校规的潜规则：内部消化能忍则忍，外部消化格杀勿论，以至于两校学生连正常的交往都剑拔弩张。方楚楚就是隔壁龙中的，此行来二中，是帮她老大找一个带锁的笔记本。

看着这个穿着便服，马尾上绑着一圈圈彩色皮筋的不良少女，何遇咽了团口水，不想生事，把脸往作业堆里凑，不巧手肘碰到一个带锁的本子。

"你要找的……是这个吗？"躲不过的何遇弱弱地举起手。

方楚楚向他走去，这才终于看清楚作业本后面那个男生的模样。

她们班走文艺路线的物理老师曾说过，真正的速度是看不出来的。比如树叶什么时候会变黄，婴儿什么时候会长出第一颗牙，你什么时候会爱上一个人。

她计算了一下，大概就在刚才的半秒钟时间内，心头已经开启了一扇门。

从此以后，何遇的世界就多了一个方楚楚。

何遇上厕所的时候，听到窗外的动静转过头，方楚楚正一蹦一跳的，露出那张笑开花的脸，吓得他尿都断了线。下了晚自习后，街上的路灯年久失修，方楚楚会突然从某条巷弄里钻出来，身上挂着彩灯，陪他走一段。最夸张的一次是方楚楚潜入何遇的教室，在他座位上搞事情，被何遇逮个正着。不过没等他问清情况，班主任突然也进来了，何遇急中生智，把方楚楚的头按进自己的课桌洞里，本以为躲过一劫，谁知道方楚楚的脑袋被卡住拔不出来，最后请来了消防队。

因为跟龙中学生往来，何遇被班主任发配到操场跑圈散热，方楚楚在旁边屁颠屁颠地跟着，那个五颜六色的马尾辫和花衣裳格外显眼。何遇用校服套住头，委屈至极地问她到底要干什么。

"你校服有樟脑球的味道，真好闻。"这是那天方楚楚的回答。

"那是什么味道？"莫羡揪着何遇的衣服，轻轻闻了一下。

莫羡是何遇在这个学校"唯二"的朋友，颜值与成绩并驾齐驱。何遇很理性，任何事井井有条，他安静，不争，写东西是他的安全岛，所以他在学校的常态就是在座位上跟自己玩，因为不合群，同学都不太待见他。

只有莫羡欣赏他，她跟何遇说，有些人的使命就是改变世界，另外一些人跟在这些人后面做自己喜欢的就好了，你得允许这样的自己存在。那一年，她不过也才16岁，人美心善，世上真的有天使。

而何遇另一位朋友，是他们的心理学老师，何遇叫她雅典娜。

当初学校为了响应国家号召，校长请来雅典娜老师为大家上心理课，结果不出一个月，就被语数外老师以各种理由占课。零星的几次见面，她总能用各种招数活跃班上的气氛。何遇看着讲台上的她，穿着一身干净的白衣，眼波流转，气质非凡，那时有一期杂志写圣斗士星矢的，他看着紫头发白衣的雅典娜，心里似乎有了女神模糊的对照，雅典娜老师因此而来。

何遇有次跟同桌闹了口角，差点动了手。尽管何遇占理，但他赤着脸，还是忍不住抹了把泪。记忆里这是第一次跟同学吵架，他怨怼自己没用，雅典娜给了他一杯柠檬茶，对他说，吵完架会哭的人，其实是潜意识觉得把自己隐藏的另一面给别人看到，于是没有了安全感，才会忍不住哭。

也许自己心底有一只小恶魔吧。何遇躺在单人床上，望着天花板暗自想。何妈妈伴着周杰伦的曲儿在客厅里跳舞，无论是抒情歌还是吐字不清的rap，这位舞后都能随机调换步调，"舞法舞天"。

伴着"菊花残，满地伤"，何遇睡了好沉的一觉。

方楚楚出现在他的梦里，洗完澡的她披着一头未干的长发，蜷着腿在床上琢磨着藏头诗，她好努力地想把"何遇我喜欢你"几个字藏进诗里，但来回团了好几张纸，都写不出半个字。良久，她突然转身，朝何遇的视角冲他狰狞道："我竟然为了你做这种事，把我自己都感动到了。"

何遇从房车里醒来的时候，已是正午。助理机器人靠在床前，显示电量低，肚子上的音箱正放着何遇常听的电台调频，里面温和的男声说，刚刚听到的是来自周杰伦的经典老歌，《告白气球》。

何遇弯着腰，把机器人抱去充电座，也不过就十几斤的家伙，感觉比前些天又吃力了不少。简单洗漱后，他在饮食一体机前犹豫片刻，点了一杯温水和蛋饼。

何遇坐在工作台前，一只手颤悠悠地掀开窗帘一角，外面是透光的白，电视上说，这是札幌今年入冬以来，最大的一场雪。

还是往常的习惯，他用那支惯用的白色钢笔，缓缓写下一封信，耐心装进一个米色的信封里，随后起身穿上大衣，套着羊绒围巾，把白色头发顺了顺，戴上一顶灰色的平沿帽，敛去表情，打开车门，轻轻地下了房车。

这是移动书店停业的第五天。

何遇来到札幌市医院，在重症病房前，把那封信递给穿着粉衣的护士。银色的房门里，方楚楚在病床上安静地沉睡，两台精密的仪器连着她的大脑和心脏。因为用药的缘故，她大部分时间都在昏睡，间或醒来，就读读何遇给她的信，聊聊天气心情，更多是他们共同的回忆，末尾，总是附上一段情话。

只有在仪器换药时，何遇才能进入病房，不能停留太久，所以还要看运气，最好方楚楚能默契地睁开眼。

最近一次的见面，何遇说写信没人回的感觉，好孤单啊。方楚楚笑笑，声音发涩地说："轮到你了老头儿，该你主动一点，我好休息休息。"

何遇心疼道："当年你追我的时候，应该就是这种感觉。"

"什么我追你，是你先撩我！"方楚楚用力咽了咽口水，一股热流袭来，眼睛被刺得糊上一层雾气，她缓缓说道，"在老师办公室里，突然说月亮圆，看你老老实实的，还不是为了吸引我注意，你就是心眼子多。"

"好好好，你说什么就是什么，感谢月亮，让我们碰上了。"

"我们能碰面，那是因为我长得好看。"

何遇被呛得咳了起来。

两校合并的消息何遇是最后一个知道的。

高一学年结束，决定读文的他，得了急性阑尾炎，躺进医院待了个大半个月。他带着小腹的一道伤口重回学校，校园早已狼烟四起，有人在食堂后门偷偷集会签名抗议合校，高年级甚至直接带头在顶楼撕书，整个教学楼被白花花的纸片淹没。

当然最后还是合校了，说是教育局的意思，两校统称龙泉县中学，高中部搬到隔壁龙中，二中变成初中部，二中这个响当当的名号从此消失。二中学子万念俱灰，莫羡倒是平静，她坐在靠窗的座位，一手托着腮，一副岁月静好的模样。

没人知道那时的她在想什么。

踏进新班级的那天，何遇首先看到的是莫羡，缘分使然，何遇心想。再一转眼，方楚楚靠在椅背上，给了他一个饱满的大笑。我想死，何遇心想。

无敌方楚楚在这个学校有个男女混合团体，名曰"Girls and More"，一看这小破团就是严重性别歧视。他们有课一起逃，检讨互相抄，团队宗旨就是活在当下，时光爱老不老，我们毕业就散。那个高个子刘海男叫修远兮，听说外公是日本人，家里开剑道馆的，常在座位上张牙舞爪，招式每天不重样，官方解释说他在练气功。寸头肌肉，说话总爱拽英文的男生叫高兴，从认识方楚楚他们那天起，他就不停炫耀毕业后会去英国念书，He is the king of the world。身高一米五的叫郝青春，二次元美术生，会真实地把cosplay衣服穿到学校里，并且一整天都沉浸角色的敬业妹子。最后要隆重介绍的是，占用了"每个班都会有一个胖子"名额的Pizza，英文名是她自己取的，她的梦想是赚大钱，每天都能吃上必胜客。

这帮人给何遇和莫羡的见面礼就是拉他们去网吧。对于何遇这种没有深层次追求，以及胆子不在线的人，网吧、游戏厅犹如善良人设的一处黑洞，如果进去了，那就真的从一个可塑之才变成无耻之徒了。何遇抱紧网吧门口的水泥柱子，宁死不从，最后输给了莫羡寡淡的一句话："我在这里有卡。"

网吧里乌烟瘴气，何遇有好几次都忍不住想吐。方楚楚热情洋溢，给何遇申请了一个QQ号，把每个人都加上，还特意把自己设置到一个分组里，何遇像是看某种仪式一样，跟着方楚楚的鼠标箭头晃着脑袋。

还没把"886""9494"和"555"代表的意思分清楚，就听见对面的修远兮扬着下巴，煞有介事地说："何遇，你六点钟方向，有个女生在偷看你。"

方楚楚机警地先回头，刚好看见一个小女生躲闪的眼神，不住地把脸往显示器一角钻。

"她不是看你，她是看门口的警察。"坐在他们旁边的莫羡温柔一刀。

门口的警察叔叔看完网吧老板的登记表，开始挨个儿看身份证。所有人默契地开始脱校服，何遇胃里已经翻江倒海，他大口呼气，脑袋已经跟不上这节奏。

莫羡和修远兮仗着七成熟的脸，从警察身边走过，在老板那刷了卡从容离开，接下来是郝青春，她是直接大摇大摆走出去的，因为身高优势警察压根儿没看见她。方楚楚把何遇的校服脱下来绑在自己腰上，拎起已经全身僵硬的何遇，掩耳盗铃埋着头走，结果不偏不倚撞在警察身上。

那天要不是Pizza靠吨位挡住了警察，高兴再靠蛮力抱走了Pizza，他们一行人就跑不到龙泉湖边，即便喘不停，也不忘指着对方狼狈的样子大笑，还能相安无事地吃上便当，为了纪念，拍下第一张大合影。

有些人总是猝不及防地出现在你的世界里，清浅如过目则忘的照面，深重如镌刻回忆的凹痕。

何遇不知道这些人究竟能在记忆里撒野多久，未来是否有瓜葛，只知道在那一刻，好像机械枯燥的高中生活，突然鲜活起来了。

整理照片的时候，何遇翻到手机里那张大合影。“Girls and More”在毕业后如约解散，几十年更迭，各自早已过成了不同世界的人。因为当年的手机像素太低，Pizza的胖脸照虚了，何遇后来找了各种修复技术，也没办法优化。但就像Pizza说的，就让她，成为大家回忆里的一个谜吧。

这个谜打来了视频电话。

何遇摆正衬衣领口，按下通话键。视频里的胖老太虽然脸上堆满了褶子，但看得出平日里爱捯饬，红衣裳衬得嘟嘟脸仍然饱满明亮。Pizza在电话里举着比自己脸还大的比萨，说她的孙子给她开了新的餐厅，研发的比萨都特别好吃。

何遇戴上VR眼镜，来到Pizza身边。来不及欣赏餐厅装潢，光是看到比萨上堆满的芝士就觉得腻了，他撇撇嘴，揶揄道："都60岁的人了，还拿身体开玩笑。"

"你忘了我们团的宗旨了，"Pizza不依不饶地还嘴，"看看我这胃，为我操劳那么多年不也一样坚挺？！"

"及时行乐也要守住资本啊，你看郝青春那癌，再多撑两年，药就出来了。"

"那是人家明白，与其受罪，不如当下舒服，早点走，让后来的人念着她。她那墓地啊，已经快被那些卡通玩意儿堆满了。不说我都忘了，那个70多岁的作者，最近才画完《海贼王》大结局，回头赶紧给她烧两本去。"

何遇沉吟半晌，想要取下眼镜："我要去医院了。"

Pizza叫住她，试探地问："准备好了吗？"

何遇背对着Pizza站着，话到嘴边又收住了，他缓缓摘下眼镜，回到自己的房车里，佝偻的身影被窗外的光线射透，影子被拖得老长，助理机器人在他身边辛勤地擦着地，空旷的车厢里发出清晰的声响。

2007年的冬是龙泉历史记录里最冷的一个冬天。

南方的湿冷让整个龙中都笼着一层怠懒的氛围，40分钟的课，感觉无限漫长。合校之后，雅典娜老师的心理课变成"一期一会"，龙中的校长在五层走廊尽头不起眼的角落里，给她弄了一间心理咨询办公室。或许是大家都活得没啥烦恼，来咨询的同学甚少，她平日里就在这个不足20平方米的空间里看报纸做研究。

他们新的语文老师就比较忙了，还出了一套正确选项全是C的卷子，来考验大家的定心。要背诵的课文，他都会让学生们默写，一来二去大家就精了，都会事先抄在纸上，结果道高一丈，他故意从第二三段开始，或是让大家把本子横过来，总之变着花样来默写。这让从二中过来的学生更是闹心到无以复加，几个男生带头扎了语文老师的自行车车胎，在他的课上睡大觉吃面条。

何遇和莫羡倒是没什么反应，二中的人觉得他们这是叛变，不顾及母校情分。一腔热血的方楚楚看不过去，约上那几个男生在操场小聚，等她的小团体悉数到齐，两方阵营正式对立。方楚楚是想跟他们讲理的，马上都是成年人了，请带上脑子，不要看了几部港片，就在这瞎贯彻义气，要真觉得委屈，等自己扬名立万了，把学校名儿贴额头上都行，但有气别往老师身上撒，这让我怀疑你们究竟是不是男的。带头的男生听罢走到方楚楚面前，朝她竖了个中指。本以为人高马大的高兴会直接动手，结果他只在旁边弱弱地说了个"Oops"。

何遇突然伸手，气势汹汹地抓住男生的指头，又认戾地柔声问："这样好像很没礼貌吧？"

在男生怒火中烧的当下，校长来看热闹了，问他俩这是干什么，莫羡镇定自若地解释："马上运动会，他们准备练习5000米。"

"这么用功，那现在给我跑跑看看。"

现场的小伙伴都安静了。

何遇拦下想替他跑的方楚楚，硬着头皮跑在第一个，男生轻声骂了句娘，跟了上去。后面的课方楚楚直接翘了，备好两瓶水在操场边等他，莫羡也万分抱歉，在窗边行了40分钟的注目礼。演戏演全套，以往运动会都只会写通讯稿的何遇，真的参加了5000米，不负众望地跑了个倒数第二，身体终于超负荷，肌腱炎外加感冒发烧，在家废了一星期。

某天何妈闻声开门，方楚楚搓着通红的手站着，乖巧地一鞠躬。

这个女孩子的大多行径都无法用常理解释，所以何遇也懒得问她怎么知道他家地址的。方楚楚以帮他补课的名义，强行同框，又是带高汤，又是送便当的，没有那些奇装异服，就穿着淡青色的羽绒衣，头发简单扎着，跟何妈说话声都放低了两个度，永远眼带笑意，何妈说什么，都回一句好的。

何妈完全被方楚楚降伏，连说如果何遇的早恋对象是这样的，她也认了。

"妈你说什么呢！"何遇没好气地嘟囔，"她平时不是这样的。"

一学期唯一一次的心理课，雅典娜期待许久，她做好万全的准备，一上来就让班上的同学做吸管传递小纸杯的游戏，还能准确地喊出每个人的名字。本来其乐融融的氛围，却被郝青春尖厉的一嗓子给吼破了。

下雪了！

结霜的窗户外，片片雪白舞动。这是他们长这么大，在这个南方县城第一次看见雪。

所有人的视线都被窗外的景带走。板书写到一半，雅典娜放下粉笔，轻叹了口气，然后扬起一抹笑说："接下来的内容，是要大家去校园里找找，你们最喜欢的东西，花草树木纸屑灰尘都不限。但是要注意纪律，下课的时候交作业。"

那天只有他们班在操场里玩雪，雪积不起来，只是润湿了路面，他们就从树枝草丛上裹起雪，手被冻得通红也不觉得疼。顶着一头白色的方楚楚突然拉住何遇的手，他想挣脱，连问几个干什么。方楚楚笑着答，逃课。

何遇半推半就着被方楚楚拽出了学校。这是他第一次翻围墙，第一次在学校外面听到上课铃响，第一次在上课时间轧马路。他没见过这个时候的小城，深邃安静，楚楚动人。大路上只有他们两个人，何遇摩挲着肩膀，只能靠偶尔路过的几辆人力三轮车缓解尴尬。

方楚楚在超市里买了两根冰淇淋，随手递给何遇，自己熟练地咬掉围着蛋卷的包装纸。

"你疯了吧，大冬天吃这个！"

"谁说冰淇淋只能夏天吃了，"方楚楚大咬一口，豁起嘴，边笑边哈着白气，"冬天的冰淇淋更好吃。"

何遇半信半疑地跟着咬了一口，透心凉，冻得太阳穴都疼，他鄙夷地看了眼雪糕，大惊："这个牌子很贵吧。"

"还成。"

"少花点你爸妈的钱。"

"哎，你跟我来，让你看看我打工的地方。"说着方楚楚拽着何遇的羽绒衣一角，拉着他跑起来。

"干吗要跑啊？"

方楚楚不带喘地大吼，雪花灌进嘴里："我每天放学和上学都用跑的啊，日升日落，我要奔跑过太阳。"

她真的是个神经病。

何遇在湿滑的路面迎着雪足足跑了一公里，最后在一家奶茶店门口停下。有一瞬间，他看见方楚楚在柜台上做着热奶茶，五彩马尾随着忙碌的身子来回摆动，这样的画面好像也很养眼。

是这里，方楚楚指着旁边的音像店。

现实总是辣眼睛。

方楚楚拉开两抽屉的盗版碟和磁带，饶有兴致地给何遇介绍卖一张碟能赚三块，以及哪些碟里面装的其实是十八禁，还有用步步高可以洗掉磁带录自己的歌，调虎离山卖给别人……何遇听着听着走了神，他突然有种莫名的期待，这个跟他不是一个世界的女生，还能做出什么他认知范围外的事。

音像店里只有一面墙的CD和磁带是正版，方楚楚问何遇喜欢哪盘，他看了一圈也只认识周杰伦，他指了指《依然范特西》的磁带，方楚楚大方地一拍胸脯，说等毕业了送给他，当作礼物。

其实方楚楚会来这个店打工，更重要的原因是看中了顶楼的天台，无论心情好坏，只要有时间，她就会独自上来坐坐。音像店的天台有最好的视角，能看见成片低矮的房屋，县城中心的灯塔，天气好的时候，云是一帧帧的动态，抬头有星星，全世界都是大片烧红的晚霞。

两个人坐在秋千上，何遇忍不住感叹，真美啊！

"何遇，你见过外面的世界吗？"方楚楚指着远处若隐若现的山说，"这座山后面，我们待的盆地外面，如果我们去到那些地方，会不会跟现在不一样？"

"不知道，"何遇的思绪游离片刻，"我喜欢自己的家。"

"那还是要出去啊。"

"出去？"

方楚楚满脸憧憬道："对啊，我是属于世界的。"

"你就是太把自己当回事儿了。"

"我不把自己当回事，指望别人来吗？"方楚楚陡然大声。

何遇尴尬症来袭，如鲠在喉，陷入沉默。

方楚楚止不住寒战，打了个喷嚏，阿嚏！

"你打喷嚏的样子挺可爱。"何遇脱口而出。

那个时候，说什么都挺容易的，我喜欢你，可以是开场白，我发誓，成了谎话的前奏，说了再见，以为真的会再见。就像那个时候的何遇不知道，因为这一句话，女生就对着风吹了一个晚上。

窗外仍是片片雪。

护士在纸上写下记录，2053年12月22日，呼吸机能恢复。

昨天方楚楚嘴馋，威逼利诱何遇给她喂了个橙子，结果吃到昏迷，身上连着的机器发出巨大的鸣叫，把何遇吓得觉都睡不着。

倒是方楚楚，醒来后一直偷笑，一来是尝到了甜头，二来觉得何遇紧张的样子着实可笑。

他最近的一封信里说，保证接下来几天，再也不会被方楚楚洗脑了。那封信还有个主角，是大块头高兴，何遇有天在杂志上看到他了，他跟一个小了他三十多岁的英国女友生了孩子，旁边人物介绍写着，他是登顶珠峰年龄最大的华人。

方楚楚让何遇念念这封信最后的情话。

何遇接过信纸："你负责任性，负责随心所欲，负责做你想做的，负责不负责任，我就只对你负责。"

方楚楚边听边笑。

何遇急了，皱眉解释："我是要对你负责啊，你最好的青春都给了我。"

方楚楚用力侧了侧身，盯着天花板，嘴角止不住抽动，柔声道："老头子，我又没吃亏，心甘情愿。你最好的青春也给了我啊。"

因为跟二中合并，龙中背负着更大的升学压力，临近高二学年结束，学校立下了很多新规和禁令，比如周六补课，晚自习多上一节，以及禁爱令，还为此成立了各种学生小组，查迟到早退的，查上课纪律的。作为"Girls and More"里的"girl"和"more"，郝青春和Pizza自告奋勇成立了拆散情侣小组，终日戴着黄色袖标在校园里游荡，追追新番，兼顾吃垮小卖部。结果不小心真被郝青春拆中了一对，不过那个在树林子里拉小手的当事人，是他们同学，就是上次那个在操场跟何遇跑5000米的男生。

小城风气，说是单纯，也不过是套着实心儿的傻，早恋发乎情止乎礼，牵手就已经越界，最严肃莫过于亲吻，所以对于处男处女这事，会被上升到很严重的高度。那个时候，男女生间会传一个段子，说女孩子走路双腿并不拢就不是处女。

郝青春走路腿并不拢，是那个男生传出去的。同学见到她视线一致向下，为此她连路也不敢走了。郝青春赖在莫羡怀里哭着说，腿细怪我咯！这事后来是修远兮平息的，他把男生叫到车库，自己随手撅了一节树枝进去，再出来的时候，那个男生就开始叉着大腿在教学楼里"游街"了。

都以为修远兮是表演型人格，上课晃神下课打坐什么的，别说剑道了，即便说自己是青龙帮帮主，他们也会配合演出跪地叫声大哥的。但没想到，他是真材实料。郝青春从此入了修远兮的坑，只要有修远兮出现的地方，她的脑子里就塞满弹幕，不停点赞。

也就是在这个人人谈爱色变的时候，方楚楚拎着行李箱敲开了何遇家的大门。她说是跟家里人吵了架，离家出走又没地方去，就来何遇家避避风头。没等何遇发表意见，何妈已经好客地给她张罗起起居用品，还勒令何遇把床让给方楚楚，甚至连她喜欢吃什么忌口什么都记录在案。

何遇说她不是避风头，也不是离家出走，而是来认干妈的。

前半夜的方楚楚辗转反侧，满脑子是睡在地上的何遇，她幻想了无数个能顺理成章睡了，哦不，睡在何遇旁边的办法，她甚至都想破罐子破摔默默钻到他被子里，第二天再把责任硬推给梦游。

何遇的床其实就是个榻榻米，四个角用木头撑子固定着，最后她研究出了一个法子，把垫子往外拉了拉，连拽带踹地弄走前面的撑子，伴随着期待已久的失重，方楚楚成功滚了下去。

此时何遇用力翻了个身，于是方楚楚直接砸在了他的身上。

强睡计划失败，有方楚楚这个永动机在，下半夜的主题理所当然变成了"睡什么睡起来high"。

聊到何遇的爸爸，他首次松了口。在他很小的时候爸爸出轨，离开了这个小县城，何妈至今都未再嫁，也许她不想辜负席慕蓉的诗意。

方楚楚翻到何遇桌上的作业本，被何遇机警地一把抢走，两人争抢推搡间，知道这是何遇写小说的本子，方楚楚强调写小说没什么可害羞的，还说她一向第六感灵验，何遇今后一定是个作家，说什么也要把本子往自己书包里塞，瞻仰瞻仰作家苗子的作品。

何遇没辙躺回被窝，背对着方楚楚没好气地说："你啊，到底是个怪人。"

"我啊，就是喜欢跟你在一块儿。"

何遇用被子挡住脸，觉得脸有些烫。

"跟你在一块啊，有种一手插进超市米堆里的感觉。"说罢，方楚楚身子一顿，目光灼然地朝何遇射来。

何遇下意识地缩了缩脖子问："什么感觉？"

"反正就是很舒服。"

那次离家出走，方楚楚就战斗了两天，不过后面她也不常出现在学校，行踪不定，偶尔来上课，也是蓬头垢面精神恍惚。等何遇再次见着她，是在医院住院部里。

头天晚上龙泉下了场暴雨，学校对面的打印铺子因为打印机漏电烧了起来。好在雨够大，消防官兵也及时赶到，没造成大事故，不过从里面抬了个人出来。

方楚楚这些天蹲在打印铺子的电脑前，一个字一个字地把何遇手写的小说敲在word文档里。本想打印出来装订成书给他一个惊喜，没想到送来了惊吓。铺子失火的时候，她第一反应是抢救何遇的作业本，过程中被烟燎到鼻腔，没一会儿就失去了意识，好在人没有大碍，但是她的马尾辫被烧坏了。

"Girls and More"一行人围着方楚楚，像是正在进行一场仪式。方楚楚深呼吸，鼓起勇气接过何遇递来的镜子，摇头晃脑地来回看了看，然后招呼所有人都先出去。

她痛定思痛地摸了摸自己枯焦的头发，咬住嘴唇流了几滴泪。

何遇站在病房外，心情复杂，说不上来的一种自责与愧疚。

第二天何遇一早来学校值日，教室门突然被一把推开，黑色短T恤，绑在腰间的校服，单手拎着的书包，一头利落的超短发，伴着广播站晨间新闻的BGM，无敌方楚楚回来了。

画面越来越模糊。

脑子不听使唤，闭着眼想要调取记忆里的某个画面，但总是被蒙上一层雾。再想辨得清楚些，索性连那个画面都没有了。

方楚楚醒来后记不起过去一些细碎的事，她问何遇，那年她剪过一次短发，是因为什么来着？

何遇给她的信里写，那年夏天，我们县里有了第一辆公交车，当时车厢里人挤人，把我们挤开了，彼此去不到对方面前。但我们互相看一眼就心花怒放，我一笑你就跟着笑，停不下来。路人肯定觉得我们俩是智障。最后，那辆公交车着了火，我很机灵地用求生锤把玻璃砸了，把你救了出去，不过你的辫子被烧了。

"当时我们俩有到那地步吗，还心花怒放？"

"不要质疑我的用词。"

"而且，你什么时候有这么勇敢。我头发烧了，那你怎么好好的？"

"我的小说被烧了啊，不然我今天早当作家了。"

何遇还写道，因为你剪短发的事，没少跟校领导闹过，你是不良少女，而我跟你关系最近，所有人都知道。其实当时莫羡来找过我，让我还是注意点分寸。那天她用手框到了第100架飞机，传说可以许愿，她许愿的样子好认真，我从没见过这样的她，会跟一个没有根据的传说较真，但她却说，愿望都会落空的，不然每次许愿的时候就不会这么虔诚了。

不知道那时的她许了什么愿。莫羡，在她高三被退学之后，就再没有见过了。

高三那年，雅典娜的心理咨询室变成了"Girls and More"的庇护所。从这学期的第一天开始，整个年级就变了一种画风，走廊和班上贴满了直截了当的标语，老师们开始比赛发卷子，班上没了打闹和聊八卦的声音，只有永无止境翻试卷的声音，噼里啪啦噼里啪啦。

因为整个高中都在课上写小说的何遇，到了高三彻底力不从心。在这样的低气压里，雅典娜安慰他们："考到什么学校不重要，重要的是遇上什么人。你看，咱们这个学校，比不了大城市的重点，它可能不够好，但你们不都是最厉害的人吗？"

雅典娜说完这话的第二天，校园里挖出来了一块巨大的火山石，据说含有好几十种矿物质，价值过千万。龙中突然占据了报纸头条，一下子就身价暴涨，平日里闭塞的小县城也接连迎来了好几波观光客。

在备考最紧张的阶段，一个大肚子领导来龙中视察，地方请了当时特红的歌手来学校表演，说是配合大家的成人礼。

大肚子领导和女明星来的那天，室外温度冲破三十七摄氏度。龙中初高中部所有学生停课，在中心大路上列队迎接。男女生交替站成两排，手举着假花，保持八颗露齿笑高喊着，欢迎欢迎。从没见过活的明星，高兴他们全程星星眼，喊得很用力，方楚楚在一旁吐槽这是十里长街，莫羡则全程冷面，机械地晃着手里的花。

暴晒一天后，是无缝衔接的成人礼，校长专门去旁边的技术学院借了礼堂，主持人套着皮卡丘布偶，在舞台上又唱又跳地努力活跃氛围，成人礼宣誓结束，皮卡丘开始跟学生们互动，提问如果能跟60岁的自己对话，会说什么。刚准备问第一个举手的学生，皮卡丘就被工作人员请下了舞台，说是候场的女明星等得不耐烦了。皮卡丘几乎是被推到台侧的，又迅速被围观的人群挤到后门一角。何遇远远看见皮卡丘取下头套，果真跟他心里猜想的声音吻合。雅典娜的头发湿漉漉地黏在脸上，她揉着眼睛，看不清脸上的表情。

女明星登台没唱两句，就被高兴揭穿是假唱，他说听过那么多国外表演，她这个假得就差冲着麦克风尾巴唱了。唱到一半时，礼堂的音响突然坏了，麦克风又没有声，那个女明星在台上手足无措，隔老远都能感受到满场的尴尬。等麦克风调好，正巧收进女明星问候老妈的一句脏话。

全场哗然。

那晚"Girls and More"拦了大肚子领导和女明星的车，女明星戴着墨镜在车里颐指气使，她的助理和工作人员下来实战。领导挂不住面子，朝他们吼，你们这些人不想上学了是吗。方楚楚激动地正准备上前，背后的莫羡一声令下，你们都退下。然后她把披着的头发用头绳扎好，上前扯开女明星的车门，把她拎了出来，用膝盖问候了她的小腹，神情肃然地说："我教教你怎么接地气儿。"

何遇也是从那天才知道，安静文艺的莫羡是"Girls and More"的老大，也就是当初方楚楚来二中偷的那个带锁笔记本的主人。这是他们团队的交换日记，实乃最高机密。

莫羡被退学那天，他们在雅典娜的办公室进行了小范围的道别仪式。莫老大提了"三不准"要求，一不准毕业前再闹事，二不准哭，三是现在闭上眼睛不准偷看，等她走后一分钟，再睁开。

一分钟后，所有人睁开眼，白色的小黑板上写着四个字："我爱你们。"

青春总是有遗憾。

就像为人类取来火种的普罗米修斯，自己却遭受了宙斯永无止境的惩罚。就像追过的偶像剧里，那个又傻又痴情的男二号永远只能拥有女主角的背影。就像莫羡离开后就再也没有她的消息。就像修远兮默默站在他们身后，偷偷红了眼睛。

他那些怪力乱神的气功是为莫羡表演的，每次聊天拿捏的潜台词是为莫羡说的，他以为制造了那么多存在感，就能收获一点点的好意。当他把那个测试缘分指数的QQ链接发给莫羡的时候，就一直期待着能收到自己的名字。

结果邮箱里显示的，却是何遇。

汤显祖的《牡丹亭》里说，情不知所起，一往而深。

大概这就是青春吧。

还记得雅典娜在我们成人礼上问过一个问题，如果能跟60岁的自己对话，会说些什么。

亲爱的楚楚，没想到我们就真的来到了60岁。那个时候觉得60

岁好遥远，人生差不多就快看到头了，结果你看最近的报道，现在60岁才只算是中年人呢，我们的日子是不是才正要开始？

"如果"真的是个很有欲望的词，年轻时候的我们，以为世界是不会改变的，但后来却需要很多个"如果"。

真的有如果，我倒是有些话想对18岁的自己说。

18岁的何遇，抱歉我要剧透你的人生了。你不用纠结能上三本还是专科，因为那都跟你没什么关系。你反正没有上大学，所以也就别白费力气了。

18岁的何遇，你信命，却不太信自己。理性虽好，但不可贪，人活着，偶尔还是需要那一次的冲动，一次的热枕，一次的勇敢啊。

你会跟方楚楚一起，开启成年后崭新的人生，你们一生颠沛流离，却彼此搀扶，过上让人羡慕却不敢模仿的生活。你若喜欢她，请及时表达，对一个人好，就是要让她知道，因为方楚楚会在30岁时因脑瘤病倒，好心提醒一句，如果可以，就别剪她的头发，因为手术最后不用开颅，为此，她没少责怪我。

她是闯进你世界里多余的太阳，但别赶她走，因为她让你看见了不一样的光。她经常放飞自我，脑回路跟常人不同，但即使全世界都误会她，你也要懂她。你别怕她的好意，因为那是她爱一个人所有的表现，她果敢，善良，硬邦邦的心好像百毒不侵，但你要知道，姑娘都是需要疼的。我唯一的劝告，就是在你们写下结局之前，要用尽最大的力气爱她，守护她。沿途风景再美，也抵不过有她的荒野，四季更迭，唯有好姑娘不可辜负。

方楚楚读完这封信后，就甜甜地睡去了，梦里自己在一个类似时光隧道的地方不停下落，四周是变形的黑色纹路，心脏的跳动已经跟不上失重的速度，她觉得呼吸困难。

终于睁开眼，视线被一层凝结的秽物遮挡，辨不清何遇的模样。她感受到何遇正在抓着自己的手，试图想跟他说什么，却发现口里很难吐出字。

"我在。"何遇俯身到她耳边。

方楚楚努力收紧小腹，用气音顶出一句话："这个结局已经很善良了。"

护士的随诊记录上写着，2053年12月26日，呼吸机能衰竭。

"25年之后，我们再来这里见面吧。那个时候我坐在台下，视茫茫，发苍苍，齿牙动摇；意气风发的你们坐在台上。我希望看见你们如何气魄开阔、眼光远大地把我们这个社会带出历史的迷宫——虽然我们永远处在一个更大的迷宫里——并且认出下一个世纪星空的位置。"

这是龙应台的文字，被雅典娜密密麻麻地写在咨询室白板上当作告别赠言。高考最后一门考试铃响之前，雅典娜给学校递交了辞职报告，辞职原因那一栏，她只写下了一行字：世界那么大，我想去看看。

高兴在散伙饭那晚喝得断了片儿，他轮流抱着大家哭，说他也想去世界看看。这些年吹得最大的一个牛，就是说自己会出国读书。富二代这三个字，只有第二个字是真的。

郝青春塞给修远兮一个大罐子，这些是她收集的修远兮出生年的硬币，那一年不怎么产硬币，但也收集了满满一罐子。她什么话也没说，也没有留一封情书。她只是觉得青春圆满了。

那晚方楚楚和何遇在音像店天台喝剩下的酒，方楚楚坐在秋千上，何遇在背后推着她。方楚楚突然转身，趴在秋千背上，抬眼望着何遇。

两人四目交接，心里似乎千言万语，脸上却云淡风轻。

何遇知道再撑几秒老毛病就要犯了，连忙对方楚楚说了声："谢谢。"

"何遇，你知道世界上名字最长的鱼叫什么吗？"方楚楚突然问。

"啊？"

"胡姆胡姆努库努库阿普阿阿鱼。"方楚楚把自己逗乐了。

何遇早就习惯方楚楚这清奇的脑回路了，配合笑起来。

"我认识你这么久，不是想得到一句谢谢，又不是抽了张奖券。"方楚楚转回身，开始自己荡起秋千，"何遇，这个世界上还有好多你不知道的东西，你难道就不好奇吗？"

"我觉得自己还没长大。"

"我要离开这个县城了，没有志愿，没有大学，没有束缚，接受所有失去，因为我等不及要去外面看看了。"方楚楚微微侧脸，柔声问，"但我可以有你吗？"

"你喝醉了。"何遇心怦怦跳，不知如何回应。

"你不用太快回答我，暑假结束那天，我在公交车站等你。"

那晚他们喝到凌晨，走之前，方楚楚扔给他一盘磁带。何遇稳稳接住，摊开手，是周杰伦的《依然范特西》。

札幌的雪停了，游客在蓬松的雪地里踩出几厘米的小坑，路边的拉面店挂上"营业中"的牌子，飞机在空中轰鸣，这座城市又回到了往日的鲜活。

一个高个子老头站在房车边驻足看了许久，车顶的雪落在他背着的剑道竹刀上，他轻轻拍了拍，转身跟上同伴。

房车内，何遇把方楚楚最爱的几件衣服挂在衣柜里，又把她常用的杯子和牙刷毛巾洗了一遍。她最爱看的书，爱吃的零食，去旧货市场淘的摆件，都规整在熟悉的位子上，他一刻也闲不下来，好像方楚楚随时会推门进来。

助理机器人从床脚抽出一个封面烧坏的作业本，何遇惊讶之余会心一笑，他翻开看了两页，随后从大衣里掏出一封信，小心翼翼地夹在作业本里。

那封信是方楚楚去世前写的。

护士转交给何遇的时候，说她走得很平静，在睡梦里就去了。枕头边上摆满了好几摞何遇给她的信，她说这是她一辈子最珍贵的情书。

少年时，方楚楚连首藏头诗都写不好，身体旧了，又念及自己的一份偏执，享受何遇宠着她，给她写信，所以从没给何遇回过一封信。

这是她的第一封。

她只写了一句话："今晚的月亮好圆。"

何遇最后还是没有考上本科。

何妈说无论是复读还是去技术院校上个专科，她都没有意见，只要是自己的选择就好。

何遇颓丧了一个暑假，那天终于还是到来了。

他提早一个小时就到了公交车站，用硬币在沙地里写写画画。远远听到有人跑步的声音，就猜到下一秒方楚楚会拍上他的肩。

好像回到第一次碰面，她除了头发短了些，骄傲仍写在脸上，加上跑着来的缘故，额头上挂满了细密的汗珠。

公交车即将进站，何遇握紧手心那枚硬币。

来之前，他跟自己打了个赌。

正面，跟方楚楚一起走；反面，留在这个小县城。

方楚楚收敛了兴奋的表情，看着何遇把硬币抛向空中，接住，松开手。

反面的菊花图案有些晃眼。

"很高兴，我还可以成为你的选择。"方楚楚主动伸出手。

"对不起。"何遇埋下了头。

"千万别说对不起，道歉之后就在等着对方的没关系了。我不想说没关系。"方楚楚努力克制情绪，拍了拍何遇的肩膀，"只能说，我等不了你长大了。"

何遇站在炎炎的烈日下，看着方楚楚上车。

司机可能在等乘客，公交车迟迟未开，邻座的大姐对方楚楚说："不舍得男朋友是不是？"

方楚楚用力背过身，捂住嘴，眼睛立刻就红了。

车缓缓开动，何遇也跟着慢慢跑起来，直到跟不上车的速度。他终于忍不住朝前方大喊："我会永远记得你。"

那一刻，像是捞起瓶子里翻肚皮的漂亮金鱼，像是亲自放走了心爱的风筝，他选择做平凡的人，却不是一个会爱的人。

后来呢？

后来是十年以后。

何遇拿到了公司先进荣誉员工的称号，当初要不是何妈以断他一个月口粮相逼，他也不会去何妈待的汽车厂工作。何妈倒是清闲，提前申请退休，把周杰伦的歌全做成"动次打次"的版本，成了龙泉县的广场舞舞后。

到底是小城青年，当初说着要解散的人，至今都还赖在彼此生命里。高兴去市里的雅思培训班当老师了，送走了一批又一批去镀金的学生。郝青春成了县里幼儿园的幼师，只是园长比较操心孩子们不爱喜羊羊爱海贼王的问题。修远兮继承了他们家的剑道馆生意，最近跟楼下的肚皮舞老师好上了。莫羡仍然停在了他们的18岁，至今去向不明。Pizza比较可怜，二十多岁的时候从楼梯上摔下来，摔成了永久味觉失调，彻底跟她的比萨绝缘，不过倒是减了肥，了却一桩心愿。

何遇刚在镇里买了新房，餐厅的墙上挂满了相框，"Girls and More"的大合影骄傲地挂在正中，其他都是宝宝和一个短发女人的。

何遇的妻子是他汽车厂的同事，两人在联谊会上看对了眼，妻子欣赏何遇的才气，何遇流连妻子的温柔。他们贷款买了这套房，下决心接下来三十年要为了按揭再努力一点。

加完班回到家的何遇吻了一下睡熟的宝宝，来到妻子身边。

妻子抱着一个纸箱蹲在客厅整理杂物，何遇让她先休息，自己来扔。过程中他看到了许多回忆，收拾到那本烧掉封面的作业本时，他笑着摇摇头，随手放在了纸箱里。最后翻到一盘磁带，封面已经有些褪色，但也认得出是《依然范特西》。

他找到快变成古董的随身听，一个人默默瘫在沙发上，戴上耳机，仰着头闭着眼，按下了播放键。

这么多年过去，他的歌还是一下子就让你重返青春，不需要歌词，一直都存在脑海里。

惊醒后，歌已经放到最后一首，伴着一阵杂音，磁带突然没了声。何遇以为是随声听年代太久坏了，正想取下耳机，一个熟悉的声音传来。

"喂喂，咳咳，奇怪，是这么弄的呀，哦，已经在录了。何遇你好，我文笔不好，干脆就用说的吧，你不要太激动。想了很多话怎么现在说不出来了，看来活着，就是没办法等你全部想好了再说啊。我知道我浑身的毛病，还好你从没嫌过我，也没想过改变我，陪我一起胡闹三年。我承认，我很喜欢你，在很多时候。在你傻乎乎聊月亮的时候，我最喜欢你；在你四仰八叉睡在我旁边的时候，我最喜欢你；在你努力勇敢又马不停蹄软弱的时候，我最喜欢你；在你的小说里写'此去经年，最好是你'的时候，我最喜欢你；当我幻想的未来里有你的时候，我最喜欢你；我害怕我们不能在一起的时候，我最喜欢你。不管最后的结局如何，如果我们不能同行，那希望你能幸福，过自己想要的人生，不要再厌了，要学会反抗，如果有人欺负你，记着打啊，实在打不过，就用跑的，要跑过太阳。你放心，我也会照顾好自己，我是野草，在哪里都能活下来。但我还是希望牵我手的人是你，能够借给我肩膀的人是你，我想我们一起死皮赖脸地活给明天看，我想为你系上衬衫的纽扣，帮你灌上钢笔墨水，坐在世界最高的地方狠狠亲你，哎呀，怎么有点想哭呢，你就当这是不良少女的胡话吧。何遇，你不用跟我有爱情，也成了我青春岁月里最温暖的回忆，因为你，我想成为一个更好的人。"

青春总让人不知如何是好，以为遇见就是命中注定，以为说不破的暧昧在对话的字里行间中都有迹可循，以为眼前的就是最好的人，但有些感情却无处安放，终究没有下文，过程中我们甚至都来不及问一句为什么。人生没有如果，只有结果，在那些A和B的选择之中，因为一丝犹豫没有抓牢的东西，最后都会被时间消耗殆尽，只是某个睡梦中醒来的遗憾太伤人，那一生仅此一次的一去不返，每个爱过的人都知道。

我们说好再见的，最后还是忘了，以为永远有多远，不过是一场顷刻结束的后知后觉。

平行世界里，玛婷达牵住杀手里昂的手说，我不报仇了。泰坦尼克号沉没，木板却承受住了两个人。剪刀手爱德华修剪最后一片雪花时，金再次敲开了古堡的大门。藤井树不再是两个相同的名字，而是拥抱在一起的恋人。

就此告别，在某个未来重逢，我会想念你，在你想我的时候，也在你不会回来的时候。①

不是不想爱，是有所顾虑。
不是不害怕孤单，是已经习惯。
不是不羡慕街上的情侣，
而是一直在等。

等了那么多年，嘴硬说自己过得挺好，
但心里遗憾的是，
时光清浅，始终一个人。

　　暗恋是一场漫长的失恋。

　　这个身体力行的觉悟从我们喜欢上第一个人开始，就密密麻麻烙在所有痴男怨女身上，尽管都懂"不强求"的婆妈道理，但"爱而不得"仍然是完美人生最遗憾的一根刺。

　　关夕霏的人生里，那根刺是老贾给的，不偏不倚正中靶心。从她第一天进公司见到老贾，到此时此刻老贾的婚礼，这根刺都不曾动摇过。

　　没有意外，新娘不是她。

　　不过憋屈的是，她成了伴娘。

　　同样都是娘，一个是睡在爱慕的男人枕边的，一个是帮情敌拎公主裙的裙摆的。

　　关夕霏全程努着嘴保持一个怪异的微笑，看着新人伴着教堂唱诗班的歌声哭哭啼啼地完成仪式，再屁颠颠地陪他们到草坪上张罗婚宴。终于在新人父母发表卖儿卖女感言的间隙，得空灌了两杯酒，味道清冽，不算辣口。

轮到老贾上台，他牵着媳妇儿，脸颊上漾起一抹红晕，开始背那几句准备好的蠢萌告白。关夕霏神情倦怠地靠在椅背上，机械地仰头吞酒，脑袋里听到自己含混的声音。

"你的拉链忘拉了。"关夕霏盯着门口新同事的裆部，送上最接地气的开场白，"浅蓝色，挺小清新啊。"

于是新同事躲了她一周，直到周总结会上，关夕霏才看到他的名字，贾成安，很不客气地是个90后，年龄拉开俩代沟。后来两人在茶水间碰上，关夕霏狡黠地一笑，说他名字看起来太老成，非要占便宜叫他老贾。

老贾在外人面前是个脱线小孩，在关夕霏面前就乖了，端茶倒水言听计从，即便她随口说了一句穿西装的男人好看，老贾就会好认真地每天穿不合身的西装上班。缘分使然，关夕霏没道理地喜欢上他了。生活里的她话密且质量高，掉进爱情里就变得沉默寡言，眼睁睁看着对方在自己的世界里走来走去，开了心开了妄想，就是不敢开口。

他们的公司在三环内的一处独栋别墅，一到三层都是公共活动区，一圈独立的咨询室包裹着茶水间按摩间和游戏房，只有四层是办公区，他们的老板说，公司要有生活气儿，就跟他们做的事一样，生活永远是恋爱的一部分，对，生活一派紫气东来，才可以专心为搞对象服务。关夕霏的职业是恋爱调教师，专治各种直男直女癌，教你如何成为一段感情里十拿九稳的常胜将军。简单来说就是.

把你退回出厂设置，连同外在气质和内在性格打乱重组，配置成对方想要的样子。在她这里的客户，有那种纯情少女为了老外的绿卡转型成欧美"御姐"的，也有"杀马特"网瘾少年为了中文系女友开始吟诗作对的，甚至还有年过半百的中年男，成功撩到小他30岁的姑娘，顺带造了个娃。

不过这个职业主观又现实，见人下菜，能暖一人是一人，掀了皮毛还是素鸡一个。两个人没有吸引力，不在一个磁场哪怕翻山越岭也只能远观。关夕霏一直都懂这个道理，否则怎么暗撩了那么久的小鲜肉始终都对她没有非分之想，反而拜倒在一个普通N次方的行政小妹裙下。

"夕霏姐，能给我女朋友……哦不，老婆做伴娘吗？她很喜欢你。"老贾瞪着眼认真地问。关夕霏狠狠剜了他一眼，回道："一、把姐字去掉，多余。二、老婆两个字不用给我画重点，我不瞎。三、她很喜欢我，呵呵，那关我什么事。"

当然，以上都是她的腹稿，在对方真诚地说完邀请，她就痛快答应了。

在喜欢的人面前，练就再强的武功心法，哪怕对方只是眨了下眼，也会被一招毙命。这个男生早已把关夕霏憋出内伤，她看着老贾，暗下决心，就再喜欢你几天，看着你Happy Ending，我就置之死地而后生了。

老贾的脸逐渐放大，他的五官罢工式地聚拢，形成一个大大的囧字。而后关夕霏听见身下的尖叫，发现自己正骑在新娘脖子上，双手把她的头发扯成一团。酒精再度占据上风，她最后只记得抱住老贾，狠狠咬了他的耳朵，含混地告诉他："我只通知你这一次，你要记着，可能我今后都没有勇气对别人说了，我才是你的新娘……"话没说完，一杯红酒直接泼在她脸上，伴着一丝寒战，彻底断了片儿。

第二天醒来，她发现自己抱着垃圾桶，在自家公寓楼下睡了一夜。关夕霏拨弄着发丝站起身，脑壳生疼，眼皮一直灼灼地跳。整理好狼狈的礼服，脱掉只剩一只的高跟鞋，光脚进了公寓大门，伴装镇定地跟门卫道了声早安。

电梯里她觉得胳膊酸，抬起来看到小臂上有一道咬痕，最后视线落在手指上，上面圈着一枚戒指，"我去……"她哀叹着。

关夕霏大闹老贾婚礼成了同事间八卦话题的榜首，关夕霏为此借口生病休了一周的假。其间老贾打来电话，她为了掩饰那颗摇摇欲坠的自尊心，不要命地冲冷水澡，光着身子坐在窗台，就为了能适时地来一个喷嚏，赶紧挂掉。她幼稚地以为闯祸之后，变成弱势的那方就能得到同情，但其实犯了错的人，根本谈不上被同情，只能等待被原谅。再次上班那天，她做过最坏的打算，如果周遭再有异色眼光，就立刻辞职。

结果老贾的媳妇儿比她早一步，行政的位子上已经换了个新人。实习生都懂事，权当没事发生，倒是一直见不得关夕霏业绩比她好的波点女，穿着她标志的波点系裙装，煞有介事地关心："霏，还好吧？"

"能有什么不好，"关夕霏抿着红唇，说，"女人化个妆就又是一条好汉。"

一整天没见到老贾，关夕霏趁着晚上无人的空当把那枚戒指放回了老贾的抽屉。笑话该结束了，不属于自己的，连带一声对不起，早日归还。还完戒指，关夕霏顿时觉得无比轻松，像刚从一场失恋里走出来，打算吃顿好的买几套衣服犒赏自己。

刚坐上驾驶位，就被突如其来的射灯给晃瞎了眼，她一手遮住光，努力虚起眼，看见不远处站着一个男人。只见男人嚷了一声"下车"，就朝她飘了过来，没错，是飘的。关夕霏蒙圈，旋即发动车，一脚油门踩到底逃离现场。

从后视镜才看清楚，男人踩的是一架平衡车。好死不死赶上大路堵车。"哪放出来的疯子！"关夕霏面色沉郁道，狠狠向左转了方向盘。穿过逼仄的小巷子，关夕霏来到一家便利店前，以为安全了，没想到男人突然出现在车头，她慌不择路，直接撞上了便利店的自动门，玻璃碎了一地。

关夕霏惊魂未定地从车里钻出来，举起自己的铆钉包试图防卫。只见男人掏出一把活动扳手，三两下就拔了两颗钉子。再扯下高跟鞋，男人手握鞋跟，咔嚓一声就给折断了。最后只能靠手，一个巴掌下去，胳膊还没用上力，就拦截在空中。两人一转头，对上便利店老板阴沉的脸。

于是关夕霏的前半夜等着警察收拾残局，后半夜被便利店老板"拘留"强行消费。她落魄地卸下防备，看着眼前这个穿着一身邋遢米色工服，身上挂着手持射灯，包里一堆螺丝起子仪器的神经病，鼻子一酸竟然有点想掉泪。结果男人先发制人，号啕大哭，还拼命往嘴里塞关东煮。

男人说他叫张伟，已经在关夕霏公司等了她一周。他有一个在一起七年的初恋女友，就在跟她求婚的当天，她撂下一条信息，跟一个瑞士人跑了，而这一切都要拜关夕霏所赐。因为是她这个恋爱调教师教她如何面对内心，勇敢说爱，让圆滑的性格长出刺，把一只纯情小白兔变成满脸玻尿酸，一口一个honey的妖艳贱货。

"不是我让她变了，而是那姑娘本就是这么一个人，你们俩就不合适，你就算什么都不做搁那里杵着，她也嫌你碍着空气。"吃关东煮也吃成仓鼠的关夕霏含混地说。

"那她喜欢我的时候还总说需要我。"张伟还在挣扎。

"是她需要你的时候，才喜欢你。"

"我不管，我来找你，就是要让她永远需要我，你既然这么能耐，也调教一下我，让我追回她！"

关夕霏冷淡道："我求你了，我没让警察来抓你已经够仁慈了，咱俩，千万别发生交集。"

张伟操起扳手往桌上一摔，狡黠地笑了笑，说："女人无情，扳手无眼。"

关夕霏往后缩起脖子，努努嘴："我很贵的。"

"我有钱! 包月!"

"你先把我赔人玻璃的钱还我，还有我车子的保养费，精神损失费……"

"砰"的一声，张伟掏出了另一个扳手，更大的。

人的一生会遇到很多人，运气好的几个，名字会成为最短的咒语，深深种在我们记忆里。关夕霏的小学同桌，三姑妈家隔壁的儿子，奥数竞赛班最臭屁的男生，远在河北保定的老舅，还有公司的快递小哥，都排着队拿着爱的号码牌，惊艳了关夕霏的岁月，因为他们，都叫张伟。

从又碰到张伟的那天起，关夕霏开始怀疑上天在她的命运里放了一台"张伟制造机"，就是动画《头脑特工队》里，不断生产男芭比的机器。从前的一批张伟倒下，新的张伟又会来。

此张伟是剧场的灯光师，从小看剧院演出就对演员头顶的追光好奇，人走到哪儿，一束光就追到哪儿。毕业后混过大舞台，也去过剧组，但受不住里面的风气，最后还是回到了小剧场。灯光照不到演员，照的是人心，他如是说。

他和关夕霏的第一次调教课就安排在了剧场，控制台的桌子上摆满了一堆零食，这些都是张伟的徒弟准备的，张伟叫他沙袋，人如其名，一个操着一口东北话的人形沙袋。张伟大的本事没教过他，常用一句"想学灯光，先把电学好"应付，呼之即来挥之即去，以至于沙袋傻乎乎触电好几次，都弄不懂这玩意儿有什么学问。沙袋有个喜欢很多年的女明星，立过誓一定要娶她，但常被张伟埋汰，呛他们没可能。

关夕霏把张伟情敌的资料摊在桌上，揶揄道："虽说知己知彼百战百胜，但你这直接输在起跑线，先不论种族质量，人在瑞士开滑雪场的，业余爱好收藏古董，多金又有情怀，你拿什么跟人比？"

张伟急忙辩解："我能把一切都给我女朋友，他能吗？"

关夕霏反问："那你知道你女朋友到底要什么吗？"

"要……要物质满足啊，要爱她，要安全感。"

"那是你以为的。是这个世界有多危险，还是你想当然觉得我们女人活该脆弱，找个男人就为了有个固定银行、每问一句'你爱我吗'就会收到一句标准回答的Siri，和24小时的保镖？"

"难道不是吗？"见关夕霏皱起眉，张伟吸了吸鼻子道，"现在说这些也没用了。"

"没用？你想要挽回一个人，首先就要知道分手的原因。"

"原因就是她出轨了。"

"这是结果。"

"我能给的都给了，她还想怎么样？！"

"对方不要的你一味地给，跟什么都没给是一样的。她根本记不住，"关夕霏随手拿起桌上的瓜子和花生，正色道，"女生想要瓜子的时候，你给了她瓜子而不是花生，那么你只是看清了第一重的她；你能一眼看出她什么时候想吃瓜子了，那你就进步了；最深的那重，是你要知道她为什么想吃瓜子，而不是一直傻乎乎地给她。你能给一切，但是她只要皮毛。离开需求谈供给都是耍流氓。"

"那你们要什么可以直接说啊。"

"喏，这个跟考试一样，你明知道这张卷子就是你老师出的，可是你不会找老师问答案，只会猜，他这次会出什么题。"关夕霏讪讪地说。

"无趣。"

"那就不要爱啊。换一个直截了当的去爱。"

张伟一时语塞，皱了皱眉，拉住关夕霏的衣角朗朗地说："教我，老师。"

第二天关夕霏就给张伟报了瑜伽班，教他的第一招，首先是心态，人在追求某样东西时，往往都伴着心急焦虑，更何况是追回原本属于自己的东西，更要保持从容。于是张伟每天练习深呼吸和打坐，直到想起女友和老外接吻拥抱，也能沉住气，告诉自己他不是想跟女友和好，而是重新在一起。第二，关夕霏让张伟刷遍女友所有的自媒体，从微博状态到豆瓣看过的电影清单，事无巨细，目的是为了让女友的形象重组，因为往往两个在爱情里的人，以为只要有爱就好了，很难看清真实的彼此。

"第三，恢复联络，先从朋友圈点赞开始，刻意投其所好，但不用每条都怒刷存在感。你自己也要发朋友圈，但一定不要矫情，多发点积极生活，展示你自身魅力的东西。大部分女生都喜欢找存在感，她看到你没有她竟然过得那么好，越不爽越会假装大度给你点赞。破冰之后，你再主动聊天。最关键的来了，千万不要动不动烦她，每天一定要形成固定的聊天时间，让她习惯那个时间段有你，你突然有天不找她了，她一定会不习惯的。"关夕霏咬着饮料吸管说。

"你慢点……"张伟的手机适时关机，备忘录记到一半，"没电了，把你的手机借我！"

手机直接被抢了过去，关夕霏说："你干吗？"

"用你的微信发给我。"

张伟火速敲完字，关夕霏收回手机，正准备继续给他讲课，提示收到一条新的微信。点开来是老贾发给她的，他说："我也想跟你聊聊。"

"张伟！"关夕霏咬牙切齿的一声叫唤吓得张伟的柠檬茶都空了半杯。

张伟刚刚发的微信是"要每天固定时间聊天，让你习惯有我"，但是他发给了老贾。

"谁知道他会跟我用一样的头像啊!"张伟委屈地盯着暴走的关夕霏,"而且你改的备注是'坏蛋',难道除了我,你还有别的蛋吗?"

关夕霏无言以对,在妄图关掉手机逃避之前,老贾发来新的消息:"我要跟她离婚了。"

一整天的会议关夕霏都心不在焉,趁着中午游戏房没人,一个人躲在屋里玩PS4。老贾端着她最爱的奶茶进来,清了清嗓子,轻声掩上了门。

关夕霏忘了那天他们聊了多久,想起来好像是他们认识后聊得最深的一次。当一个小男生的话题不限于兴趣爱好诗词歌赋,而是撕开了真心给你看,那么恭喜你,你要么走到了他的心里,要么只是把你当可以把玩的陌生人。他们之前的闹剧注定无法假装陌生。唯有就像老贾说的:"不如我们试试吧。"

关夕霏反问自己,你相信吗,老贾说他其实一早就喜欢你了,应该是从第一次见面,露出浅蓝色底裤开始。有些话没有说出口,是以为你只把他当弟弟,以为你的那些明撩暗撩不过是职业病罢了。跟那个行政小妹只是荷尔蒙作祟的意外纯情,互相顺眼,脑袋一热在适婚年纪就扯了证。在老贾看来,行政小妹更像是现实,恬静平凡,你关夕霏年纪比别人大,最多也算是耐看,但就靠着这一身孤勇,成了老贾心里美好的幻想。

那场婚礼让老贾看到了关夕霏的真心,也让真正的自己自由了。

关夕霏敛去了所有表情,冷笑一声,说:"我们应该是一个星座的，工作的时候很狂，爱人的时候很傻。"

老贾仍然用那双闪着光的眼睛看着她说："所以我不想再傻下去了。或许是缘分，让我做了选择，但这是我做过最勇敢的事。"

关夕霏如鲠在喉，手里的手柄掉落。电视画面里，盗车逃逸的主人公一直停在路中心，警笛声越来越近，直到被警察抓住，画面渐灰，系统提示，任务失败。

这究竟是失败，还是触底反弹。

关夕霏也不知道。

这天一大早，关夕霏按约定来到张伟家，门铃刚响了一声，门就开了，张伟如沐春风地站在门口，迫不及待地给关夕霏秀他刚发的朋友圈，重点是一个叫Cookie的人给他点了赞。他重复八百遍此人就是她女朋友，还煞有介事地强调："你知道吗，她点赞的那颗心，不是给我发的文字或者图片，而是给我的。"

关夕霏径直绕过他进屋，丢下一句："是啊，给你的是同情心，五毛一打，随机生成，遍地泛滥。"

张伟家里的装修现代明快，简单的两居室还算干净，至少肉眼所之处没有袜子内裤横飞，倒是张伟这一身黑白横条纹T恤和黑白竖条纹家居裤十分辣眼睛，关夕霏按着脑袋说："你别乱动，我看你头晕。"

张伟就地而坐，乖乖掏出手机，打开备忘录准备上课。

关夕霏曾经有个观点，挽回爱情，其实一定程度上也是挽回自己，因为大多数人在爱情里容易走向两个极端，一种是以为抠鼻屎撕脚皮打嗝放屁用力做自己，对方也会爱；另一种就是完全没有自己可言，为了爱丢梦想丢时间丢自尊。前者的结果是自己沉浸在爱情美好的乌托邦里，对方老早就去外面的世界喂马劈柴了，而后者，大概永远都找不到那个爱情的乌托邦了。

所以"让自己更好"其实是爱里的重点。

"想让一个女人爱你多一点很容易，身体和嘴巴实诚就好了，但爱你久一点，靠的是吸引力，吸引力没了，别谈相处，连对话都像是温水，不冷不热。你们刚谈恋爱那会儿，靠激情和多巴胺维持感觉，现在她会爱上另一个男人，那就是你没了吸引力，从今天起，学会制造吸引力。"关夕霏边说边把张伟柜子里所有不入法眼的衣服都打包封箱，尤其是他那一堆同款不同色的工服，"首先不能允许自己丑。"

接下来关夕霏带他刷遍了潮流买手店，帮张伟选了几套专配平衡车耍帅的穿搭，给他那些随时傍身的灯光工具换了个大牌双肩包，重燃了青春荷尔蒙。关夕霏为了激发他潜在的才艺基因，还带他上了油画体验课、魔术体验课，甚至去了烘焙体验课。在张伟第五次打翻调色盘弄脏同班小孩头发，揭秘魔术表演被老师赶出来，以及差点炸了别人烤箱之后，关夕霏无比确定，他选择做灯光师真的非常正确，照亮他人，黑了自己。

"能不能让我做点正常男人会做的事？"张伟急了。

"那些你都已经做得很好了，不然你来找我干吗？"关夕霏反问。

"我就不明白，我这长相怎么就没吸引力了。"张伟猛塞了一口烤扇贝，结果咬到舌头，痛得龇牙咧嘴的。

这家大排档叫单身食堂，张伟和前女友Cookie的常年据点，老板朱哥也算是他们爱情之路的见证人。

"皮囊不保值，人跟人的竞争就得看点里面的东西。"关夕霏晃着吃剩一半的羊肉串，说，"这么多天相处下来，你真的是个很无趣的人，脾气暴躁，固执，没性格，关键是没自信。"

"我有性格有自信起来，你就不坐在这儿了。"张伟抢过她的羊肉串，把签子折断，一脸猥琐地咬住。

"你看，还幼稚。"

后来这顿饭本可以在他俩有一句没一句的斗嘴中结束，奈何张伟这小子非要替天行道。他们身后坐着两男一女，女的全程举着手机直播，俩男的就乐呵呵地盯着她，女人操着蹩脚台湾腔"宝宝、宝宝"地叫个没完，吐槽朱哥的手艺不好，还说到处都是苍蝇。

我们暴脾气的张伟当然没忍住，把手上吃的一摔，朝那女人晃悠过去，没好气地哼笑一声，说："小妹妹，吃青菜说辣，吃大虾说油，喝个矿泉水都嫌呛，苍蝇不叮你叮谁啊。"

按剧本惯用情节，接下来要么张伟被打个半死，要么俩男的跪地求饶，关夕霏已经气沉丹田做好了喊"你们不要打了，住手！"的准备，甚至就差先在手机上敲好110了。

结果刚等那俩男的踹开凳子，张伟就顺势躲在了关夕霏身后。

关夕霏生无可恋，起了个准备战斗的范儿，却被那女生上前一把抓住头发，扯到手机面前，嚷嚷着给大家看"多管闲事的阿姨"。阿姨二字狠戳关夕霏痛点，反手就是一搜，于是两人扭成一团，直到听见身后几声叫唤才停下手。只见张伟抱着俩男生，见着肉就咬，最后一人捂着手臂，一人捂着脖子痛得跪在地上，转而张伟又一个飞扑抓住女生手腕，正准备下口，女生哇的一声就哭了。

此时她的直播页面上，鲜花飞机游艇礼物不断。

有人飘屏：咬功66666。

仨年轻人落荒而逃，事后朱哥给关夕霏和张伟免了单，还送了他们几瓶酒，关夕霏见酒后怕，只敢喝一小杯，张伟倒是痛快，直接吹了两瓶。关夕霏嘲笑他，这咬人的功夫再多练练，说不定也是种吸引力，没人在家的时候把你放在门口，特别有安全感。

他们互相碰杯的时候，忍不住都笑出了声，两人此刻丑到一块儿去了。

跟关夕霏分别后，张伟回到家，看见沙袋抱着行李箱坐在门口。一进家门，沙袋就开始脱衣服，滔滔不绝地讲他给女神买了件很贵的裙子，准备下个月生日送给她，所以半年的房租都花进去了，只能来投靠师傅。累到变形的张伟此刻当然听不进他这些窝囊事，倒是沙袋最后自己把话题带偏了，因为注意到张伟肿着嘴巴，衣衫还不整。

"师傅，你跟谁亲嘴儿了？！"沙袋好惊诧的口气。

张伟闭着眼快睡过去："俩男的。"

"哦。"沙袋默默地穿上衣服。

张伟躺到床上，举着手机在微信输入框里来来回回删改了好多遍，最后索性什么也不说，鼓起勇气分享了一首歌给Cookie。半分钟之后，微信提示声响了。

关夕霏被老贾的微信吵醒，亮起的手机屏让她不由自主地眯起眼，上面说，明天给我十分钟就好。

一整天关夕霏都在忐忑中度过，她害怕如今"自由"的老贾不按套路出牌，哪怕她手里明明握好了炸弹。只要说，我不愿意，或许这场闹剧就收场了，但她心底却又病态地期待着什么，那些少女心思急于找到归属。

下班后，关夕霏经过茶水间，老贾突然从里面打开门，把她拉了进去。关夕霏靠在门背上，老贾保持着绅士的距离痴痴愣愣地看着她，一时气氛尴尬。

关夕霏先开口："只有8分钟了。"

"你是……讨厌我了吗？"老贾问。

"没有！"关夕霏很果断。

"那你要不要考虑，上次那个问题。"

"老贾，我没想过会变成这样，我不想伤害你们。"关夕霏越想越自责。

"可是已经这样了，是你突然闯到我身边，我也想过不能对不起任何人，或者当作一切没有发生过，完成那场婚礼。但这真的太难了，我没法骗自己，我不过是个普通人啊，你可以说我自私吧。"

关夕霏看着眼前这个英俊挺拔的年轻男人，有片刻游离，心底有个声音响起，她说："道理我都懂，请别拆穿我，我就犟一会儿，真的就一会儿。"

老贾的脸渐渐凑近，近到似乎能听到对方的心跳，然后是鼻息，关夕霏没来由地笑了一下，嘲笑自己，你真贱，但她真的就准备好，这个属于她的亲吻了。

茶水间的门突然打开，两人迅速弹开，今日女主角登场——一脸诧异的行政小妹。三个人就此沉默，气氛跌至冰点。关夕霏实在受不了，嗫嚅一声，鞠了个躬，落荒而逃。

除了那次断片儿的婚宴，她这辈子都没经历过这么尴尬的场面。

她车也没开，逃离别墅就一直在漆黑的林荫路上跑，像有花粉作祟，她觉得有点鼻酸，莫名地想哭，羞愧伴着不甘心，别有一番滋味。

跑了不知道有多久，觉得累了才停下来，她双手撑着膝盖，弯着腰大口喘气。心里的乌云越积越重，适时被一束强光给驱散了，不远处的张伟正保持着招牌笑容晃着他的射灯。

他买来两瓶酒，一瓶牛奶，坐到关夕霏身边，把牛奶递给她："记得你上次说不喝酒。"

关夕霏接过来，抱膝坐着："你怎么在这儿？"

"剧场收工路过啊。"

关夕霏支着下巴颏儿呆呆地点头。

"不开心？我情商高，绝对不会问你为什么。"

"你情商高这个时候就别说话！"

张伟用指尖在唇间轻轻一滑，做了个关上嘴巴的手势。

隔了好一会儿，关夕霏柔声问："你追回Cookie，是不甘心，还是真的爱？"

张伟紧闭着唇连连摇头，关夕霏翻着白眼把他嘴上的"拉链"拉开。

他认真地说："爱啊！是爱。"

见关夕霏又沉默，张伟举起右手："换我问一个问题，你这个职业这么厉害，是不是无论喜欢谁都能搞到手啊，哪怕……完全不可能，比如对方无论如何都不会喜欢你的那种。"

"你要不要试试？"关夕霏问。

张伟机灵地护住胸，猛地摇头。

关夕霏冷笑："教别人容易，教自己难，这职业看得多了，会变得很现实，但凡苗头不对，就收回了所有热情。"

"太务实也不好，你这心啊，硬得跟石头一样。"

"张伟，我再教你一课，这个世界上大部分女人，都是外表看起来很硬，内心很脆弱的，坚强也只是一个人的时候，她们都很愿意，在喜欢的人面前软弱下来。所以不要觉得女生为什么爱让你猜，爱问你相同的问题，因为就是想依赖你，让你从心底在乎她。她问你，你得去感受，想要什么样的幸福，就付出什么样的努力。"

所有道理，都可以不带感情脱口而出，背过的之乎者也再多，也敌不过用兵一时。这注定是一个有点沉重的晚上，两人吹着风，坐在路边一直聊到深夜。有好几次，关夕霏都不知道自己在说什么，那些陈腔滥调几乎成了惯性使然。看透了很多事，一切就失去了意义，理解了所有人，自己就变得普通了。

接下来的一个月，张伟都没怎么和关夕霏碰面，一来是着急实践他所学的理论，二来是为年底剧场的大戏准备。其间的某个夜里，张伟因为太累睡着了，以至于忘记分享歌给Cookie，她发来信息问，为什么昨天没有歌？两人你来我往地聊了一会儿，女生主动提出，见面聊吧。

张伟穿上关夕霏陪他买的破洞牛仔衣，搭配黑色运动裤，还让沙袋帮他抓了个头，喷了香水，像要把自己进贡一样，端正地坐在素食餐吧里，以至于Cookie差点从他身边绕过，还是他轻唤了一声，Cookie才一脸惊讶地落了座。

"这两天够折腾吧，我给你点了姜茶，加了红糖。"张伟很得体。

Cookie显然有点惊讶。

"这么多年，掐指一算就知道了。"

Cookie低头一笑，开篇仍然免不了"最近好吗"这样的寒暄，张伟很聪明，把关夕霏教他的理论实践得恰到好处，只字不提过去，直到Cookie说最近去了瑞士，张伟的神经才绷紧。他掩饰情绪，不问重点，就问那边风景好不好，当地人热不热情。倒是Cookie一直话中有话，总是提到"他带我……""他说……"，似乎刻意想让张伟问那个"他"。

"他说也可以请你来玩啊。"Cookie继续发起攻势。

"我不爱旅游啊，你又不是不知道。"张伟强忍。

"他说要让我去瑞士。"漂亮的全垒打。

"你不是去过了……"张伟停顿，"'让'你去？什么意思？"

Cookie忽闪着她贴满睫毛的眼睛，说："就是……让我住过去。"

"你们……？"

"他对我真的很好。"

"比我好？"张伟瑟缩地问。

"你只说你想说的，做你想做的，也不管我要什么。"

张伟急了，辛苦伪装的形象开始出现裂缝："你要什么你说啊，哦不，你现在可以不用说，我可以感应你想要的，我已经变了，不是你以前认识的张伟了。"

"我们已经结束了，唯一还留着一点好感，你不要抹杀掉。"Cookie很决绝。

"好好好，你别说这种话，"张伟把素食沙拉挪到Cookie面前，"我已经吃了一周的这个了，我能体会到你当初为什么爱吃素食，真的对身体好。然后我也买好了下午的电影票，是你喜欢的爱情新片，我以前看这种片子一定会睡着的，但是我这段时间补了好多，只睡着了一次，还哭了一次，哭的那部叫什么来着，《时空恋旅人》。"

Cookie见到这样的张伟有些害怕："你变得好陌生。"

"那我们就重新认识啊！"张伟握住Cookie的手说，"对你好不算什么，只对你好，才是真的。"

Cookie用力抽出手："爱情不是电影，退回个几年，就能重新认识，现实怎么重新认识？你知道你张伟最可怕的是什么吗，太天真了，所有的一切都理想化，好像所有事情都被你玩弄在股掌之间似的，但生活不是靠你在舞台后面照照光那两下子就能解决的。我要非常肯定，能看得到未来的日子，不要总是听你一张嘴，看你一只手拍拍胸脯就好了。我跟你提分手在前，喜欢上Dannie在后，我不欠你的。"

"你怎么不欠我，你欠我一句我愿意，欠我一场婚礼，欠我一整个未来呢！"

"呵呵，你明知道我们没可能了，还当着我朋友们的面向我求婚，你看看清楚自己，这就是你一直以来的自以为是！"

"关夕霏你认识吧，"张伟已经失控，"你是去她那里做的恋爱调教吧，就为了嫁给那个瑞士人，好拿那里的绿卡，过你看得见摸得着的生活？你也没那么高尚吧，看看你现在的样子，你比我想象的还脏。"

Cookie端起桌上的红糖姜茶，朝张伟脸上泼过去，走之前，撂下一句："恋爱调教的前提，就是你要追的人，不能讨厌你。"

张伟怒不可遏地大闹关夕霏公司的时候，她正在咨询室跟客户聊天。把客户轰走后，张伟把门反锁，对着关夕霏就是一顿劈头盖脸的痛骂。关夕霏当然错愕，完全接不下话，只能怔怔地看着他。

张伟说她骗了他，说这些恋爱经验全都是放屁，说她们这些女人全是佯装善良，说完放声痛哭，最后哭累了瘫倒在关夕霏怀里，像个孩子一样抽泣着说："我三岁的时候……还不会说话，我爸一直以为我有自闭症，所以可能现在大了，就变成了话痨，虽然我……嘴巴管不住，平时吊儿郎当的，但是……酷都是装的……爱，也没那么容易说出口，说了，就是要认真的。"

张伟像是个独幕剧演员，把台词一股脑说完之后，就起身离开了。第二天关夕霏收到张伟转来的一笔学费，再给他发消息时，已经不是好友了。张伟这个人真的就像是一个常见的百家姓，粗鲁地来她的世界占据一小撮时光，然后不给任何通知，倏地一下消失了。

再见到他，是在两个月后。关夕霏路过张伟的剧场时，看到最新出炉的舞台剧海报，她依稀记得张伟提过为这场年度大戏准备许久，犹豫再三，还是买了票，前排靠右的位置。

她一落座就试图找张伟的身影，剧场不大，但乌泱泱全是人头，没看见张伟，倒是见着了沙袋，沙袋也一眼见到她，大老远地晃着自己圆滚滚的身子朝她挥手。

观众座无虚席，演员自然卖力，关夕霏注视着舞台上变换的光，以前她体会不到，但现在想想忽明忽灭，是因为身后有人，灯光也一下子变得有温度起来。

舞台剧进入到第二幕时，整个剧场突然陷入一片黑暗，观众席议论声四起，起初关夕霏以为是剧情安排，直到听到有个熟悉的声音吼了声备用电源在哪儿，才知道是真的停电了。

台下观众素质还算高，没有恐慌离席，只是嘈杂声一片。看不清路，关夕霏打开手机电筒，猫腰钻出了观众席。

来到控制台，张伟正火急火燎地跟工作人员呛声。接到的通知是，整个片区停电半小时，没有备用电源，甚至连舞台监督都不知道跑去哪了。关夕霏眼看着观众席越来越躁动，这么下去后果不堪设想，此刻职业病上身的她让沙袋召集所有演员，只要能唱能跳，能搞定乐器的，候场准备听她指令。说着抓过张伟的手持射灯，牵着他来到台前，然后独自一人跑到台上，费力打开射灯，朝天花板用力晃了晃。观众的喧闹声渐弱，她清了清嗓子，朝观众席大声说："确实停电了，不好意思啊，接到最新消息，电工师傅还在吃最后一口涮羊肉，赶过来还要一会儿。"

观众席发出朗朗笑声。

关夕霏三两步跳下舞台，把射灯交给张伟，对他说："接下来，看你的咯。"

张伟悬着的心此刻才放下，他招呼工作人员拿出手机，配合他的节奏在舞台上用手机电筒打光，演员们轮番上来表演吉他弹唱、人声伴奏、民族舞,瞬间变成了刘老根大舞台。

半个小时后,剧场重回光明,演员状态上线继续演出。演出结束,全场掌声不断,导演带着主创们登台致谢,还特意拱张伟上台,说他拯救了这场演出。从没站上舞台接受掌声的张伟畏畏缩缩地站在台中央,一只手止不住地搓着工服衣角,话都说不清楚,只是不停地道歉。伴随着观众的欢呼声,他不好意思地看了眼坐在观众席上的关夕霏。

关夕霏会心一笑。

忽晴忽雨的江湖,我负责儿女情长,英雄让给你当。

夜已深,剧场外只有一盏路灯亮着,关夕霏和张伟并肩坐着,两人脸上笼着柔光,温柔美好。关夕霏说:"你刚刚干吗一直道歉啊,人应该为自己做错了的事道歉,不是自己做错的,不能随便认错,也不能随便替别人认错。"

"那如果是跟你认错呢?"

关夕霏微笑道:"这个我接受。"

"谢谢啊。"张伟突然正色道。

"干吗?"

"所有事,你懂的。"

关夕霏似懂非懂道:"所有事……都还好吗?"

"她出国那天给我发了个信息,那个老外跟她求婚了,她说,谢谢我成全了她。"张伟撇嘴道,"讽刺吗,你觉得?"

关夕霏努努嘴道:"你没骂回去?"

"人都给你说谢谢了,难道还骂回去啊,小时候思想品德老师白教了吗?"张伟冷淡地笑笑,"我就心平气和地给她发了条信息,他方天气渐凉，前途或有风雪，望珍重。"

"什么时候变得这么有文化了。"

"抄的，"张伟吐了口气道，"发完我就轻松了，感觉一下子明白了许多。"

"怎么说？"

"说服一个人是最傻的事，我做了这么多事，不都是试图在说服她，说服自己吗？爱啊，反正生不带来死不带去，就别给自己添堵了。"

关夕霏大笑起来："这种大道理跟你的脸严重不搭。"

"那我该怎样，我这脸就只配傻追前女友吗？"张伟自嘲道。

"那还是可以照照光的，油多。"

"去……话说你也有喜欢的人了吧？"

"你话题转得太硬。"关夕霏撇过头。

"得了，上次我就看出来了，女人不就为了那几个破事儿不开心。"

关夕霏无言以对。

"沉默就是答案。"张伟微微挑了下眉。

"我也不知道，他比我小很多。而且你相信吗，当初我还大闹他的婚礼，很狗血的是，我是伴娘。"

"够狠，那他这敢情是斯德哥尔摩综合征啊。那你现在对他是什么心情？"

"以前是喜欢的，现在……不知道我们还合不合适，我看到的或许只是他的一部分。其实我们并没有多么熟，万一他又发现另一个女人是真爱呢，万一他根本不是表面上那么单纯呢，万一……"

"会说那么多'万一'，你跟我也还是一类人啊，我看你们这职业，其实就是个幌子，因为自己爱不上恨不得，就假装好像很了解我们似的。"

"也许吧……都是自以为懂。"

"你知道吗，做我们这一行，顶上打下来的光不一定是追人，很多时候是电脑灯控制的，所以演员要事先照着排练的节奏追着光圈走，所以是人在追光。爱情这东西，都是身不由己，没有专家，没有经验，只能追着它走。"

两人一人一句地互相开导，后来是张伟觉得这样的对话太娘，要做点野蛮人类该做的事，于是教关夕霏玩起平衡车。

关夕霏踩在平衡车上，完全找不到支点，也不管张伟教她重心向哪边，全凭蛮力。离开张伟的保护区，刚找到了点感觉，关夕霏就得意忘形，左脚稍微用力，玩起了转弯，结果转过头，脚下失去平衡，身子就径直朝路边栽了过去。

好在被张伟用手臂撑住，拦腰直接给她来了个公主抱，平衡车委屈地撞到路边。张伟看着怀里这个女人，骨骼纤细，眉眼精致，有着这个年纪最迷人的魅力，不自觉手心浸出汗，气氛略微怪异，张伟回过神赶紧放她下来。

关夕霏粉白的脸也透出红晕，她避开张伟的目光道："好冷，早点回家吧。"

那夜特别漫长，关夕霏辗转反侧睡得不踏实，在第三次惊醒后，满身大汗，可能是地暖太强，彻底睡不着了。天光将亮未亮，她觉得胃里空，便早早起床给自己做早餐。今天要去见老贾，在一家刚开业的VR体验馆，老贾知道她喜欢打游戏，早早就订好了票。关夕霏还记得两个月前在公司的尴尬场面，不过后来老贾找过她几次，信誓旦旦说会处理好他们之间的事，倒冲淡了忐忑。关夕霏总还留存一点侥幸，奖券只露出"谢谢"，没有刮出"惠顾"两个字，她就真的不相信，自己的人生全无幸运二字可言。

老贾早早就到了体验馆，拎着一袋子东西像是小学生春游似的，怕她渴，准备好了水，一瓶纯净水，一瓶带气儿的。怕她饿，他专程从日本直邮回来了她最爱的香蕉蛋糕。两人玩儿同一个丧尸游戏，分为A、B角，关夕霏戴着厚重的VR头盔，老是转不开身子，只见老贾在那个虚拟世界里跟开了挂一样奋勇杀敌，关夕霏来不及反应，老贾疾步转身一箭射死了张着血盆大口的丧尸，man到爆表。有那么一瞬间，关夕霏内心的红灯熄灭了，她终于体会到被保护是种什么感觉，她似乎立刻就想解甲归田，不要什么女强人设定，也不需要那些敝帚自珍的自尊心，只想依靠他，有他在一切都好了。美梦还没做完，思绪先被脚下的红色高跟鞋打断了，没想到今天会有这么大的运动量，鞋跟与鞋身扑哧分了家，小腿失去支点，踉跄地跌了下去，不负责任的少女幻想到此结束。

第二天刚到公司，关夕霏就发现桌上有一个巨大的礼盒，她迎着同事的眼光打开，是一双白色亮皮面的高跟鞋，翻到鞋底，红底儿的，同事无不发出惊叹。她愣了愣神，余光朝老贾的办公桌看了眼，老贾送她一个饱含深意的笑。

"你们小年轻有几个钱就臭屁。红色的鞋换一双红底鞋，我赚了。"关夕霏挑着眉发了条信息给老贾。

"要这么算，你栽我手里，是你赔了。"

　　挺别扭,挺不像浅蓝小内裤会说的话,但是挺幽默,挺会撩,挺喜欢的。关夕霏暗自想。

　　好像一切,朝一个意料之外但又符合情理的情节发展了。

　　张伟打死也不会料到,关夕霏竟然出现在自己清晨的梦里。梦境像是加了一层美颜滤镜,关夕霏穿着一件男款白衬衣,露着两条纤细的长腿,站在窗前吹头发,张伟的视界就像个摄像镜头,对着她定焦拍摄,撩人之处再自动变焦,画面越来越近。

　　此时沙袋的敲门声把他吵醒,醒来后,他略微有点遗憾,但转念想想又有点惊悚。沙袋更惊悚,脸上淌着汗,急匆匆地把自己的电话堵在张伟耳边。

　　看过那么多剧场,照亮过那么多演员,张伟一直有个半大不小的梦想,能去国外的剧场镀金,揽回一身经历,或许是对这个职业最完美的交代。剧场停电那次,伦敦New Diorama剧院的艺术总监David刚好坐在台下,他曾经在中国住过八年,中文非常流利,也深深挚爱中国文化,这次来是准备邀请当晚那场话剧的主创团队去伦敦演出,还特地点名了张伟。看到作为灯光师的张伟完美救场,David撂下结论:"没有你就没有那次精彩的演出。"

　　给张伟饯行那天,关夕霏被灌醉了,起初张伟还在酒里给她加一点冰红茶,后来喝高了,就直接给她纯的。沙袋和张伟的几个同事坚挺了上半场,最后只剩他和关夕霏两人还在来回说着胡话,边说边喊渴,把酒当水喝。

　　"你明儿几点飞机?"关夕霏理智余额不足。

　　张伟看看自己光秃秃的手腕道:"早呢,8点。"

"……晚上？"

"当然是早上！国际航班没坐过吗……"

"哦……"

"等一周后我再回来，哥、哥们儿我就是镀过金的了，今后射灯得换个贵的。"

"你最好别回来了。"

"那你别哭啊。"

关夕霏刚想顶回去，手机响了，一看是最近难缠的客户，不敢不接，用力眨了下眼，保持清醒跟对方问好。电话里一个沙哑的中年男说他终于鼓起勇气向女神告白，现在女神就在外面，希望教他几招。关夕霏朦眉耷眼地闭上眼努力拼凑着句子，让大叔听好，她说一句学一句。

"我没有那么喜欢你的时候，我不会开口……既然喜欢了，我就准备好，彻底闯进你的人生。嗯……"缓缓睁开眼，正好对上张伟的眼神，关夕霏结巴了一下，旋即又细声说道，"我不会说什么甜言蜜语，世上那么多漂亮的话……说给自己听就好了……我只说一句，我要的很简单，正好你也不复杂，如果一个人等得久了，要不要试着两个人生活？"

说完这番话，关夕霏紧闭着嘴看着张伟。嘈杂的包房瞬间安静了，安静到似乎能听见自己的呼吸声。

电话那头大叔正焦急地喊着慢点，记不住。张伟的视界里，关夕霏的脸蒙上一层雾，他泛着红晕的脸上漾起一阵傻笑，陡然大声："别抿嘴，看着怪心动的。"

关夕霏立刻把嘴张开，又觉得羞涩，再闭上，索性用手捂住了嘴。

"你喝醉了。"两人异口同声，好像有什么东西借着酒劲慢慢发生变化，像是一种说不清道不明的惺惺相惜。

此刻电话那头的大叔心在滴血。

喜欢一个人真的是一瞬间的事，可能某天他穿着一件你喜欢的衬衫，或者她卸了妆，围着围裙在厨房里做饭，或者只是在第三次偶遇之后，彼此心照不宣地一点头。

张伟第二天是被沙袋扛上飞机的，到了伦敦就开始不停拍照片给关夕霏。嘚瑟地抱着他的招牌射灯在各个地标跳跃，在剧院各个角度自拍，跟剧院投资人合影，以及拍下一大袋买给她的礼物。

其间老贾来找关夕霏，她连忙锁屏，老贾问她看什么呢，她笑答，没什么。老贾趁同事们不注意，在上衣口袋里假模假式地掏东西，伸出手，做了个"比心"的手势。关夕霏偷笑道："别拿你们小朋友的东西套路我。"

"快接收回去。"

"无聊。"

"快点，你抓一把就好了。"

关夕霏无奈地刚想伸手抓，老贾突然收回手，然后朝旁边努努嘴，示意有同事过来了。关夕霏笑着朝他摆摆手作罢，等老贾三两下蹦跶走后，她敛去笑容，重新滑开手机，心口突然闷闷的，莫名有些低气压。

张伟演出当天，关夕霏算着时差第一时间就给他发了"加油"的表情包，但一整天张伟都没有回复。第二天深夜发来消息，他说行程有变，要多待几天。

这之后关夕霏每天的日常就是不自觉地看看手机，但张伟没再联系过她，她也由着脾气不肯主动。

直到天涯一条热帖打破平静，一个以第一人称写的真实故事，女主有一个很爱她的老公，却被同公司的大龄未婚女三番五次地撩拨，潜心计划破坏他们的婚礼，抢走自己的男人，甚至连他们公司的名字都只字未改地写了上去，明眼人都知道这是那行政小妹发的。老板知道这事之初还帮着关夕霏说话，这种小人作为不会成气候，结果到了晚上，帖子就被做成长图传到了微博，狗血程度惊艳了一大拨吃瓜群众，随手转发正能量，热度瞬间爆炸。

第二天再来公司的时候，关夕霏的工位被泼满了红漆，电脑上贴满了不堪入目的大字。同事们议论纷纷，她不动声色道："我这可以报警的吧？"

波点女终于有机可乘，端着咖啡晃悠进来："夕霏，你能不能把这个事解决了，这么闹下去不是办法啊，我们还敢来上班吗？"

"我什么都没做你让我解决什么？"

"当初可是你去闹人家婚礼的。"波点女的下属站出来帮腔，"现在整个公司被你害惨了。"

"现在这个局面不是我一个人造成的，我承担不了这么大的责任。"关夕霏愤愤道。

"不是因为你造成的，那还因为谁？人家新娘都说了是你去勾搭贾成安的。"

老贾的名字被解锁，关夕霏欲言又止，她微微侧身，努力去寻找老贾的身影，她指望老贾这个时候能站出来说些什么。当她终于跟老贾四目相对时，本以为这个可以依靠的男人会是她的救命稻草，结果老贾却慌张地避开了她的视线。

到底还是个孩子。

"做错事要认啊，"波点女起了范儿，"自己做这行的，喜欢不敢说，跑到人婚礼上去闹，这不是笑话嘛。还选个比自己年纪小那么多的……"

"所以拿红底鞋炫耀呗。"下属帮腔。

波点女拍了拍下属，转而继续对她揶揄道："霏啊，我们也没恶意，也管不着你喜欢谁，其实说到底，主要是为了公司考虑。咱这行本来就是创意产业，特别经不住网上的诋毁。我是你啊，就别往前闯了，差不多刹住车，换个地儿走走了。"

其他同事们也不说话，连一向宠她的老板也无可奈何地回了自己的办公室。沉默也是温柔一刀。

"人都挺齐啊。"张伟的声音出现在人群后面。

见到张伟的那一刻，关夕霏眼睛一下子就红了。如同红海遇到摩西手杖般，同事向两边退开，张伟径直走到关夕霏身边道："来晚了。"

他背上关夕霏的包，牵住她的手，正色道："办公室我会请阿姨来打扫好，肯定比你们家都干净，至于剩下的那档子事儿，也请各位别往心里去，你们喜欢一个人脑袋犯浑的时候也干过不少荒唐事吧，看过了笑笑就好。不过我还真不太喜欢你们这些搞公司的人，看着人多势众的，出了岔子就散成满天星了，没点人情味儿。哦抱歉，还没跟各位介绍，鄙人姓张，单名一个伟，名字随便人也挺随便的，不怕的话可以给你随便看看。如果没什么事，我女朋友我就先带走了啊。"

波点女和她的下属被堵得哑了嗓，没再敢讲话。

张伟牵着关夕霏一步步下了楼，没人看见，她终于忍不住掉了泪，怕她这股气儿泄掉，张伟轻轻使了使手劲，关夕霏配合得用力抽泣一下，一把抹掉眼泪，昂起头，努力克制自己不许哭。

刚到门口，老贾叫住他们，一个人狼狈地跑了过来。

"就是这个人吗？"张伟上下打量他，"是挺嫩的，成年了吧？"

"我能单独跟你谈谈吗？"老贾满脸忧愁地望着关夕霏。

关夕霏让张伟先去一边，听老贾还能说什么。

"对不……"

"我不想听对不起。"关夕霏打断他。

"我高估了自己，我以为我能处理好的。"老贾投降。

"我曾经一直在想，世界上如果有一种手术让我变成你喜欢的样子就好了。到最后发现，你却不是我喜欢的样子。"

"你可以改造我啊。"

"不重要了。其实我很讨厌我的工作，每天都在试图让人们去说服另一个人。我们给别人说了那么多道理，自己却没一条适用。有人跟我说过，说服一个人是最傻的事情。我以前一直不懂，爱情里，我们其实是最笨的。"

老贾突然哭了，这个年纪的男孩，终于承认自己还没长大。

"我真的很喜欢你……"老贾哭着说，"我怎么感觉我什么都没有了。"

"你不是喜欢我，你只是喜欢这种冲动。你还年轻，试错机会多，没拥有什么呢，谈什么失去。姐姐你还惹不起，长个几年再说吧。"

"你要走了吗？"老贾抹掉泪。

关夕霏点点头，周身轻松，转过身，对过去的玩笑一鞠躬，然后勇敢说再见。

推开门，有雪花灌进来，这个冬天的第一场雪。

她把下巴缩进围巾里，头发上已经沾满了雪花，张伟把自己的毛线帽给她戴上。两个人面对面挨着，彼此呼吸的热气漾在脸上，气氛暧昧。关夕霏抽了抽嘴唇道："谢谢啊。"

"上次你在剧场帮我一次，还上了。"张伟搓搓手，放进口袋。

关夕霏踩着积雪，恍然道："这几天你死哪儿去了？"

"哎呀，我这不是套路你吗，让对方习惯一个时间段有你，等有天你不在了，对方肯定会不习惯的，感觉少了些什么。"

"不说算了。"关夕霏大步向前。

"剧场停电那次，那个艺术总监的票是Cookie给的，她背后帮我引荐很多次了。我也没想过谢她，只是不想欠她的，就答应伦敦那边多演几场，我要证明灯光师的能力。"张伟摩挲着肩膀绕到她前面，讪笑道，"看来我没那么差，还是值得关心的哟。"

"什么话，很多人在乎你好不好。"关夕霏急了。

"我家人常年放养我，除了沙袋那小子，又没几个朋友，还有谁啊？"

他故意的，关夕霏不搭理他这茬。

"刚刚也不知道是谁在我面前掉眼泪。"张伟嬉皮笑脸道。

关夕霏睥睨着他狠狠呼了团白气。

"我这大雪天的，刚回来就帮你解围，还莫名其妙多个女朋友，就这态度啊。"

"切，话说不了两句，还学人偶像剧乱认家属，可委屈死我了。"

"你这人就是前后矛盾，又在乎，又嫌弃，你到底在想什么？"

"我在想……"关夕霏狠狠掐了一下张伟的脸，"你最好别再给我玩消失。"

张伟抓住关夕霏的手，两人互看着彼此，眼神融在细密的雪花里。有些话不用再继续说明了，心领神会，点到即止。

一语成谶，雪停那天，张伟再次消失。关夕霏冲到张伟他们家的时候，沙袋正在一台不知从哪弄来的跑步机上跑步，可能是运动太猛，整个脸都红扑扑的。关夕霏没空管他的毛病，质问张伟在哪，结果得到了一个她完全想不到的答案。沙袋说，其实师傅第一次演出之后哈，那个剧场总监就直接聘用他去那边工作哈，说师傅终于实现梦想了哈，可能梦想还是比你更有吸引力哈。

沙袋气喘吁吁地"哈"了好几次后，被关夕霏从跑步机上拽下来，痛扁了一顿。

张伟真的就再次消失在关夕霏的世界里，不过是出国工作，又不是去了NASA，也只有张伟这种神经病才能做出这种断掉联系的事。朋友圈不再更新，消息发过去，对方也再无回应。那个夜晚仿佛是一场迷幻的梦，两个人并肩在雪地里走着，温度降至零下，心跳却在加速。关夕霏甚至都不知道，除了没删的聊天记录，以及来回通话的次数，还有什么可以证明曾经与这个人产生过关联。那些在过往生命里占据过一小段时光却又不再有瓜葛的"张伟"们，真的只是变成了一个名字。

　　帖子的闹剧三两天就被网络遗忘了，老贾的行政小妹也没有再嚣张过，关夕霏再次出现在公司准备辞职，尽管波点女还是挂着那一副干瘪的假惺惺，但仍不影响她的告别，去他妈的，谁叫这世界总是贱人笑到最后。走之前，她还是决定跟老贾说声再见。

　　老贾见到她有点手足无措，摆弄起桌上的东西。

　　"你不用紧张。"关夕霏神情自若道。

　　老贾欲言又止，随后柔声道："祝你幸福。"

　　"你也是。"关夕霏朝他笑了笑。

　　"他应该是个很适合你的人。"

　　"噢……"关夕霏停顿，"……是的。"

　　"你总说我还小，我承认，但感情不分年纪的。不过我该悬崖勒马了，有人还在等我，有些事，完成比完美更重要。"

　　"其实要谢谢你，谢谢那些酒，把我心里的小怪兽放出来了，"关夕霏说，"我还挺喜欢这个小怪兽的。"

　　老贾微笑不语。

　　关夕霏正琢磨着，视线被他桌角的一棵小树装饰吸引，树枝上挂着一条银链，底下串着的戒指正闪着光。

　　回忆被拉回了几个月前，大闹老贾婚礼宿醉后的她，指尖圈的就是这枚戒指。

　　"哦，这东西放我这好几个月了，也不知道是谁的。"老贾见她看着戒指出神，解释道。

　　关夕霏一道晴天霹雳："这不是你的？！我……我第二天醒来

发现在自己手上，我以为是我从你们那儿抢的，想说还给你……"

老贾摇头道："你那天闹完就一个人跑出去了。单颗美钻，这是求婚戒指吧。"

关夕霏一只手按住额头，眼角余光落在小臂上，当初那个莫名的牙印好像渐渐浮现出来。脑里像蒙太奇一样，迅速被几个零散的画面交叠，那晚在朱哥的大排档，张伟靠咬功教训了几个年轻人。第一次见到张伟，他包着满嘴的关东煮，哭着说连求婚都失败了。最清晰的画面，是自己穿着淡粉色伴娘裙在雾霾笼罩的街头奔跑，头发凌乱，脸上的妆容已经被眼泪浸花。借着酒精壮胆，她来到人群中心，有个穿着工服的男人正单脚跪地向女方求婚。天色已晚，从她这个角度来看，只觉得女生眼熟，眼熟到能无比笃定，那个女生肯定不爱他。于是她直接跑上前去抢过那个男人的戒指，大吼道："别白费力气了，咱们都别白费力气了！"

过程中小臂被那个男人狠咬了一口，但关夕霏感觉不到痛，她只想把这枚戒指抢走，心底的另一个自己，憎恨所有情侣，好期待拥有一枚戒指，期待喜欢的男人能单膝下跪，期待那些带着感情的告白词。她真的，太寂寞了。

关夕霏冲出人群，钻进停在路边的空车，大声命令师傅油门踩到底。

那个男人就在车后拼命追，直到消失在雾气里，她正过身子，脑袋突突跳得疼。她像个打完胜仗凯旋的女战士，带着满身酒气，把戒指套在中指上，然后沉沉地弯下腰，把头埋进裙子里，看不出是在哭，还是真的累了。

思绪回到现实，关夕霏来到公司楼下，她深吸一口气，再次拨通张伟的电话，仍然是熟悉的忙音。

坐上车，她把那枚戒指戴上，电台调到舒缓的轻音乐，刚想走，发现自己现在的车位，就是当初第一次遇见张伟的位置。接下来，应该有一束刺眼的强光才对。

别幼稚了。

她开到主路上，突然用力掉头，车子又开回了当初那条逼仄的巷弄，最后停在那家便利店前。

老板换上了自动门，走进去的时候，会有清脆的"叮咚"一声响，她克制住胸腔强烈的起伏，在货架间失神地走了几个来回。最后到前台，问老板买了份关东煮。

老板全程冷面没有说话，好像不记得她了。

关夕霏坐在桌前，木讷地一口口咬着鱼丸，不知不觉包了满满一嘴。故事开始的时候，明明是两个人坐在一起，快结束了，只剩一个人想着一个人。

"你那个男朋友呢？"老板突然出现，递了张纸巾给她。

"他……不是……"关夕霏鼓着嘴很难说下去。

"嗐，还不承认，你们所有小年轻的故事，都是这样发生的，两个人有缘，观众一眼就能看出来，不然哪有你们说的那个什么词——'相遇'，多美好啊，某一时刻的某一地点，两个人相互同时看见对方。这是老天爷花了很大的力气，才能成全的奇迹啊。"

"那他还是走了，"关夕霏声音有些发涩，撇起嘴对着面前的关东煮一通数落，"看看你多不是男人，搞这些幼稚的玩意儿，以为我有多想找你吗，真讨厌啊，爱跟谁玩跟谁玩儿去！"

老板就静静看着她，像是知道她会说什么做什么似的。

关夕霏终于绷不住，觉得胃里恶心，咧着嘴，眼眶落下几滴泪。

哭得太丑了，是因为真的好难过啊。

恋爱到底是什么？李宗盛给过的答案，是世纪末的无聊消遣，是情人们的精神鸦片。咬文嚼字地想，恋爱中的人不会在乎"我"和"你"，而是眼耳口鼻心里只有"我们"。或者再美好一点，是你很爱他，恰巧他也爱你，至此一如既往，矢志不渝，老来有个人可以一起回忆半生。

拥有之前，仿佛有一万种解答。拥有之后，各种美好与苦涩，只有自己最清楚。

那晚的关夕霏非常明白，她应该是失去张伟了。她必须为所有还在单身的女性表个态，不是不想爱，是宁缺毋滥。不是不害怕孤单，是已经习惯。不是不羡慕街上的情侣，而是一直在等。等了那么多年，嘴硬说自己过得挺好，但心里遗憾的是，时光清浅，始终一个人。

辞职后的一周，关夕霏早睡早起，她决定先不急着找工作，而是叫人送来鲜花，去健身房请了私教，戒掉咖啡学着喝茶。

电视里正在播最新的综艺节目，当红女艺人做"一日情侣"活动，给宅男粉丝们送福利，关夕霏看见沙袋出现，举着买好的礼服裙说要送给她。画面又好笑又想哭，而且沙袋好像真的瘦了，特别帅。

想起沙袋前两天了张他们剧场新的戏票，时间就是今晚。等到关夕霏赶到时，观众已经满座，她绕过人群，坐在第二排的中央。

话剧临近结束，场灯明灭间，工作人员推上来一扇粉色的门。一束追光滑下，门打开了，里面竟然是LED屏幕，一条欧洲的街道，还有行人朝着门外打招呼。

关夕霏觉得很可爱，偷偷举起手机拍了段小视频，发了条朋友圈：任意门，带我走。还在踅摸着信号的空当，自己的照片突然出现在任意门里，吓得关夕霏差点把手机甩出去。

接着张伟出现了，他正站在伦敦的地铁站标示前，朝着门里说："有没有很想我？"

场下的观众都很讶异，只有关夕霏捂住嘴，眼眶被熏红。

张伟煞有介事地清清嗓子："有段话我憋了很久，但我觉得有必要正式地说一次。"

"我没有那么喜欢你的时候，我不会开口，既然喜欢了，我就准备好，彻底闯进你的人生。我不会说什么甜言蜜语，世上那么多漂亮的话，说给自己听就好了。我只说一句，我要的很简单，正好你也不复杂，如果一个人等得久了，要不要试着两个人生活？"张伟停顿片刻，微微扬起头道，"一字不差吧，关夕霏。"

眼泪不争气地往下掉，关夕霏似乎感觉到观众的目光在身边来回扫射，她往后缩了缩身子，用手机挡住哭花的脸。

这时台上任意门突然关上，所有人都在等待下一秒会出现什么，关夕霏也死死盯着，直到那扇门重新打开，露出门后的一片空旷。

此刻她很想骂脏话，暴躁地滑开手机，她看见朋友圈提示有一条回复，点开来，张伟按了赞。

关夕霏的手开始抖，她快速点开张伟的对话框，发了一堆表情过去。

"老师你之前教的方法有问题啊，"张伟的声音突然从耳边传来，吓得关夕霏一哆嗦，撇过头，迎上了那张梦里的脸，张伟和颜悦色道，"我给喜欢的人按了赞，怎么她会先给我发来信息呢？"

关夕霏吸吸鼻子，咬着腮帮子盯着他，眼泪滑落的瞬间，不顾周遭的眼光，紧紧抱住了他，喃喃道："那就说明，她也喜欢你很久了。"

时间拨回一天前，张伟终于按约定完成了New Diorama剧院的演出。

艺术总监David问张伟："你说上次回中国是想确定一件事，怎么样，考虑好了吗？"

张伟说："无比确定。"

David点头道："那我们可以签录用合同了。"

张伟退后一步："谢谢David先生，抱歉我无法胜任您给予的职位，我无比确定，我得回国。"

David很惊讶："你要考虑清楚，这是我们第一次跟中国的灯光师合作，也是你的第一次，这个机会不是谁都可以得到的，这跟谈恋爱一样，初恋很重要。"

张伟笃定地说道："很多事不是第一次最重要，而是最好的那一次。"⊖

04

MORE THAN

只是朋友

不想我们

很多人的青春的事里，
一定有这样一个黄金备胎，
他喜欢你，你喜欢别人，
但在你看不上得不到
就会冒出来合你合灰。

这我们眼睛也好，戏也罢，
即便知道会伤害无辜，
但仍无法阻止自己在你的爱里毕动
我们都太察窥了。

04

肥羊何许人也？

苗苗班抢饭抢被子抢玩具小能手。

小学绝不姑息忘戴红领巾校徽迟到行为"纪检处"三道杠大队长。

初中省级短跑长跑接力赛长腿冠军。

高中发育过快波涛汹涌刀子嘴匕首心大姐大。

进大学第一天，就靠她一刻不停的嘴巴，以及夜跑后在寝室里裸奔的胸怀，轻度聊骚，重度撩妹，把寝室里三个妹子招进"后宫"。眼睛最大的叫COCO，胆子却小到可以忽略这个器官，人生永远在犯二。三妹游林，南国小赵薇，高浓度文艺软妹，没有林黛玉的命，得了林黛玉的病。年纪最小的叫小玉，自带鬼上身属性，整天抱着手机孤僻地坐在床头。

女人凑在一起，要么聊男人，要么就聊另一个女人。隔壁的女

A，开学没几天就跟大二表演系的学长在一起了，每天脚下有风，走路屁颠屁颠的。刚进大学的单身男女，被"高考万岁"和"不许早恋"的旧时代教条压抑得窒息，迫不及待把大学当恋爱温床，爱到个撼天动地。

肥羊她们受不了女A"我恋爱我了不起"的猛烈炫耀模式，也开始物色起"男朋友"这个跨时代必需品。以男生宿舍楼为原点，X轴定点教学楼、食堂、操场，Y轴锁定同学、学长甚至老师，画出多少抛物线均不得解。直到肥羊的发小出现，彻底改变了内需。

发小郑同学，精瘦大高个儿，行走的衣服架。单眼皮，睫毛浓密自带眼线效果，父母搞实业家境优越，从小就是众人焦点体质。幼儿园就能当着肥羊的面亲女孩的小脸儿，这些年在肥羊这里哭诉的前女友就没断过，不断刷新着所有青春小说男一号的设定。

但郑同学有一个很可笑的弱点。他患有双数强迫症，电视的音量、空调的温度都喜欢调成双数，卷纸要按照虚线撕成2的倍数块，买衣服要买两件类似的换着穿，因为他觉得双数除得尽比较爽。当初在幼儿园就是因为肥羊碰到他的左肩，他非抱着肥羊再碰一下他右肩，两边平衡。最后不小心把肥羊的公主裙给扒拉下来了，于是肥羊用小肉手给了他一巴掌，从此没让他过一天好日子。

COCO见过郑同学的第二天就跟他表白了，大家都疑惑谁给她借了胆，敢一个人跑到他们学校，在食堂人流最多的正午12点，买了一大桌子菜等郑同学，说要喂饱他。郑同学吓死了，说这台词怎么跟他妈一样。COCO回寝室不争气地哭了一宿，说好不容易对爱情开了窍，结果代价太惨痛。肥羊安慰她，这才是长征路上的第一难，没有哪个男人是真心愿意被女人喂饱的。

好在时间猖狂，一口吞一个记忆，没几天COCO就跟没事人一样，伤愈完全。还把三妹游林推出来，说跟郑同学是金童玉女配一脸，带着她的遗憾出发。肥羊呛声道，你们当谈恋爱是在继承家族产业啊。游林起初还保持着她林黛玉的娇羞说，人家不喜欢单眼皮啦，咳咳咳。结果转头加上郑同学的QQ后，每天像望夫石一样守着电脑，时不时传来一阵傻笑。

他们确定关系的前一晚，郑同学还特地来肥羊学校找她，问她的意见。肥羊神经质地大笑，双木林，满足你的强迫症挺好的。郑同学推搡道，说正经的。肥羊呛他，你从小到大哪次谈恋爱没问过我，反正好与不好，最长不过两个月。郑同学反问，那你还敢把你姐妹往火坑里推。肥羊说，谁叫她喜欢你，如果你也喜欢她，就在一起呗，情侣里需要你俩这种光是站在一起就能气死人的。但这次我多说一句，你幼稚归幼稚，在她变心之前，不许伤害她。

郑同学抱了抱肥羊，狡黠地轻嗔，还是你最靠谱，然后在她面前喜滋滋地给游林发了信息。

又促成一桩喜事，肥羊跟他分别后，回头没走几步路，就开始揉眼睛，又是一轮新来的酸楚。

为什么人类需要氧气却一直不停砍树，为什么公共场所那么多警示牌却没人遵守，为什么心里有很多话脸上却总是云淡风轻，为什么说了不再见的人却老想见面，为什么明明喜欢一个人却不能拥有。

从幼儿园开始，肥羊就在郑同学面前怒刷着存在感，却只能成为他人生履历中的两小无猜，特别靠谱的朋友。尺码不合的鞋，连试一试的机会都没有，以至于这么多年过去，肥羊都快忘了，已经有多少次因为郑同学哭过。

在郑同学恋爱时，肥羊就会在朋友圈分享歌，笨拙地把委屈心酸以及喜欢都藏进歌词里，什么都想说，但什么都不能说。郑同学永远会错意，分手后见肥羊不发歌了，还会天真地问她，你的每日点歌台呢。

她很想点点他的智商。

回到寝室的肥羊见姐妹们正抢着游林的手机看八卦，调整情绪，重新挂上一张老大的豪迈脸，昭告天下，终于为咱们寝室开荤了。

此后郑同学只要一没课就来找游林，两人成了5A级风景线，让隔壁的女A气得跳脚，恨不得每天把男友绑在自己身上秀恩爱。寝室里变了个画风，游林行踪不定，对爱情长征失去信心的COCO转而投入社团活动，小玉继续抱着手机待在二次元，只有肥羊突然对一切都兴趣缺缺，尽管她知道这是爱入膏肓的症状，这么多年间歇来袭，也慢慢习惯了。

这天深夜两点，肥羊失眠，打开手机QQ见郑同学在线，便给他发了个表情。对方迟迟没回应，肥羊轻声骂了句娘就蒙头强迫自己睡觉了。到了后半夜，郑同学电话打来，问她犯什么病大半夜聊QQ。肥羊窝在被子里，佯装迷糊地推托是手机抽筋，支支吾吾了几句便挂了电话。她抬头看了一眼熟睡的游林，犹豫片刻，把手机通讯录上郑同学的名字改成了"妹夫"。

完了合上眼，她就再也没睡着过。

接下来的几天，肥羊发现郑同学原来是个夜猫子，偶尔发个消息过去，没几秒就回复了，说他睡不着在打游戏。两人有一茬没一茬地瞎聊着，尽管大多话题在很多年前就聊尽了，但郑同学或许不知道，肥羊这些年删删改改的未发出消息，字数都可以累积成书了。

有时寝室信号不好，为了离窗户近一点，肥羊就以超高难度的姿势跪在床头，胳膊伸得老远，终于收到对方的回复，仿佛完成一次仪式。

某天郑同学说他跟室友打赌，比四级分数，为了男人面子竟然短暂冒充好学生，开始蹂躏图书馆。他跟游林两人的学校不过几站公交车的距离，但一不见面，几公里就像隔着一片汪洋，跟异地恋无异。

游林对着电脑整天无精打采的，吃饭都提不起兴趣，原本纤瘦的身子看着更脆弱了。肥羊打抱不平，大半夜教训郑同学，郑同学用英文回复她，还义正词严说今后聊天必须用英语。结果没出几个回合，郑同学的词汇量就捉襟见肘，于是拼音chinglish并用，还偶尔夹杂看不懂的火星文。

四级考试前，郑同学QQ也不常聊了，肥羊为了不失眠，晚上加大夜跑的运动量。不巧在操场上撞倒一个中文系的白牙男，她伸手一拽就把他拎起来，帮他拍拍后腿的灰，问他，没事吧？

有事，白牙男闪着一口非正常人类的大白牙对肥羊一见钟情，从此不依不饶地追求她，每天投递情书。肥羊怒了，问："你到底要做甚！"白牙男认真地说："我就觉得你挺可爱的。"肥羊不爽，大骂："你以为我是速溶咖啡那么好泡啊！"

结果还真泡上了。

郑同学四级考完那天第一时间来肥羊她们学校请大家吃饭，不巧肥羊发高烧，一个人留在寝室里养病。到了傍晚暴雨倾盆，意识模糊的肥羊听见有人敲门，拼了老命爬下床，一开门看见湿透的白牙男，正捧着好几盒感冒药微笑着，唇间蹭蹭发光。

白牙男被宿管阿姨扫地出门。肥羊的病好了，他却病了很久。

这件事之后，肥羊就跟白牙男在一起了。在这之前她告诉自己，如果那晚送药的人是郑同学，她一定放下所有的纠结毫不犹豫地告诉他，我们认识十多年了，从小闹到大，吵到大，过着信马由缰的生活，可我偏要那么认真地喜欢一个人，喜欢太久真的会上瘾的。我从没有任何时刻都比现在确定，郑同学，我真的真的好喜欢你。

肥羊恋爱后，寝室的三姐妹都对白牙男送上崇高的敬意，郑同学也第一时间发去慰问，跟他说男人就是要勇于在刀锋上行走，解救其他女同胞于水火。气得肥羊一改往日大喇喇的性子，俨然一副贤妻良母的架势，对白牙男说话声都降低几个调。白牙男倒也很乖，标准忠犬型男友，会在肥羊到食堂之前，就排队抢好她最喜欢的菜，会在肥羊失眠的时候在电话里弹吉他唱歌，会录电台给她读情诗，温暖地连同姐妹们的情绪都一起照顾。肥羊需要的时候他第一时间出现，不需要的时候也绝不腻歪。如若把他搬回家，父母应该会拍着大腿提前预定这位准女婿。

四级成绩公布，郑同学当然没戏，问他为什么要跟室友打赌，他说因为想跟那个书呆子换床位。他的床风水不好，这么大的人了还隔三岔五地梦遗。为了庆祝自己可能精尽人亡英年早逝，郑同学办了个"趁早"party，把身边的情侣朋友召来，其中就有肥羊和白牙男。

郑同学的双数强迫症一犯，上来就把红酒威士忌啤酒两两排兵布阵，招呼大家喝。没想到让白牙男露出了酒鬼本色，前半段还维持着旭日阳光般的暖男微笑，后半段直接原形毕露，操着东北口音一口一个"滚犊子，整不死你"猛摔酒瓶。最后大家都醉了，游林倒在郑同学怀里，肥羊看不过去，揶揄地把两个人挤开，却被郑同学一把抓住，躺在她的C罩杯上找存在感，结果赢来了白牙男非常东北爷们儿的一记拳。

那晚的腥风血雨在肥羊学校成了一段佳话，慈悲的校长特此下令，周一到周五除非辅导员批假否则严禁出校门。一夜回到中学，肥羊她们成了众矢之的，整个寝室都罩着一层抑郁的气氛。

肥羊跟白牙男提了分手，白牙男咧着嘴温柔地问她why，肥羊瑟缩地答，你喝醉酒后吓死宝宝了。心里的OS是，小样儿，敢打我的男人。

很多人的青春故事里，一定有这样一个黄金备胎，他喜欢你，你喜欢别人，但反正你爱不上得不到，就会冒出凑合的念头。说我们眼瞎也好，贱也罢，即便知道会伤害无辜，但仍无法阻止自己在绵长的爱里坚韧和炽烈，我们都太寂寞了。

学校一整个学期都封闭管理，游林大多数时间见不到郑同学，只能在寝室里写博客寄托情感，回归单身的肥羊除了跑步追剧，看看脱口秀，也没别的可做。

大学生活常走向两个极端，惊天动地的精彩，和分分钟置人于死地的颓废。

事情出现转折是在林俊杰的巡回演唱会，作为24K黄金脑残粉的肥羊使用了所有招数就是骗不来一张假条，就差跪在门口的保安面前磕俩响头了。眼看演唱会就要开始，黄牛票还没来得及买，这时郑同学突然出现，拉着她绕过田坎和杂草逃出了学校。

郑同学说是找当地老乡把校外的小树啊草啊的给砍了，直接现劈出一条路。肥羊感激得五体投地，别有用心地说，没别的请让我以身相许吧。郑同学睥睨着，回呛她，那你还是回去比较好。

肥羊一脚飞踢。

后来那晚在郑同学的记忆里，身边除了肥羊放浪形骸的尖叫，和走音的"修炼爱情的心酸"，并没有听清楚JJ到底唱了什么，甚至演唱会结束了，耳边还不断回绕着肥羊的魔音。他跟肥羊说，林俊杰应该买票听你的演唱会。

散场时人满为患，叫不到车，他们索性走了一段路。空旷的街道上，肥羊和郑同学并排走着。郑同学不知怎么挑起话题，说她如果把喜欢林俊杰的劲头放到白牙男身上，就不会潦草分手了。肥羊回他，谁都可以这么教育我，但你没这个资格。郑同学说，我们不一样，我的人设已经是这样了，你还可以实实在在搞对象。肥羊狡黠地笑了笑，努努嘴说，没有可比性，有些人是舍不得，而有些人就该提早结束。听过沉没成本效应吗，喜欢一个人三年，第四年就想干脆也继续喜欢吧，不然亏了，于是雪球越滚越大，后来成了习惯，习惯特别可怕。

说这段话的时候肥羊特别伤感。

郑同学没回应，气氛落入尴尬，两人踩着影子默默地走，有情侣骑自行车经过，肥羊向郑同学身边躲了躲，恰巧碰到肩，察觉到郑同学的强迫症来了，她秒懂，绕到郑同学右侧，正想碰他肩膀时，游林适时来了电话，郑同学接通后没说几句就没电了。肥羊把自己的手机给他，郑同学推托说回去再打，肥羊替他按下游林的号码，固执地把手机贴到郑同学的耳朵上。

接下来的一路就是郑同学的秀恩爱单口相声。肥羊两只手插在上衣兜里，看着地上两个人的影子出神。明明彼此靠那么近，却好像错落在不同时空，对方的影子捂着左耳，笑起来动作流畅，自己却刻板又僵硬，好像卓别林可笑的黑白默剧。

回到寝室的肥羊觉得有点难受，洗漱完就早早上床了，她把自己捂在被子里，出了一身汗。临睡前滑开手机，发现郑同学把他通讯录的名字改了回去。

这天肥羊接到郑同学的电话，说找不到游林。肥羊嘀咕着刚进门，发现寝室里狼藉一片，第一反应是进了贼。正准备跟宿管通报，小玉从厕所里悄无声息地洗完澡出来，头发湿漉漉地挡住了脸，看不见表情。肥羊问她怎么回事，她慢条斯理地说，游林换寝室了。

游林搬到了隔壁女A的寝室，似乎变成了另一个人。旷一整天的课，手机不接短信不回，听说常跟女A去酒吧，回来醉醺醺地在楼道吐一地。好几次被肥羊她们拦住问缘由，游林都视若无睹直接绕过。

肥羊终于忍不住，闯到游林的寝室，她一个人正在化妆，嘴巴猩红得刺眼。肥羊把寝室门反锁，上前把她那些化妆品往地上一砸，拽起游林就问她玩的这是哪一出。游林冷笑一声，反唇相讥，这句话该我问你。肥羊怒了，是不是郑同学他欺负你？游林疑惑地看着肥羊，过了许久，眼神变软，身子渐渐抖起来，接着泪如泉涌，哭着说了很多断断续续的句子。

肥羊重新把它们组合起来，大意是说：我找到了郑同学的匿名博客，上面都是他写的日记，然后在里面看到了你，全都是你，他的心里，只有你。

肥羊失魂落魄地回到寝室，手机屏幕停在郑同学的通讯录上，迟迟不敢按下去，她觉得好像哪里出错了。

然后是郑同学先来了电话。

提到博客之后，郑同学沉默了，肥羊鼻子一酸，在电话里责问他，你在开玩笑吧，我们不是朋友吗？郑同学突然来了气，大声嚷着，我当时问你，我跟她在一起好不好，你回答那么干脆，你听不到电话对面的我声音很抖吗？从小到大我一谈恋爱就第一时间在你面前炫耀，用了十多年激将法激你都无济于事，你是瞎子吗，朋友？我他妈的最不想跟你做的就是朋友。

肥羊捂住嘴，还想说什么时，花着眼妆的游林出现在寝室门口，神色黯然地看着她。肥羊狠心挂掉电话，上前抱住游林，陪她哭。

后来COCO单独找肥羊聊过，两人坐在宿舍楼下的木椅上，COCO拉着肥羊的手问，你喜欢郑同学吗？肥羊抱膝坐着，支着下巴傻愣愣地点头。COCO看了她一眼，肥羊反应过来又猛摇头。

COCO说："好几次半夜醒来，看见你在床上玩手机……那个人应该不是他吧。你说爱情是条长征，我们这些俗人，注定就输在起跑线了。《欲望都市》里有句话说得很对，很多人觉得漂亮的女人没有头脑，这是不对的。事实上，她们有头脑，只不过不需要用它罢了。游林很聪明，她喜欢郑同学，但也在乎你，所以才逃避。"

玩过《愤怒的小鸟》吧。很多时候自己就像那头绿猪，看着对岸的小鸟撞过来，尽管根本不知道它们撞你的原因，但又特别在乎它们，在乎它们能不能成功，因为游戏的强设定就是你不能站在这里，你必须失败。

这样游戏才能结束。

肥羊没有告诉郑同学她喜欢他，事情已经很复杂了，人生设定他们一开始就没有在一起，好像后来也不能再在一起了。

夜深人静的时候，肥羊常常躲在被子里看郑同学的博客，咬着被角眼泪大颗往下滚，咬牙切齿道，郑同学你这个混蛋玩意儿，什么时候这么会写东西的。

郑同学如是写道：

我这个发小就靠着胸大腿长来证明她是雌性了，脾气冲，又是个未进化完全的单细胞生物，平时劲儿劲儿的妄想只手遮天，以为能照顾所有人，但关键时刻连自己都保护不了。她长得这么好看不当我对象可惜了，我的使命就是一直陪在她身边。

每次谈恋爱都会主动问她的意见，妄想她某天能因为一个女生吃醋，但事实证明，她不爱吃酸的。那些她在朋友圈里分享的歌，我总以为歌词的意思，就是她想对我说的话，但后来我也不再自欺欺人了，歌词讲究押韵，情歌仅仅是好听，只是我自己帮她想了潜台词，来证明自己的幻想。

熬夜这个坏习惯已经很多年了，只对她一个人设置了隐身可见。这段时间她总喜欢大半夜聊天，我努力找了很多我们还未聊过的话题，但总捉襟见肘，主要是太熟了，那些没敢说的话，都已经来回删得差不多，腹稿已经可以成书了。

我床头信号不好，跟睡在窗边书呆子打了赌，只要四级分比他高，就可以跟他换床位。结果我天生跟英语无缘，后来只好大半夜裹着被子坐在窗边聊天，我他妈快被自己感动哭了。

发小跟一个中文系的娘炮好了。她生病那天，我也去了她寝室，见那小子温柔兮兮地搞定宿管阿姨，我一个外校的，就屁颠颠跟着学，那是我这辈子第一次跟阿姨面前装萌。结果这个世界的审美一定被狗吃了，我愣是被阿姨赶了出去。最后只好趁着四下无人翻栏杆进去，结果屁股被戳了条口子不说，还被那小子捷足先登送了药。因为我在她们女生寝室迷路了。

大家聚餐那天，其实我没醉，我想打那个娘炮很久了，早就觉得他表里不一，东北老爷们儿装什么白净小鲜肉。可惜连累发小的学校变成封闭管理，为了见她，我在学校外劳动了一晚，又是割草又是挖土的，其间被狗追了三次，想凑个双数，便去逗狗，结果狗被我吓跑了，我浑身不爽了一个晚上。

最近他们把发小的室友介绍给我。那晚我们开了房，相敬如宾地拼了一晚上的拼图。我跟她说，我不相信爱情，给人不给心，所以不要太喜欢我。

　　这些年女朋友没断过，遇见一个又一个，以为是别针换别墅的过程，最后只换到了一堆别针，而她的心里，我却始终住不进去。

　　不想我们只是朋友。

　　后来的事啊，游林还是跟郑同学分开了，大四当交换生去了新加坡，淡出了姐妹的朋友圈。COCO爱情运真不好，临了毕业，被一个搞电话诈骗的骗了感情，没胆的她立志要当警察。她们中最不可能恋爱的小玉竟然在毕业散伙饭上带来了一个温州男朋友，说明年就要结婚了。那时她们才明白，这些年沉默的小玉，每天抱着手机是在跟她的神秘男友传情，跟她们仨根本不是一个段位的。

　　郑同学被他爸送去北方实习，之后的这几年，他跟肥羊像约定好似的，渐渐少了联系。除了几百页的聊天记录还能做证，不然这一切好像都不曾发生过。

　　时间一晃六年过去。

　　肥羊在离婚协议书上签上自己的名字，结束一段匆忙的婚姻，前夫是在跑团里认识的，一起夜跑过几次，觉得三观一致就闪婚了，等离婚那刻才清醒，万事万物都在改变，人的三观首当其冲。

　　肥羊回到老家，在爸妈介绍的事业单位里工作。工作机械，所以轻松，一张办公桌估摸着能用到后半生。可能是离婚的后遗症，让她再也找不回当初那个即便世界末日来临也能不要脸赖到最后的自己了，甚至从视觉上看，她的罩杯和身高都随着性格缩了水。那个飞扬跋扈的大姐大，终究成了同学录照片上定格的记忆。

　　大学的第一次全体同学会定在夏至那天。肥羊是最早到的，一身盛装名媛风的游林随后登场，褪了文艺，还是脑袋与美貌并用更合适她。COCO成了当晚焦点，因为反差太大接受全班同学的采访——当一个女狱警的体验。唯一的遗憾是温州媳妇小玉，说是家里生意走不开，缺了席。

大家饶有兴致地边喝边聊，肥羊被灌得有些晕，上了个厕所，回来后经过隔壁的包厢时，透过门缝扫了一眼，好像也是同学聚会，她怔怔地抬起头，一眼就认出了郑同学。

他旁边放着的两个儿童座上，一对双胞胎吃得满嘴都是饭粒。

感觉到郑同学向门外看来，肥羊腾地往前蹿，慌乱间撞伤了膝盖。随后的聚餐都不在状态，结束后，有人提议去唱歌，肥羊头疼得实在厉害，膝盖也不舒服，就扫了大家兴致。她踉跄地来到楼下，叫车软件总是闪退，气得直接关了机。心底有个声音，赶快逃离这里，她来到路边，招手打出租。

肥羊？突然听到郑同学在身后叫她，她微微侧过身，瞥见双胞胎迈着小步子跑上来牵住郑同学的手，喊他爸爸。

最后绷紧的心弦一断，她背着身对郑同学说，认错人了。而后便仓皇地坐上了刚好驶来的空车。

出租车上的肥羊眼皮灼灼地跳，窗外的霓虹映着脸，像是跑马灯飞速划过一些故事，眼泪不自觉就漾了出来。

肥羊在嫁给前夫前，给了自己一次告别单身的意大利游，她在圣彼得教堂前，双手合十，默默念叨，我要嫁人啦，朋友你照顾好自己，或许这是我们最好的状态，等到老了想起对方，应该都留有点悸动，还可以怀念，那我们的错过，也算是好事吧。

在微博时代到来前，年少轻狂的郑同学在博客更新最后一段话，他说："我跟她一起走过很多人生的第一次，可伴不到人生的最后一次日落了，因为还是要把她交给那个幸运的人啊。嗯，怎么说呢，我这辈子最后悔的事就是没有娶到她，没有之一。"

从未在一起和最后没在一起，哪个更遗憾。我们本可以在一起，才最叫人遗憾。

记得上小学的时候，爸妈们带肥羊和郑同学去海边，肥羊在沙滩上写下"I love you"，郑同学呛她恶心，肥羊兀自绕到郑同学身后用相机远远地拍下来，努努嘴说，你不懂，那些好看的图片上都爱写这句话。

肥羊心满意足地跑开了，迫不及待翻到刚才拍的照片，照片上是郑同学的侧脸，和沙滩上大大的表白。

只是她不知道，留在沙滩上的郑同学因为看见海浪把"I love you"吞去，偷偷哭了鼻子。

他觉得那是肥羊写给他的。

这一生好漫长，有些人错过了，让我们明白爱和拥有是两件事，适不适合比喜不喜欢更重要。或许一切最好的安排，就是后来我们没有在一起，很久很久以前，还好遇见你。

或许有些人，再不相见也挺好的，至少那个人永远是你，记忆里的样子。ⓘ

11:59　　　　　PM

05

TRAVELLER

FROM　　　MEMORIES

重回记忆的旅人

生活已经拼命要赢了，
谁都不愿意，在爱情里也比个高下。
毕竟从南到北，
一个人走过大半四季，
就是想遇见一个彼此取暖的人。

TRAVELLER
FROM MEMORIES

　　这年头，世界如同秀场，男的秀忠贞，女的秀满足，大部分人发微博朋友圈是为了能让受众直接好感增值。有人发了一张书桌照，花瓶笔纸摆放讲究，看着是个注重生活品质的姑娘，放下手机，旁边是已经堆了一个星期的外卖盒。有人发了一张下厨的照片，刻意拗出结实的手臂线条，暗示是为了给女友准备一顿丰盛的晚餐，放下锅铲，身后是已经叫好的外卖和空落落的家。

　　所有人都给你看他想让你看到的，而你喜欢的他，也只是你幻想的他。

　　所以当符晓跟他的现任女友严美丽在一起超过半年，多巴胺分泌归于正常之后，他渐渐认清了这个事实。当初那个对他言听计从、不追奢侈品、兴趣是油画花艺的女友，不过只是个很好的"卖家秀"。现实的她，性格乖张，自理能力为负数，油画花艺只是三分钟热度，买包才是第二大喜好，第一是花符晓的钱买包。

这次意大利之行，他心里有个预期，送她一场旅行，当是爱情结业，回来就分手。米兰、佛罗伦萨、罗马有很多大大小小的教堂和博物馆，但他们兴趣缺缺，严美丽第一时间徜徉在名包的世界里，而符晓在大卫雕像、艺术画廊象征性地打卡后就流连在一家古董玩具店里，准备收走一个巨型机械木马。

符晓是玩具买手，高级一点的称谓是玩具收藏师，这些普通人眼里的小孩子玩意儿，竟被他做成了一门职业，家里堆满潮玩、艺术玩具和绝版乐高。他曾经在香港买过一个奈良美智的Sleepless night sleeping摆件，目前市场价值几十万，这也让他通过玩具收藏买卖得以经济独立，从失败者的行列里全身而退。

后半段的旅行，符晓全程抱着木马，以及帮美丽拖行李箱，一路不卑不亢，充分履行保姆职责，听着美丽如机关枪般的"晓，我的袜子放哪里去了？""晓，看到我的口红了吗？""晓，我饿了。""晓，我觉得这包写着我的名字。""晓……"他在心里倒计时。回程那天，路过楼下的水果摊，他想最后再对她好一次，问她喜欢吃什么水果，她答，切好的水果。

公主病当气质，没思想以为是可爱，符晓当下掏出手机，直接买了两班不同的飞机，把美丽送去了静心之地尼泊尔。

人跟人之间的关系就像织毛衣，建立的时候一针一线，拆掉的时候只要轻轻一拉。符晓从没感受到这般轻松，耳根子终于清静，整个世界都变得美好了。他在飞机上猛灌了几杯葡萄酒，不顾邻座老外的眼光，用力笑出了声。

分手后的第一件事，就是用所有的积蓄换了间更大的房子，因为他家里的玩具堆不下了。他做了整面墙的展示柜，摆满从世界各地搜罗的宝贝，意大利带回的那匹木马，放在柜门前镇宅。

由于玩具买手这个职业属性过于低调，钱花了很多，却不能炫耀，所谓厉害也只是闷在骨子里，连一个惜英雄的对象都没有。几番挣扎后，符晓决定当房东，把房子挂上了短租网站，用次卧迎接未来的知音。

结果前三位客人都不理想，一个逃避情伤的皮衣男，每天待在房间里，正眼瞧都没瞧过符晓的玩具。一个从比利时来的大叔，在符晓非常自豪地跟他介绍了自己的玩具之后，他回应一声"wow"，就出门玩去了。最后一个阿姨竟然不顾约定，强行带着一只泰迪入住，那小狗逮啥骑啥，为了保护玩具的尊严，符晓成了人肉桩子开始人狗大战。

在符晓考虑要不要撤掉房源的时候，系统提示有客人下了一个月的订单，租客介绍自己是个混血女孩，喜欢环球旅行，新奇事物，性格开朗。

符晓二话不说就点了通过，几个关键词都深得他心，主要是"混血"，以及"女孩"。

门铃响过两次后，睡过头的符晓匆忙套上一件白T恤开了门。门外的长发女孩抬起头，说不上哪里混哪里，总之挺漂亮。她手里抓着一本厚厚的橙色笔记本，见到符晓就大方上前给了个拥抱。

这倒让符晓莫名羞怯起来，有点手足无措，条件反射把她推开。女孩把手插回兜里，介绍自己叫Ada，然后像女主人一样径直走进屋，把行李箱随意一丢，就开始欣赏符晓的家。看到满墙玩具的时候，符晓终于盼来了期待已久的一声惊呼。Ada晃着一个破了裙子的芭比娃娃，问符晓坏了的玩具为什么不丢，他说，你手里拿着的这个是1959年的第一代芭比，她是个古董。

Ada赶紧谨慎地放回原位，她说环球旅行这么多年，见过的人不少，符晓的爱好可以入选她心中怪人排行榜的前五名。她不吝啬地表达对这些玩具的惊叹，让符晓有那么一刹那感觉终于找到了知音。不过除此之外，她带着烤串味儿的口音，堪比严美丽那不可一世的做派，加上过分的自来熟，以上种种，让符晓有种来者不善的念头。

更奇怪的是，Ada第一次来这座城市，除了第一天下楼买了些生活用品，之后都跟符晓待在家里，符晓没多问，想着国外待过的人都不按常理出牌。不过Ada有个举动倒是不停撩拨着他的好奇心，就是她会间歇性地突然愣在原地，然后撩起袖子，偷偷看一下左手臂，再转身回到自己屋里，而且一定会锁上门。

她在门上挂了个木牌，写着：Ada's Room。

符晓假装若无其事地问道："你为什么来中国啊？"

Ada笑笑，说："秘密。"

"你不会是什么国际间谍吧？"

Ada配合地做了个"嘘"的手势，口红印在手指上，让他冷不丁打了个寒战。

第三天入夜，符晓在客厅跟他妈视频通话，晓妈一直有重度意外妄想症（他乱起的），身上但凡有点小病痛就去网上搜癌症的临床表现，而且每天一定浓妆艳抹，因为不知道会不会半路遇见符晓的未来后爸。小时候符晓会梦游，她担心他翻窗子跳出去，就在他的床和窗户之间设置了各种路障，于是三更半夜的能听见屋里一阵排山倒海的乒乒乓乓……

晓妈担心儿子玩物丧志娶不到老婆，就在他跟严美丽交往当天，她就算好了二人八字和结婚日期，连孙子小名都起好了，叫"好好"，寓意两女两子，就生四个，不能再多了。她抬着眼角的鱼尾纹语重心长地对符晓说："妈老了，你们俩定下来，我也就踏实了，否则只能在天上保佑你了。"

催婚不成功，算她输。

晓妈在视频里顶着一脸油腻的笑意，问美丽在不在，要知道她只在照片上见过美丽。符晓推托说她跟朋友吃饭去了，正想关视频，外卖小哥突然敲门，Ada拿着钱包从屋里飘出来。

晓妈在电话那头惊呼："背后是谁啊！"

符晓赶紧把手机转向一边："妈，你别吓我，那是衣服架子。"

"你家衣服架子带腿儿的啊……"

符晓眼疾手快地关掉视频，抚额叹息。

Ada刚走到鞋柜旁，再次定住，片刻后看向手臂，转身冲回房间，钱包里银行卡硬币钞票稀稀拉拉地跟着掉了一地。

蒙圈的符晓赶紧给小哥开了门，拎着外卖在Ada门口试探性地问了问，见屋里没动静，便把外卖放在地上，转身把一地零碎捡起来。

直到看到Ada的身份证和名片，他才发现事情没那么简单。

身份证上的照片是她本人，中文名叫李大萌，但户口所在地写的分明是中国某地区。两张名片上的名字和职业都不一样，一张是Lily，翻译，精通八国语言，一张是李可爱，中文导游，划算仅此一家。

符晓吓得不轻，本想报警，又认怂地怕陷害好人，只得抱着一个棒球棍当防卫工具在客厅睡了一夜。隔天一早醒来，Ada已经在旁边吃早餐了，她把一块鸡胸三明治递给他，还给他泡了杯柠檬水，叮嘱道："早晨起来先喝水，再吃东西。"

他抱着球棍不撒手，接过三明治远远睨了眼，迟迟不敢下肚，下一秒，Ada开始用水果刀削苹果，锃亮的刀尖有些刺眼，符晓脑里闪过无数警匪片的情节，他终于克制不住，把三明治一扔，举着棒球棍跳到几米开外，大声质问道："你就是一自家同胞，混哪门子血啊，还有，又是导游又是翻译，你环着球招摇撞骗吧，你到底是谁，想干什么？！"

Ada的身份败露，压根没想过反抗，气定神闲道："这年头谁不需要点包装啊。导游和翻译也是为了赚钱，经济基础决定旅行目的地，以及是穷游还是别游了。"

"当、当真？"

"你看着我的眼睛，就知道我有没有说谎。"

符晓握着棒球棍朝她逼近，目不转睛地盯着她。

Ada清透的眼神开始失焦，瞳孔明显地放大而后缩小，等到眼神重新聚焦的时候，眸子上印出的是符晓那张惊恐万分的脸。只见Ada叫了一声，反手就是一耳光，迅速抢过符晓手里的棒球棍，朝他腿上狠狠一砸。

Ada叫的那一声是——你谁啊？！

她得了一种短期记忆丧失的病。三年前因为一次脑部手术造成海马体受损，无法获得短期记忆。打开冰箱门会忘记自己要做什么，刚吃过午饭又会再一次打开外卖软件，她翻来覆去地看着同一本杂志，说已经讲过好几次的笑话，交不到新的朋友，因为每一次见面，都像是初识。

如同七秒记忆的金鱼，过目即忘，需要训练很多遍，才能勉强转化为长时记忆，她记得三年前的所有事，也强迫自己记住了自己是个手术失败的病人。在这之后，她把所有行事历记在了橙色的笔记本上，但凡转瞬忘记，至少还能捡回半点像个正常人的尊严。

Ada把袖子撩起来，手臂上是一行刺青，非常实诚地刻着中文大字：看橙色本子。她一个人躲回屋子里，把本子上的内容又复习一遍，等到再出来的时候，对符晓态度大变，又是揉脸，又是给他腿上的瘀青上药。

符晓长叹一口气，奇葩妈不够，又添一枚新丁，然而，这只是噩梦的开始。

符晓有一个化妆师朋友乔麦，此人就是个传奇。那会儿乔麦给一个台湾模特化妆，符晓提供了当天的拍摄玩具。化妆过程中，台湾模特对乔麦的妆面各种挑剔，啧啧着嘴让他把法令纹遮掉，乔麦解释说鼻唇沟遮不掉，可以靠后期，于是模特呛声抱怨，我台湾的化妆师都可以的呢，你是做什么的？！乔麦听完当场把模特的妆给卸了，收拾完东西直接走人，按他的说法，钱我不要了，妆当然要还给我。

一旁的符晓佩服得五体投地。后来乔麦在广场公寓开了家造型工作室，符晓去剪过几次头发，一来二去就成了朋友。

符晓是标准宅男，自认丧失社会属性，生活日常是吃饭睡觉找乔麦。难得出门就是去他店里蹭咖啡，顺带谈谈男人心事。这段时间，Ada成为他们话题的风暴中心，家里住着个随时会失忆的神经病，切着水果突然举着刀大呼小叫，洗澡洗一半从浴室里冲出来，霸占着电视花三天时间看完一部电影。为此，他每天都要跟她保持安全距离，否则不确定能否活着开瓶香槟庆贺她check out。

几天后是当地最大的玩具展，符晓受展览方邀请，展出自己的绝版乐高，为了吸引客流，他还熬了几个晚上，自己动手用散装零件拼出一个成人大小的动物城狐狸尼克，果不其然成为当天最热，大小朋友们托着下巴围观拍照。正得意的时候，Ada背着一个牛仔包大驾光临，她拍着手惊呼——这只松鼠好可爱啊——对着尼克一顿狂拍。完了还非要跟符晓合影，符晓一头黑线地配合，只见她一手抱住符晓的腰，再反手把他的手搭在自己肩上，给他们拍照的工作人员热情地按下快门，闪光灯不合时宜地一闪，Ada揉了揉眼，再一回神，尖叫着推开符晓。

符晓抱着他的尼克乐高同步栽倒在地，一声巨响，积木零件四散。

这一长串流畅镜头，不给一点剪辑空间，画面惊悚，情节百爪挠心，给了符晓身体和心灵炙热的一记重拳。

符晓成了第二天媒体上的晨间笑话，他顶着俩黑眼圈把Ada的行李扔在门口，勒令她即刻退房走人，前几天的房费也不收了。Ada楚楚可怜地抱着沙发把手，一口一个可怜可怜病人，假哭道："失忆就像是柜子的钥匙丢了，文件还在柜子里但是拿不出来。我也想暴力拆柜，可是找不到工具啊！"

"那跟我有什么关系。"符晓决绝道，"抛开你这病不说，看看你满嘴谎话，说来旅游又从不出门，那到底为什么要来啊？！"

Ada对来由三缄其口。

"是让我叫警察带你出去，还是你自己潇潇洒洒离开，选吧。"

Ada寻思片刻，收敛了表演，起身带好行李，头也不回地离开了。

出租车上，她觉得胸口堵得慌，翻看自己的橙色本子，哭得梨花带雨，结果下车一时恍惚，竟把本子落在了车上，用了两年的手机也夹在里面。

她刚到机场大厅，周遭忽然遁入黑暗，旋即断线重连，等到看清眼前来往的旅客后，三大哲学经典问题从脑中飘过，我是谁，我从哪里来，我要到哪里去。她习惯性地撩起袖子，看见手臂上的刺青，开始翻箱找那个橙色本子，再三确认本子不在身边后，巨大的不安全感朝自己袭来，仿佛机场随时会把她吞掉。她一屁股跌坐在地上，此刻让她更绝望的是，她忘记了自己来这座城市的目的。

符晓请家政公司做了个彻底的开荒清洁，打算休养身心一阵再出租自己的房子。他哼着歌洗完澡，给自己又海淘了两个限量款高达，开了瓶几千块的红酒独饮压惊，大快朵颐之后准备找乔麦做个造型，开始没有女人烦的新生活。

踏进乔麦店里，远远就看到一个熟悉的背影，顶着熟悉的后脑勺，在镜子里用他熟悉的油腻笑容打招呼。

"妈，你怎么来了？"符晓万念俱灰。

晓妈此行是来见儿媳妇的，符晓过去的女朋友，她就见过一个。高中那会儿，符晓带着个练田径的女生回家，向晓妈跪地保证，谈恋爱不影响高考，要跟她永远在一起。结果还以为永远有多远，不过是高考后的一个暑假。在这以后，符晓跟晓妈承诺，今后带回家的人，就是要娶的人。于是接下来晓妈把家里来回捯饬了快八年，也不见儿子带一个能给他幸福的人回来。符晓沉迷于玩具买卖之后，懂他的人更少了，所以严美丽的出现，成为晓妈心里最后的一根救命稻草，她快被自己的焦虑逼疯了。

符晓借口家里太乱给晓妈安排了酒店，过几天再去家里看，他煞有介事地强调，他跟美丽是分房间睡的，晓妈一阵不怀好意地笑，心想："跟我面前装清纯，不知道你妈不爱吃素吗。"

把晓妈伺候到位后，符晓开车回家，一路打着腹稿杜撰各种骗她的理由，他心不在焉地停好车，从电梯间出来，走廊顶灯亮起，Ada坐在家门口地上，吓得符晓一声惨叫。

走投无路的Ada看见抄在便签纸上的地址，找到了符晓的家。她扑闪着大眼睛，有些不好意思地问，因为她失忆了，记录的本子也丢了，所以想确认之前是不是住在这里。

符晓急中生智，他脑袋一热突然上前抱住Ada说："找你半天，你跑去哪儿了？"

Ada被抱得有些不自在。

"我是你男朋友，符晓。"他撒了个不大不小又后患无穷的谎，"这就是你的家。"

符晓细数着Ada之前的生活经历，在他的故事版本里，他和Ada是在意大利相识的，在一起小半年，其间克服了因为Ada短期记忆丧失而造成的各种问题，因此两人越发信任彼此。他们最近一次旅行又去了意大利，最后一次大的支出是这间房子。还有一点，Ada特别支持他的玩具事业，而且比他还要懂得保护这些宝贝，所以从来不敢靠近它们半步。

符晓一边说，Ada在一个新的橙色本子上记录。

见Ada下笔有些犹豫，符晓开始添油加醋："你看我是不是有种特别的感觉？"

"嗯……有种愧疚感。"她用笔尖挠挠头。

符晓为狐狸尼克默哀一秒钟。

晚上睡觉前，洗完澡的符晓走进自己房间，只见Ada穿着睡衣呈大字形躺在床上，非礼勿视，他急忙假装绅士说因为害怕她半夜失忆被一个陌生人吓坏，这半年来其实两人都是分开睡的。他让Ada留在主卧，自己抱着枕头去了隔壁房间。

入夜后，Ada敲响符晓的房门。符晓半掩着门睡眼惺忪地问她怎么了，她嗫嚅着说："是不是我以前对你不好，感觉你对我有点失望。我知道我有很多问题，不只是记忆上的，可能我这个人不够聪明，好心办坏事，但我真的很努力了，想要跟正常人一样，我有什么问题你一定要告诉我，但是，不能不要我……"

这一段掏心掏肺的告白让符晓一下子失去了立场，显然他现在才是抱有愧疚感的人。他只能给自己找一个妥帖的台阶，告诉自己只要晓妈一离开，就把本子偷走，消除她这段记忆。

符晓从屋里出来，把她抱在怀里，揉了揉她的头发，柔声道："你想多了，傻瓜。"

想想好像也是这样的场景，刚跟严美丽谈恋爱的时候，她努力把自己装扮成一个懂事得体、清秀高雅的人。她看到符晓皱眉，会问他是不是自己哪里没做好，这样才可以放肆赢得他的绝对宠溺，换来疼惜的那句——你想多了，傻瓜。拿着这块免死金牌，放心做个爱情里的傻子，想多了，那就少想一点吧。

重回记忆的Ada，并没有变成严美丽那样的人。

那股热络劲儿是真的，傻里傻气也是真的，只是一时间忘记太多东西，少了他们第一次见面时那种硬撑的自信。但也让晓妈见到她后，好感度激增，拉着她的手就一直没松开过。

晓妈只有第一眼见到Ada的时候问过符晓，美丽怎么跟照片儿上长得不太一样，符晓搪塞道："现在的女人一天变一个妆容，都是日抛脸。"

而Ada这边，符晓也早已打了预防针。说他妈喜欢给人起名字，所以叫她"美丽"的时候一定要应着，以及他妈说话喜欢带修辞手法，所以她说啥，不用考虑是否会发生，点头就好。

于是接下来就出现这样的对话。

"美丽呀。"

"在！"

"你看我这儿子永远长不大，媳妇儿也娶不到，我这身子也一天不如一天，不如你就拯救他于水火吧。"

Ada点头。

晓妈开心极了，捧着她的脸爱不释手，一番感叹之后，Ada顿了顿，问她："阿姨你谁啊？"

在误伤来临之前，符晓眼疾手快地把晓妈拉去一边，郑重跟她说了"严美丽"的真实情况。晓妈一时沉默不语，独自去门外抽烟。半个钟头过去，符晓见外面没动静，打开门，晓妈已经不知去向。

Ada看完本子补回部分记忆后，晓妈拎着她的大箱子来势汹汹地回到家，她拍着符晓的肩膀，说："你都没放弃，我有什么好放弃的，接下来的日子，我陪你一起照顾美丽。"记忆没了人还在，她觉得这是她跟儿子的共同考验，哪怕每天少画俩小时的妆，后半辈子勾搭不上一个靠谱男人，她也认了。

任凭符晓如何劝，晓妈心意已定，她二话不说直接在次卧宣告主权，Ada倒也勤快，兴冲冲地帮忙整理行李。

"阿姨，我来帮你。"

"这称呼我听着别扭，得抓紧时间变咯。"

符晓："……"

当晚有两件事让符晓彻底崩溃：第一件事，吃饭的时候，看见晓妈的玉镯子挂在了Ada手上。镯子是当年晓妈离婚时，符晓用三个月的工资给她买的，他抱着晓妈说："那个男人让戒指失去了意义，这个镯子，就是我存在的意义。"第二件事，今晚他要跟Ada一起睡，事到如今已然罪孽深重，现在感觉要奔着万劫不复去了。最难的是还要掌握一个度，不能太客气，让无辜的Ada多想，又不能太亲密，不然就占了她便宜。于是在睡觉前偷偷灌了两杯咖啡，想着保持清醒不间断地聊天，在她睡着之后再睡，这样比较君子。

结果Ada精力无穷，硬生生聊到了凌晨4点。听着身旁Ada的呼吸声变得匀速和缓，符晓向床边挪了挪身子，正想睡的时候，被"新的"Ada一脚踢到地上，后面就全然没了困意。

在这之后，他打好地铺，每晚跟他心爱的玩具一起睡。

后来第一个知道这事的是乔麦，符晓连做了好几晚被Ada追杀的噩梦，醒来甚是内疚，只能找个最靠谱的兄弟解忧。乔麦没有过多埋怨他，反而见到Ada后，开始一本正经地瞎编，说因为符晓很优秀，她跟符晓在一起就变得特别贤惠，每天都要自己做饭以及收拾屋子，那大理石地板来回吸尘吸个三遍还不够，不但支持符晓的爱好，而且还经常买限量款送他。最关键的是，特别爱折腾头发，三天两头都来找他，用那种最贵的护理，他拦都拦不住。

Ada在本子上记到一半，撂下笔冲乔麦喊："我失忆归失忆，但我不傻。"

"你看，就是这气焰，不爱相信人，没少让符晓难堪。"乔麦晃着手里的化妆刷，给符晓使眼色。

符晓轻咳了两声，解嘲道："问题最大的是我，谁跟我在一起，都忍不住让我难堪。"

从乔麦店里出来，他们在商场闲逛，路过电影院时，Ada被展板上的新片吸引，符晓问她想不想看，她摇摇头，害怕自己半路发作影响别人。符晓的愧疚感袭来，二话不说买上电影票和爆米花。电影放映的全程Ada都很紧张，她把本子抱在胸前，一只手抓着符晓的胳膊。终于完整看完一场电影，一切安好，符晓没敢挪动身子，片子放完时已经有些麻了，他揉着胳膊想，其实她不犯病的时候，也是个值得一辈子心甘情愿的姑娘。

两人有说有笑地回到家，刚一进门符晓就傻眼了，他的北欧风书架上，挂着一个无处安放的巨大中国结，花了重金从旧货市场淘来的皮质沙发正被粗布碎花床单罩着，那个从意大利抬回来的木马上，竟然放了几盆大蒜，哦不，水仙花。厨房里烟雾缭绕，晓妈像在里面像修炼一样，符晓刚想进去，就被呛到败退，晓妈大义凛然地关上门，几个卡通粘钩防不胜防地出现在门背后。

再小清新的家，也容不下一个审美独特的妈妈。

热情的晓妈亲自下厨做了几道菜，色香味俱无，在被西红柿炒蛋辣到之后，符晓终于忍不住放下筷子，真的太难吃了，这么多年仍然甩不掉她黑暗料理之王的美誉。

晓妈被符晓的举动弄得有点泄气，回厨房洗了洗碗，出来看见自己布置的家被回归原样，大抵也是明白了儿子的心意，便早早回房睡了。符晓也跟自己闹别扭，躲在玩具墙前摆弄公仔，他责怪自己，什么时候把自己的生活搅成这般模样。

Ada吸溜着方便面，坐到他身边。

符晓回头问她："没吃饱对不对？"

"东西不好吃是真的，人是对的就行，"她含混着说，"我真挺羡慕你跟你妈的相处模式的，能在最熟的人面前暴露缺点。"

"说的好像谁家孩子跟父母不熟似的，你爸妈呢？"

"他们都自己去玩啊，不管我。"Ada带着玩笑的口吻说回符晓，"你们两个都是小朋友，吵吵闹闹的，其实在乎得要命。"

符晓来到次卧前，贴着门听了听里面的动静，屋里的晓妈听到符晓的脚步声，也在偷听，两个人隔着一道门就看谁先妥协。最后还是符晓敲门，说："我知道你肯定没睡，厨房里有方便面，饿了可以吃。还有啊，水仙放在客厅，好歹能晒晒太阳。"

晓妈手舞足蹈地在屋里转圈，然后假正经地回了声："哦。"

第二天一早，Ada准备好了三人早餐，客厅已经用吸尘器吸过三遍，桌子下的死角还趴着清理过，这盛世如乔麦所愿。符晓有点于心不忍，但Ada说她这样比较安心，说着又吸了一遍地毯。后来的生活其实很简单，符晓和晓妈开始习惯这位特殊的旅人，所有日常不过记了忘，忘了记，慢慢跟上了她的频率。

因为家里一时间出现两个女人，符晓的经济压力上来，狠心卖了两件收藏，其中的欧版火影忍者模型是跟一个买家同城交易的。让符晓和Ada意外的是，买家是个12岁的小孩子。他阔气地用手机转完账，抱着模型就上了一辆黑色的高级轿车。

事后符晓趴在港口的围栏边，看着不远处的贸易船只和飞鸟，像是跟一个多年的好友告别，练习释怀。符晓并不需要谁能理解他，只要每天看到玩具们觉得很有意义就好，生活的本质就是跟美好的东西在一起，所以承载的无论是金钱名利，一段至死不渝的爱情，还是一堆看似没有生命的塑料，又有什么区别。

后来Ada瞒着符晓，偷偷去找过那个男孩，想把模型买回来。男孩当然拒绝了她很多次，还童言无忌说了很多难听的话，但Ada每次不厌其烦找他的时候，都像什么事也没发生。Ada告诉他一个秘密，说她有超能力，可以自由控制大脑，只选择自己想记住的东西。男孩的少年心被她降伏，终于愿意跟她聊天，男孩的人设其实很简单，从小家境殷实，但爸妈常年不回家，跟留守儿童无异，玩具很多，但心里孤独。

卸下防线的男孩跟Ada交换条件，想要回模型可以，前提是陪他玩。

Ada最不缺的就是时间，没了记忆，时间只能在她皮肤表面留下来过的痕迹。如果不看那个本子，她可以瞬间回到三年前，回到那个刚动完手术，对明天充满害怕的人。

忙碌了大半个月的Ada回到家，怀里抱着用泡沫纸封好的模型，痴痴地对符晓笑。

几个小时前,男孩把模型送给了她,他说:"姐姐,我知道你都是骗我的,你是个很好的演员,但你也是我第一个朋友,请不要忘了我。"

Ada在她的本子上写道:最近认识一个新朋友,是个12岁的男孩,那个男孩,跟他很像,孤独的少年,都想要陪伴吧。

转眼这本新的本子上,因为多了"爱情"的出现又平添很多琐事,以至于她每次再记忆花的时间越来越长。而符晓好像被自己的设定说服了,当初还会像钟摆一样,逡巡于告诉Ada真相以及混一天是一天之间,而现在好像有了放弃的念头,放弃回到原点,因为他发现自己对Ada有了好感。那种好感是建立在愧疚上的。

符晓生日那天,乔麦按老规矩给他订了常去的餐厅。符晓不爱热闹是出了名的,又没什么朋友,今年加上晓妈、Ada,也就四个人。几年前的生日,乔麦还会把包厢精心布置一番,提前给符晓做个造型,让他拍照发个朋友圈,证明自己还活着,后来觉得朽木不可雕,伪装给谁看,索性也就走走流程吹个蜡烛罢了。餐厅老板已经按他习惯的口味上好菜,乔麦和晓妈投缘,聊得热络,符晓和Ada就全程听他俩搭档讲相声。吹蜡烛之前,老板进来说有人找,然后严美丽就从门后面出现了。

严美丽真的在尼泊尔待了三个月,差点都皈依了,但终究没躲得过情爱纷扰。她听人说,分手了想对方一次,就记一个单词。结果没走出阴影,反而成了词汇大师,一个人在加德满都畅通无阻。

她想再尝试还有没有挽回的余地。跟符晓分开后,她深夜机械地滑着手机,偌大的双人床怎么滚都是凉的。她或许以为符晓就爱这样的她，所以才在他面前永远蛮狠娇嗔，以为这样笨拙的方式就是在宣告自己永远离不开他，以为喜欢一个人，就会心甘情愿，有人笑有人哭，一个愿打一个愿挨。

严美丽的出现，直接造成新的故事戛然而止，提前结尾。Ada跑出餐厅，符晓紧跟着冲出来，她哭着伸出手掌，示意符晓别再靠近。入夜的海边冷风阵阵，Ada当着符晓的面，把手里记录好的一半本子撕掉，连着对他的全部记忆扔进了海里。

她抹掉眼泪，颤着手在本子上写下一行字：不要相信一个叫符晓的男人说的任何话。

"我这些年到底是谁，我怎么会来这个破地方，你知道这有多可怕吗，你根本不喜欢我，却强行改变我的记忆，为什么要来害我，把我的记忆还给我！"Ada哭得撕心裂肺。

符晓心疼，犹豫着想伸手去碰触她，却被她抓住手臂狠狠咬了一口。

他摸着手上深深的牙印痛得跳脚。

"我要忘了你！"说罢Ada转身坐上路边的出租车逃之夭夭。

符晓也没追，一个人落寞地回到店里，收拾尴尬的残局。严美丽已经哭花了妆，一向机灵的乔麦也束手无策，唯独晓妈见符晓回来，默默坐到他身边，带着一点自责的语气安慰他："是不是妈妈给你的压力太大了。"

"跟你没关系，全怪我太自私。"

"你不喜欢那个姑娘，就不该去做伤害她的事啊。"

"妈，你知道我最难过的是什么吗？不是要我承认我有多么普通有多么可恶，而是在这个过程中，有时我以为是错觉，可是这个错觉持续了好长时间，我好像，真的喜欢上她了。"

严美丽听完哭得更伤心了。

到家的符晓第一时间冲到卧室里，见Ada的行李还在，便转身跑出去找她，开车在整座城市绕行，一次次拨通她无人接听的号码。此时的Ada，可能已经忘记了他，在城市某个角落清醒，然后遇见善良的好人。

时间划过12点，符晓抱膝坐在地板上，看着玩具墙顶上的火影忍者模型，像经历了一场梦境。这个生日感受非凡，终究还是败给了自己的不成熟。

接下来的几天，乔麦都陪着符晓轧马路，试图在某个转角能看见Ada，哪怕只是远远地确认她安全就好。此刻的Ada，正躲在城市西边的一家便利店里，她捂着脑袋，闭上眼全是符晓的样子，疑虑为什么那种断电的感觉还不重现。

直到某天清晨，符晓接到警察局电话，说有朋友因为护照丢失滞留了。

Ada的最近通信录上，只有符晓的名字。

警察叔叔问："你们谁是符晓啊？"

"我是！"乔麦站出来，伸手拦住旁边傻眼的符晓。

Ada想起本子上那句警告，警惕地质问乔麦："我手机里为什么有你的联系方式？"

"你手机里怎么有我的电话，问你自己啊？！"乔麦气焰更甚。

"行李给你，护照在里面。"一旁的符晓看不过去，赶紧上前把行李箱和背包还给Ada。

"你又是谁？"

"我是你的民宿房东，你订了我的房子，"符晓帮她还原了最初的故事线条，李大萌，中国人，冒充混血，不知什么原因租到了他的房子，这几年一直在世界各地当中文导游，兼做翻译。

符晓把房子的订单给她看，Ada大惊："三个月前？我租了这么久？"

"他是看跟你有缘，所以才收留你。"乔麦补充道。

"没让你说话！"Ada对他很不客气。

"总之护照你拿到了，你不用怕我，可以回家了。"符晓失落道。

Ada突然一把抱住他，回归了初次见面的欢活，念叨着："怕你干什么，你是好人啊，没关系，既然我什么都忘了，那就在这里多玩两天再走。"

Ada当即定了后天的班机，抓着符晓的胳膊说要请他吃饭。替罪羔羊乔麦被Ada来回几次眼神杀后，迈着小碎步功成身退。

吃饭时，Ada问起这个城市哪里值得去，符晓只能说得出几家玩具店，比起Ada，他反而更像是这座城市的流浪者。两人翻起手机查看旅行攻略，符晓提醒道："你不能去人太多的地方。"

Ada托着腮帮子正色道："敢不敢赌一把？"

"啊？"

他们买了个拍立得，从人群密集的星海广场一路拍到海边，又跟几对情侣比赛抓娃娃，最后满载而归。经过一个地下酒吧前，Ada把一袋子娃娃送给门口卖烤串儿的大爷，转身指着酒吧的霓虹招牌朝符晓莞尔一笑。

那晚是符晓人生中第一次蹦迪。

Ada也才发现自己那么会跳，在舞池中央分分钟成为焦点，胆战心惊的符晓在一旁原地蹦跶，害怕她会不会突然发作，视线从没离开过。

一通热闹过后，已经凌晨三点。

两个人玩到虚脱，互相搀着在空旷的天桥上走，Ada忍不住笑，她说很久没有这么开心了。符晓小心翼翼地扶着她，又害怕碰到手，心里填满愧疚与遗憾。

走到一半，亢奋的Ada突然撑起身子，坐在桥梁边上，还拉他一起坐上来。

两人转身朝外，脚下悬空，几辆夜行的车飞速滑过，远方是点点还未熄灭的灯火，符晓从未这样大胆过，但此时心里却有种安稳的热。

正想抬笔记录的Ada卡壳了，问他：“我好像还不知道你的名字。”

“别知道了，我这人很无聊的，免得你今后回去在网站上给我打差评。”

“也是，反正要走了，但我总感觉认识你，从今天见你第一面的时候，就有这种熟悉感了。还有你不要跟那个符晓在一块儿了，我本子上记过，他肯定不是什么好人。”

“所以我才能成为符晓的朋友啊。”符晓一语双关，心酸地笑笑。

Ada用拍立得给他拍了张照，在相纸上写着“有缘先生”，然后夹在本子上，在旁边批注：我的房东，一个很有意思的人。

两人回到家，Ada说她好像对这里有印象，像个女主人一样在屋里转悠。她准确地找到次卧的方位，看见符晓的玩具墙，再次发出惊叹，仍拿着那个坏了的芭比娃娃问，为什么不丢啊？符晓此刻突然很想哭，他说，玩具跟人一样都有生命周期，坏了也别丢，更别忘了，因为多多少少都陪过一阵子。

在Ada回来前一天，晓妈登上了回老家的班机，她把屋里自己存在过的痕迹都抹了去，唯独留着那几盆水仙，因为已经生出了花苞，她给符晓留下的便签上写道：妈这一辈子都在提心吊胆里度过了，因为太贪，什么都想要，所以到处给别人压力。或许是时候让你自由了，别担心我，爱你想爱的人吧，只要你不惦记着从中得到什么，也就不会害怕失去什么。

Ada洗完澡出来，见符晓在客厅里看电影，擦着未干的头发在他身边坐下。

其间严美丽打来几次电话，都被符晓挂掉了，严美丽成为他人生目前为此的重灾区，他没有办法安抚，因为过不了自己这关。

"跟女朋友吵架啦？"Ada问。

"前女友。"符晓不想提她，摆摆手道，"还在纠缠。"

"自私的人看到的是纠缠，以为人家是在阻止你幸福，但宽容的人看到的是舍不得。"Ada说，"其实很多女孩儿很笨的，不甘心的时候，招数只有这些，除此之外，就没有其他更好的办法了。"

"那我该怎么做？"

Ada握住他手里的电话，贴到他耳边道："接啊，说清楚，好聚好散，说不清楚，再彻底拉黑，别拿钝刀子磨，痛快点，她总会慢慢走出来的。"

电话接通后，严美丽并没有无理取闹，她知道这年头谈恋爱都是你情我愿，人人平等，不存在谁耽误谁的时间，她只是想彻底死了心，认认真真地说句再见。

那晚他跟严美丽聊了很久，符晓对她说："我们为什么不适合，是因为我受不住你，而你也不会为我着想。美丽，其实你不用改，真的，这就是你，你什么都不缺，缺的是那个人。"

是啊，生活已经拼命要赢了，谁都不愿意在爱情里也比个高下，毕竟从南到北，一个人走过太多四季，就是想遇见一个彼此成全的人。

挂上电话，Ada已经在身边睡着了，符晓给她盖上毯子，正想起身，她突然扭了扭身子，两条腿把他夹住，符晓颓丧地想不是应该倒在她怀里，这样的画面才好看吗。

他动弹不得，后半夜硬生生在沙发上坐着睡了过去，结果第二天还是被Ada打醒的。

早饭后，Ada翻了翻本子，说要带他去见个朋友。

别墅的大门打开，符晓目瞪口呆，Ada所谓的朋友，就是当初买他模型的男孩。

Ada晃晃手里的本子对符晓说："不知道为什么，本子只剩下一半，第一页就写的这个小孩儿，但这上面说，这个小孩，跟'他'很像，'他'是谁……"

男孩一口一个"姐姐"地扒在Ada身上不下来，符晓还愣在Ada上一句话里，听到他们叫他，才回神跟了上去。

男孩偷偷跟Ada耳语道："你男朋友吃醋了。"

"他不是我男朋友。"Ada解释。

"上次就是你们一起卖玩具给我的啊。"

Ada向符晓抛来求证的眼神，他冷不丁一个寒战，赶紧点点头，担心小朋友说错话。

"哦，姐姐你忘记了。"男孩配合着偷笑，把他们带去自己的房间。

硕大的房间里，堆满了各式各样的玩具，让符晓没想到的是，那些只活在新闻图片里的限量潮玩竟然悉数出现在一个12岁的男孩房间里，他盯着玻璃柜中央那个巨大的金色擎天柱，望洋兴叹，有钱真好啊。

除了摆件，男孩还有很多科技玩具，符晓一秒切换成幼儿模式，抱着那些玩具不撒手。他们在这里待了大半天，临走时，男孩送给符晓一个礼物——一架可以充电的遥控纸飞机。

赠予英雄般的惺惺相惜。

回去的路上，经过星海湾浴场，符晓提议带她坐游艇，两人上了船，占据甲板最好的位置看日落。

退潮时的海面汹涌，甲板上站不太稳，Ada一手紧紧抱着本子，一手扶着栏杆，脸上挂着笑，用她带着烤串味儿的口音一刻不停地闲聊。

符晓有那么几次走神，他甚至想过走投无路的办法，比如把她的本子直接抢过来丢到海里，然后等她失忆的时候，再以她男朋友的身份出现，篡改她的人生。

"你在想什么？"Ada打断他。

"哦……你明天几点的飞机？"

"好像是上午10点。"

"去哪儿？"

"东京，最近樱花季，游客多，可以赚点钱。"

"我一直挺好奇，你这毛病怎么可能当得了导游呢？"

"重复讲同样的话，重复坑人，这不是很适合我吗？"说着又开始大笑。

符晓情绪起伏起来，半晌之后，他说："其实你不用一直这么亢奋的。"

Ada被一下击中了软肋，收敛了笑容，转过身靠在栏杆上，与符晓四目相对："自从我的记忆能力变成这样之后，总想证明自己跟正常人一样，想要被看见，又害怕被了解。我当初会做那个手术，是因为出了车祸，在纽约一号公路上。我那时刚拿到驾照，跟我爸吵着非要自己开，结果跟来向的车撞上了，玻璃直接插到我脑袋里，但我比后座上的爸妈幸运，至少还有口气儿可以做手术。生活总是跟你对着来，想忘记的偏偏留在长时记忆里，想记得的却不给我这个机会，所以我是被强迫着独立的，这样就可以不依赖于任何人……所以，挺好的……至少还能把什么都写在本子上。"Ada笑着晃了晃手里的本子，眼泪也跟着掉了出来，她迅速抹掉眼泪，"哎呀，有些人刚认识，但好像认识很久似的，什么都想跟他说。"

"我很乐意听。"符晓不知道此时该说什么。

Ada讪笑道："别用这种同情的表情看我，虽然我知道，本子一丢，就又一无所有了。"

"你还有我啊。"符晓脱口而出。

海风吹过，Ada捋了捋挡在眼前的碎发，一时有些慌乱。

符晓赶紧伸出手缓和尴尬："很高兴认识你。"

"很高兴不认识你。"Ada保持着笑意，"有缘先生。"

第二天一早，符晓把Ada送上车，这一次，他们没有多讲什么，甚至连个道别的拥抱或握手也没有，两人像约好似的逃离对方的视线。Ada摇下一半窗户，跟他说了声谢谢，符晓在车子开动之前，对她说了声对不起。

Ada偷偷回头看了眼符晓，心里有种说不清道不明的遗憾，车子往前开了几十米，一架红色的遥控纸飞机飞在窗外。

她立刻会意，摇下窗户，伸手把纸飞机抓了进来。

摊开纸飞机，上面密密麻麻写满了字。

"Dear Ada，我讨厌离别，更讨厌后悔，所以直到你离开才敢说真话，其实我才是符晓。我没有立场为自己辩解，因为我真的不是好人，所以不必记得我。你总在寻找安全感，但其实安全感不是要获得什么，而是内心深处，有被需要的感觉。你这样的女孩不是每个人都遇得到，如果有人需要你，是他的运气。我妈说，人这一辈子，不惦记着得到，也就不会害怕失去，我希望你幸福，所以哪怕看着我喜欢的人离开，也没有那么害怕了。"

从这个记忆开始计时的起点，就没那么公平，符晓对于Ada来说，只是个认识两天的陌生人，而Ada对他来说，是在三个月里，参与她两次人生的"最喜欢"。

手机APP上显示纸飞机已经超出遥控范围，符晓回到家，从抽屉里把Ada画的"Ada's Room"牌子挂回了卧室门上，晓妈的水仙花开得正好，他拨通晓妈的电话，刚叫了声"妈"，就鼻子泛酸，哭得像个孩子。

时间拨回两个多月前，Ada推倒符晓的乐高，被符晓勒令赶出家门，她心情跌至谷底，还把橙色本子落在了出租车上。

那个本子先是被一个送机的乘客捡到，顺走了夹在里面的手机，把本子扔在了路边的石阶上。路过的大学生捡起来翻了两页，留在了学校食堂，食堂的清洁阿姨把它当作失物交给了办公室老师，后来又被前来领失物的学生一起带走了。

学生在咖啡店里看完本子，留在店里，老板觉得本子好看，就竖着放进了墙上的书堆。

这是一家人来人往的机场咖啡店。

某天，有个长发女生取出那本橙色的日记，翻开了Ada的回忆。

本子的主人在中间几页贴了几张照片，写了这么一段故事。

在佛罗伦萨的博物馆艺术画廊当导游的时候，遇见了他。

他好像根本不爱逛博物馆，看完大卫雕像就在玩手机，但又不得不被导游耗着，看他那焦急的样子，好想过去帮帮他。

第二次遇见他，是在罗马，远远就看见他一个人拖着个木马在圣天使桥上走，明明腾不出手，还把兜里的零钱塞给路边的表演者，结果木马没抓住，砸在地上，他竟然在对那匹马说sorry。

怎么会有这么可爱的人。

第三次遇见他，是在短租网站上，可能是缘分使然，我不知道怎么点到他的房源的，当看到房东头像的时候，我决定好下一站要去哪里了。

我已经想好，开门之后要给他个拥抱，如果他也对我一见钟情，我一定会告诉他，其实我很久以前就已经爱上你了，但只是刚刚才见面，你说我怎么忍得住。☺

06

FAREWELL

NEVERLAND

再见

永无岛

人啊，
无论多亲密 到最后都会分开的，
只是早晚的问题。
你有这个预期，
等到那一天真的来临，
就不会那么难过了。

06

有些故事不该是悲剧结尾。

我是飞机先生，是的，网上最近很红的那个文化脱口秀《飞机哲学》的主持人。大部分时间的我，都晃着一把小木剑，一本正经地洒鸡汤。我的鸡汤口味丰富：清淡口的就讲讲君子之交，新人职场准则；甜口的，就说说爱情真谛，两个人如何正确腻乎给大家看；苦一点，就讲人生理想，生老病死，回头再硬拗过来，下个美好的结论。说实在的，节目已经录了三季，能讲的道理差不多都讲遍了，为了道理编的故事也已经动用了知乎百度微博所有网站的素材，从"我有一个朋友"开始，以"明天会更好"收尾。

我要给你们透露个秘密，其实我压根就不信什么人生道理，一般会讲道理的人，自己都过得不好，世界再美好，那也是世界的，跟自己无关。

但观众们喜欢，这件事就停不了。

线上点击量破了几十亿，没少赚钱。为了配合赞助商，现在还开始在百城百校举办线下的演讲。相比冷冰冰地在录影棚对着摄像机唠嗑，我更喜欢有人气儿的地方，运气好，碰上几个有思想的学生，真能问出一些好问题，动用快生锈的脑细胞，擦些新的火花。否则，我只是把准备好的内容机械地复述一遍，然后在回答过无数次的相似问题下，微笑回应。

"您这么正能量，平时就没有烦恼的时候吗？""你实现你小时候的梦想了吗？""您半只脚踏进娱乐圈了，有没有考虑转行当演员啊？"

"我小时候的梦想，就是在台上表演如何骂街。"眼看提问的女孩脸色变差，我立刻补充，"哈哈，开玩笑。我在入行给大家讲故事之后，好像真的就没有什么烦恼了，任何不愉快都能很快过去。然后我小时候的梦想啊，就是能成为一个特别大方且用嘴皮子影响世界的人。至于演戏，我的脸只允许我成为熬鸡汤的好厨子，放到小鲜肉堆里就露怯了，所以就不跟他们抢饭碗了，还是做我自己喜欢的。"

嗯，完美的标准答案，高情商，还幽默。翻开你左手边的杂志，我最近的访谈也是这么回答的，一字不差。

看样子又是一次例行公事的演讲，最后一个提问的男孩，戴着一副高度近视镜，典型三好学生，他清了清嗓子问："飞机先生，您每次讲的故事里都有一个'朋友'，我就很好奇，您是哪里交到这么多身上自带故事属性的朋友，还乐意让你把他们用进你节目里的？"

好啊，这个男孩子让我浑身燃起一股劲，我开始认真了："我讲的所有故事都是为了服务我的观点。"

"所以他们都是编的咯?"男孩的气焰越发嚣张,引得台下一群看热闹的开始起哄。

"我只是把我听过的案例都简化成朋友了,难道我要一开场说,他是我姑妈家二姨的儿子的小学同学,因为在屋檐下一起避了场雨,他就给我讲了个故事,你确定你要听这一堆冗杂的信息吗?"

"那你对朋友的定义好像很浅薄哦。"男孩以为自己开了挂,追问道,"既然你这么多'朋友',那你有最好的朋友吗?"

虽说"童言无忌",这个问题却让我心里突然涌上一阵疼。我顿了顿,回他:"我最好的朋友,已经死了。这个故事,要听吗?"

眼镜男终于意识到自己失了态,朝我摇摇头,羞赧地坐下。

场子气氛转冷,我选择此时开始一个故事。

"庞加莱重现你们知道吗,就是说宇宙的物质是有限的,其排列组合也是有限的,所以这个看似巨大无穷的鬼东西,其实所有可能发生的事物都已经出现过了。简而言之呢,宇宙其实不过是一场循环,所有发生过的事,都将再次发生,还未发生过的事,都早已在历史回音里重演了无数遍。所以,我要说什么呢⋯⋯即便有人死去,那在某个未知的未来和过去里,他依然存在。"

我看着台下的同学们眼神已然失焦,显然这个开头,撩拨了他们的好奇心。

我开始回忆那些年发生过的事。

2000年,我上小学六年级。这是我们这代人唯一能经历的一次千禧年，所有人都跃跃欲试地想成为新世界的宠儿。我不爱玩电脑，尽管他们都争先恐后地申请7位数QQ，每天抱团玩什么"大富翁4""仙剑98柔情篇"。我就是土生土长的小镇流氓，穿着黑胶凉鞋下河摸螃蟹，上树捅马蜂窝，玩火炮儿炸牛粪，以及在墙上写老师坏话。

也是那年，偶然第一次搬到我家隔壁。你没看错，偶然是个人名。隔壁家前阵子有老爷子自杀，之后举家就搬走了，本以为房子空置没人接手，直到偶然跟他妈住了进来。

我其实第一眼挺瞧不上他的，身材瘦小，皮肤白皙，说话奶声奶气的，那个时候的帅哥审美是以我为标准的，他顶多算个带了把儿的姑娘。每天我浑身狼狈地回来，单肩背书包，校服捆腰上，自认为帅到不行，在楼下碰到跟我不是一个频道的偶然，会忍不住推搡他几下，主要是因为他长了一张特别受虐的脸，这就算了，他还不爱讲话，简直不把我放在眼里，我们为数不多的几次对话，只是一大早开门，双方父母见着，逼着我俩彼此打的招呼。

直到某天，我看到几个高年级的人围着他，对他毛手毛脚要钱。敢欺负我欺负的人，我当下就不乐意了。我反手一个书包砸到那个最高的男生头上，操起路边的牛粪就往那几个人脸上嘴里抹。

我肚子被踹了一脚，眼睛肿了一只，但仍自鸣得意，就没有我打不赢的架。偶然却吓得不轻，带我到餐馆边的水池冲手，那是我俩第一次正儿八经地聊天。他说爸爸跟别的阿姨去城市里了，他妈用所有积蓄买了这套最便宜的房子，所以才跟我成了邻居。我还吓他，我说那间房子闹鬼，他却说，没什么比他爸爸的离开更让他害怕的了。

那一年，我们成了好朋友。他会带我去镇上的小超市前蹲着，听苏慧伦的《鸭子》，他还借我一本叫《第一次的亲密接触》的小说，尽管到现在我一页都没读下去。

而我呢，就尽量让他笑，在我那狭小的世界观里，没什么是我罩不住的，所有不开心都见阎王去吧。太阳从东边冒出来，就告诉我，该我闪亮登场了。

初一那年我们升到同一所学校。我们的相处模式趋向于技能交换，说是交换，其实是我在找借口能多跟他相处一会儿，可能当时出于造物者的私心，总想让自己的小弟过得开心，不要只是圈地自娱自乐，花上一周饭钱加入那个什么贝塔斯曼书友会，读书看报，大好人生多无趣啊。比如做饭这事儿，我擅长寻找食材，他搞定锅碗瓢盆，于是我就教他钓鱼钓虾，他教我把它们做成吃的。再比如当时我家里还算有点钱，老爸买了辆单车，我就教他骑单车，他教我论一个怎么学也学不会骑车的人是怎样炼成的，作罢，我只好载着他，在巷子里来回窜，离学校就五分钟的路，也要骑车走，把同学们羡慕得不行。当然了，以我大魔王的性格怎么可能没几个防身技能，我教会了他如何脸不红心不跳地偷书店里的《机器猫》，以及如何玩好猫鼠游戏——偷完水果不带喘气儿地躲开农民的一顿追。

还有我天赋异禀的舌头，我能把整个舌头顶住上颚，然后弹下来发出超响的声音。曾经我们无聊做过一个实验，他在距离我一百多米的地方，隔着民房小店，都听得一清二楚。他把舌头弹抽筋了也学不会，但他有个技能我也永远都搞不定，他手作能力极强，会自己做小刀小剑，折纸画画。所以我们第一次互相送生日礼物，我用舌头的"咯""咯"声给他唱了《鸭子》，他送给我一把刻着我名字的木剑。

我们学校后面有个工地，听说老板卷钱跑路，里面的楼修了一半就废弃了。最后那栋大楼变成了我们的秘密基地，偶然给它起了个很梦幻的名字——"永无岛"，《彼得·潘》里的世外桃源。我常拉着他在水泥砖头空间里探险，刻意在木板桥上走，脚下就是几米高的水泥地，我们爬着没有遮挡的楼梯到最顶层，拨开绿色布网，就能在落日时眺望整个小镇，一人抱着一桶方便面，也不管家里人是不是已经做好晚餐等着收拾我们。

我好严肃地跟他说，我长大以后要天天吃泡面，太幸福了。那时的我应该不知道，长大以后啥都是空谈，只有这个梦想最容易实现。

"非典"肆虐的时候我们正备战中考。你能相信吗，其实我成绩比偶然好。我是那种平时不怎么听课、考试前过一遍书就能拿高分，简称天才的人；他是那种平时好认真、笔记记好几大本、红橙黄绿青蓝紫记号笔画满全书，但一遇上考试就歇菜的人。而且偶然还有个毛病，特别怕被提问，尤其怕站上讲台，他无法对着几十双眼睛完整吐露一个句子。所以老师也不怎么喜欢他，每每换座位，就一直往后排挺进，入驻了坏学生专用地盘，恶性循环下，成绩就没好过。

为此我没少看他妈妈在背后抹泪，就因为升学压力，有段时间他妈妈还不让我们来往，每天放学就把他关在屋里复习。

谁知道"非典"来了之后，我们在学校见面的次数也少了。大人们都草木皆兵的，学校全面戒备，校长每天在校门口把守。有天我上学快迟到了，单车蹬得有点狠，被风呛到，停下来的时候不停咳嗽。校长见我的样子直接把我送到了隔离室，我硬生生在隔离室住了三天，连我爸妈都只能在楼下送饭。

有天夜里，隔离室的窗户被敲碎了，我从外面透过的月光辨认出趴在窗户边的偶然。这小子太令我刮目相看了，我心口不一地怪他怎么这个时候才来，他大口喘着气，说他从我被关进来第一天就开始做心理斗争了。

那晚我们没敢回家，逃出学校就爬到"永无岛"上，裹着布网凑合睡了一夜。整晚他止不住唠叨，自问自答地说自己是不是做错了，就连做梦还在一个劲儿地道歉。我实在忍不住把他叫醒，朝他吼了两嗓子，干吗要躲在角落里觉得天塌了，别那么悲观，你他妈还没我高呢，至于要你顶吗？

最后"非典"特殊期安稳度过，不过我和他的大名醒目地出现在了通报栏上。门卫大爷那晚看见了趴在三楼窗户上的偶然，好一对难兄难弟。我安慰他，没说让你顶，但是咱们有过一起记嘛。他红着眼睨了我一下，用充满委屈的奶声说："你知道的，我中考万一有什么闪失，就只能去外面读书了。"

就为这话，我放学后不去浪了，从此金盆洗手，在"永无岛"顶楼给他补习，比他妈还紧张地督促他"只要学不死，就往死里学"。在他书包、饭盒、课本里塞满温馨tips，考试没有秘籍，借他胆子也不敢作弊，那只能背啊，整本书来来回回地背，我就不相信分数上不去。

在我的不懈努力下，我们终于顺利升入高中，虽然不是一个班，但至少还能一起为非作歹，强行霸占彼此的人生。

当时流行看手相，什么生命线事业线爱情线的，仿佛人人都变成了神算子，一眼看破漫漫未来。偶然说我生命线短，他炫耀自己的老长，我呛他，你最好比我晚挂掉，我可不想去你坟头那小照片儿上看你的音容笑貌。他把我的手扯过去，煞有介事地研究道，你的爱情线波动很大啊，感觉你的桃花要来了。

我觉得他在放屁。那时的我心高气傲，能看上的女孩子都在画报里，总觉得身边的女生不是过分幼稚——谈恋爱以写交换日记为日常，就是过分成熟——牵个小手都要摆起架势问，我们会在一起一辈子吗，毕业之后我们如何打算啊。

麻烦！谈恋爱不就是图个开心，给日后回忆起初恋留个美好的念想嘛。

结果没几天，我就把偶然送我的那把小木剑上的名字划掉，转送给隔壁班的一个女生了。因为她太漂亮了，特别像SHE里的Hebe，音像店玻璃上标准的画报女神。

说到音像店，我爸在那家买过碟。某天见他神神秘秘地放到柜子顶上，出于好奇的我，在那个夏天第一次看见女人全裸的身体。

我不止一次幻想过Hebe，哦，不能这么说……幻想过隔壁班女生，会自动把她的脸套在光碟里那些裸体女人上，总之非常羞耻，第二天长了针眼一定是对我的惩罚。

我小魔王的初恋，也要取之有道，好歹也是正人君子，不搞邪门歪道瞎幻想，一定要兴师动众——我骑车，偶然在后座。我俩每天放学都跟着她，偶像剧里都是这么演的，老大在背后默默保护心爱的女人，直到有天女人停下来，让老大走进内心。有天"Hebe"

果真停下来，她转身对我说，你俩能不能不要每天在我面前秀恩爱。我当下五雷轰顶，我在罩你啊，秀什么恩爱啊！正想着，只见她把满书包的情书贺卡假水晶小公仔倒出来，然后捡起我那把木剑说："见过怎么追女生的吗？这些都是别人送的，你看看你，送剑。你想说明什么啊？"

我的初恋宣告失败，那是我人生目前为止最大的滑铁卢。

我在"永无岛"里猛灌啤酒。偶然把那把剑收了回去，念叨我竟然转送给别人，不尊重他的礼物。我当时特别生气，直接三两下把他揪翻在地，扣住他的手别在背后，嚷嚷道："不就一把破剑吗，你知道喜欢一个人是啥滋味吗？！"

他被我压得说不出话，脸颊上蹭满了废楼地面的灰尘，直到我听到微弱的一声"知道"。

我失去力气，被他推倒在地。

偶然暗恋他们班的女生，还告诉我已经暗恋很久了，以他的性格，应该神不知鬼不觉到死都爱不上得不到。看着那天被我揍了一顿，脸上还磨破皮的他，我心里掂量着要补偿，于是收拾好自己的心情，主动跑到那个女生跟前，自以为是地告诉了她。

我觉得我特别畜生，因为我刚借酒浇完情伤，回头就喜欢上了兄弟的女人。我对自己特别失望，平时生活里缺少发现美的眼睛，吊儿郎当惯了，惦念着外面的饭菜，却忽略了自己身边那么多可口尤物。

女生名字好听，叫简言之，对，就是简言之的简言之。畜生归畜生，还好我只是隐藏畜生，那天见着水灵的简言之，我仍然镇定自若地告诉她，偶然喜欢你，但是我那兄弟害羞，所以你要假装不知道。那句"但我对你一见钟情"并没有说出口，就让它烂在心里。

接下来，我们就变成了各怀心事的"锵锵三人行"。我努力克制看到她不由自主的笑容，吃饭时怕尴尬冷场还躲到厕所里，让他俩独处。那时的我好傻，搞得好像她只能选我们其中一个似的。

我给偶然出谋划策，在家里看碟太僵硬，两人轧马路又太枯燥，最自然的泡妞办法就是打台球。手轻轻揽过她的腰，温柔地撩拨她耳后的头发，然后握住她的左手，帮她架杆，右手再与她叠握在杆上，你们彼此贴着，让她感受你从胸口到手心的温度。接下来，就不用我教了。

结果偶然铩羽而归，挂着张苦瓜脸说，我照你说的做了，结果她反手一杆，就是一当代女球神，全程都是她在教我。

本以为这段实力悬殊的感情应该会死在襁褓里，直到有一天，我完成一个华丽的投篮，第一眼就朝简言之看过去，发现她在看偶然。那天以后，他俩就在一起了。其实到今天，我都不太确定简言之是怎么看上他的，有些事，不用弄那么清楚，就让它淡淡地，略过起因经过，记着结果就好。

至此，"永无岛"闯进第三者，我变成高瓦电灯泡。那会儿我们没手机，简言之有一台很厉害的MP4，听歌拍照看电子书看视频无所不能，2005年超女比赛如火如荼的时候，她直接把视频放到MP4里，我们仨就躲在顶楼看。简言之是"玉米"，偶然是"笔亲"，我算是半个"凉粉"半个"盒饭"，所以我比较置身事外，那两位就剑拔弩张地争着冠军之位，每天到处拉票，好像下一秒他们的偶像就会杵在他们跟前，含着热泪演唱《酸酸甜甜就是我》。

以至于他们分手的时候，我还认真地问了偶然，不会真的是因为她的春春拿了冠军你气不过吧。那混蛋竟然告诉我，占比20%。

简言之要转学了，他们家本身条件就好，爸爸工作变迁，全家就跟着去市里读书了，临走前，偶然给她送了个手作的小木头房子，他没告诉她在房子里的天花板上，他小小地刻了一行字——谢谢你喜欢我。

分手事小，简言之走了事大。偶然的悲观情绪堆积，他泪如雨下，开始细数自己的罪过，说他们在一起的时候没好好用心，等女生要走了，才知道难过。他斥巨资买了一件酒，学我的样子灌自己，结果刚仰头喝了几口，就跑到一边吐了。他说，尿都没那么难喝。我好严肃地问："你喝过？"他的黑洞情绪又来了，抱着水泥柱子大哭道："我怎么永远都那么笨，不会说话，又孬种，怪不得总被欺负，我这个人就不配得到幸福。"

那一刻我特别想嘲笑他，但更多是心疼。因为这个世界上应该不会有第二个人那么懂他了。他告诉别人，他只是有一点儿不开心，但是，他会告诉我，其实，他好难过，好难过。

我走到他身边，拍拍他的背，问他："不然我跟你说件事，或许你就没那么难过了。"他扑闪着水汪汪的大眼睛疑惑地看着我，我猛吸一口气道："其实我暗恋简言之很久了。"

伴着一声"畜生"，我的左脸挨了一拳。那一拳竟然打得我有点兴奋，因为我的偶然小朋友，体内终于有点显性的男性荷尔蒙了。这一拳和一句"畜生"下去，他就从小白脸变成真正的大男孩了。

那晚我跟他说，人啊，无论多亲密到最后都会分开的，只是早晚的问题，你有这个预期，等到那一天真的来临，就不会那么难过了。

他蜷着身子，甩着被我的反作用力弄疼的手，揶揄道："你怎么那么爱讲道理啊。"

"因为我就是道理本人啊，我就是你的小太阳。"我卖了个我都受不了的萌，偶然已经拿起酒瓶子准备抢我了。我狠心制止了他："兄弟，差不多就可以了，知道你man，收着点收着点。"

那天的我，像是受到神明的指示，莫名跟他说出了那段不符合年纪的话，后来想想，可能也是预兆吧。就像我曾经在网上看过一个理论，说宇宙源于一次大爆炸，但很可能之前已经爆炸重启很多次了，宇宙其实不过是一场循环，所有发生过的事，都将再次发生，还未发生过的事，都早已发生了千千万万遍。你永远也无法知道你处在第几遍循环里，这事儿好像有点绝望，绝望到我妈因为淋巴癌去世，我像是知道将要发生而预感到了一样。

淋巴系统的分布特点，使得淋巴瘤属于全身性疾病，几乎可以侵犯到全身任何组织和器官，我妈没能挺过去，在我十八岁成人礼那天过世了。医院到火葬场这一路，想想我妈从体态优雅的妇人变成瓷盅里的一把灰，全程一滴泪都没流，总感觉哭了就代表她真的走了。

我没有去学校，家里人也管不住我，我就每天独自在"永无岛"里待着，看着日升日落，除了过耳的风，只剩宁静。我只有在这里才感觉到安全。这个被我们设定的避风港桃花源，好像已经拥有了特殊的能量，时间在这里会快一点，也许到一个节点，可能就不那么容易想起妈妈了。时间不是总叫嚣着自己是最好的治愈师吗？

其间偶然会来给我送吃的，他一言不发，放下盒饭就离开，哪怕我已经好几天没动过筷子了。直到有一天夜里，他拎着一麻袋上来，从里面取出枕头和垫子，默默地在我身边躺下。

我侧头问他："你干什么。"他双手叉着放在胸前，嗫嚅着："没什么，换个环境。"之后我们就没再说话，深夜的小镇安静下来，脚下只有一些微弱的灯光。在偶然刻意翻身一百次，咳嗽两百次，以及咿咿呀呀三百次之后，我受不了了，说："你困了就睡吧，没困的话，陪我聊会儿。"

他腾地直起身子，抱着被子屁颠屁颠地坐到我身边，用被角给我搭着肩。

"挺奇怪的，这种感受，我这么开心阳光的一个人，怎么能经历这种事，我不知道该怎么面对这个结果。这个世界上无条件包容我爱我的人走了，我还想让她幸福的人没给我这个机会，真的好遗憾，因为我不知道下辈子还有没有资格再做她儿子。"我努力克制胸腔的起伏，也终于体会到，原来心真的是会痛的。

偶然见我声音有些失控，他比了个"嘘"的手势，不停地安抚我的背。

"怎么可以这样呢，明明那么大一个活人，哪怕最后身上插满管子，脸瘦得变了形，那也是我妈妈啊，怎么就能最后放在那个小破罐子里，跟所有死去的人都一样，我怎么认得出来啊？"终于，鼻子一酸，我的眼泪滚了出来。

我倒在偶然肩上，放肆哭出了声。

记忆里只哭过两次。

一次是小时候下河游泳，被我妈拿着晾衣杆在屁股上打了三道印子，我嘟着嘴，挂着小倔强不认错，关到房间里就咬着棉拖鞋哭了。

一次是跟他们去录像厅看《妈妈再爱我一次》，在所有人不注意的情况下，偷偷抹了眼泪。

我不能哭，我是混世大魔王，早晨七八点钟的太阳，偶然的老大。眼泪是弱者的勋章，我只能笑，笑才是天大的福报。

偶然就这么让我靠着发泄，看我哭累了，柔声道："还记得你跟我说的庞加莱重现吗，放到宇宙那么大的标准里，每一遍循环，其实妈妈依然存在。我相信，你妈妈即便知道故事的结局，预见所有悲伤，她仍愿意重复去活，因为那个世界里有你啊。"

我坐直身子，抹掉脸上偶然的泪，他果然哭得比我更厉害。我知道以他负能量加身的性子，能说出这段还算温暖的话，是多么不容易。我明白，如果换作是他，这件事应该挺不过去了。

那晚之后，我回到学校，收拾心情开始备战高考，我长这么大，从没这么认真地看过书，我把文综三科的书一遍一遍地来回背，背到连每页的配图在左还是在右都一清二楚，因为我总想让自己忙一点，不留一点空隙想起妈妈。

这样一来我的成绩直接飙到年级第二，班主任说我上重本肯定没问题。偶然的妈妈很照顾我的情绪，每次在楼道里碰到我，都笑脸盈盈地跟我说加油。尽管我当时内心的OS是，这俩字还是多跟偶然说说吧。

偶然终于放弃在文化课里的垂死挣扎，决定走艺术生这条路——搞美术。我们镇子本来就小，风气使然，都觉得正经高考是唯一出路。所以连他们老师在内，都不看好他，还说什么风凉话，搞艺术的心理上都有问题。我看不过去，直接跑到他们班上，当着老师的面，把他画过的画，做过的手工摊在讲台上，告诉他们，没见过的事别急着否定，大中国少一个毕加索就是你们这些人害的。

后来听说为了培训费和大学的开销，偶然妈去市里找过他爸，讨了笔学费，偶然知道后，直接把钱甩在他爸脸上，然后风尘仆仆地回来告诉我们，他要自学，考奖学金。你们知道吗，这小子最后真的靠自己考上了美院，去了那个学校的王牌专业学设计。

我看着他每天吃喝拉撒都抱着书在啃，苦练素描油彩的卖力劲儿，就觉得这小子已经吸收了我六成的功力，跟我小时候见到的那个悲伤小娘炮已经判若两人。

高考倒计时十天的时候，我俩在"永无岛"开两个人的誓师大会，他的目标明确，反正就是走上艺术这条不归路。他问我今后想做什么，我说，开飞机。因为我没见过真的飞机，总觉得穿上制服，好几百人的生命交在我手上，由我罩着，特别酷。他朝我敬了个礼，叫我，飞机先生。我推搡他一下，别给我丢脸了，人那叫机长，你这叫的怎么那么像搞色情服务的啊。

高考成绩下来，我被省内的某所211大学录取，意味着再过几个月，我跟偶然就要分开两地了，但没关系，我俩这感情，三秋不见，如隔一日。况且有了手机，那些当面没说完的话，就交由电话短信表达。偶然他们学校比我开学早，在车站送了个拥抱就当是饯行了，看着那个已经成熟的小子，惊觉时间好快，仿佛我们在一起听苏慧伦玩画片儿的日子，统统成了别人的故事，我则以后来局外人的姿态，开始播放那些定格画面。

夏天快结束的时候，爸爸跟我说，"永无岛"要被镇政府拆掉了，我第一时间就给偶然发了消息，让他赶紧回来，结果他说什么被学姐选做了迎新晚会的主持人，排练走不开，我只能一个人坚守阵地，又是举横幅抗议，又是跟那些监工干架。"永无岛"是我第二个家，里面埋了很多秘密，收容了那么多欢笑和不快乐，每一处未完成的水泥和砖头，钢筋和破布网子，都是我们珍藏的回忆，怎么能随之化为灰烬烟消云散。

听说挖掘机啥的都已经进厂，我加紧速度，就差几步路，结果在路口的转角处，被一辆酒驾司机的车撞了，再有意识时，我的身体就动不了了，以至于错过了开学军训，直接缺席了大学的人生。

讲实在的，我对偶然一直耿耿于怀，我觉得他背叛了我们的青春，没有守护好"永无岛"，朋友才会变淡，我们只会绝交。所以他上大学那几年，给我发的消息我都只收不回，看着他一个人的独角戏，慢慢了解他的生活。

他用电脑设计商品包装，去风景区写生，每天的作业是手工，这个专业特别适合他。他在迎新晚会的表现一炮打响，成为他们学校的典礼御用主持，我就纳闷了，他那么一个省话机器，害羞鬼，怎么能在那么多人面前说出一个完整句子的，或许他身体里原本藏好了这样的天分，只是在我面前，就放肆表现他的缺点。

最让我意外的是，2008年汶川地震，他跟班上的同学去灾区做心理援助，要知道受灾者在感情上接纳你，才是帮助，如果受灾者还没准备好接纳你，你去了就是打扰。所以当我知道他在那里一切安好，无条件地倾听，无条件地接纳与关怀，帮助了很多受灾者，我佩服得五体投地。

他跟我熟悉的偶然又不一样了。

同年8月北京奥运会开幕，全国运动风气盛行，他们男生寝室里开始夜跑打篮球比身材，偶然对这些不感冒，跑去天桥摆摊，卖自己做的工艺品。不过他带了一对哑铃，在没生意的时候偷偷练，也就在那个天桥上，认识了他后来的女朋友。

我觉得他女朋友一定是同情心使然，路过几次，看到他好用力地在用俩细胳膊举哑铃，可能以为他在卖艺。

他毕业后换了两次工作，待得最长的是在一家影视公司做设计，一做就是三年。设计这行业苦逼，谁都是你爸爸，每天听得最多的一个字就是"改"，所以久了就会失去自我。三年下来，头发熬白了，才赚来一辆车。他跟我抱怨说，花了一大笔钱去驾校学车，天天被教练敲脑袋说笨，结果现在的车都是自动挡的，油门一踩车就咔咔地走了。

他26岁那年结束了爱情长跑——在终点前分了手。原因是女方家里吵着要结婚，他觉得没准备好进入人生下一个阶段，就不耽误彼此了。那时他是一个自由职业者，靠接私活赚钱，成天宅在家里，与外界断了联系，原本练就的一点点口才又随着年少时的怯弱憋了回去，连打电话都害怕，任何事只能发文字沟通。

终于在吃了半个月的外卖快吃吐的时候，他套上厚重的棉大衣，决定开车去外面觅食。当时简言之就坐在他后面，但是吃饭过程中两人都没看见对方，直到结完账离开时，简言之低头玩手机，没注意就跟着偶然走出去了，走了段路听到身后有人叫她才反应过来。

听到简言之的名字，偶然转过身，两人惊叹。他有很多话想说，到了嘴边只浓缩成三个字，你瘦了。看着简言之莞尔一笑，本以为重逢初恋是欢喜，但她身后的男人走上前，牵起了她的手。

偶然晚上就给我发了信息，还附上一张照片，照片上是我们仨当年在"永无岛"上的自拍，三人傻乎乎分别地举着玉米，一支笔，还有我一手凉粉一手盒饭。他说："你猜我今晚碰到谁了？简言之！这照片是她从钱夹里给我的，说她这些年一直放在钱包里，你看她没有忘记我啊！"

"我们啊！"

他后面补的这一条很没必要。

简言之再次成为他生命的过客，他颓了一阵子，老本花得差不多，还生了场重病，连累到他妈妈都去照顾了他一阵子，我好气愤这小子怎么那么不让人省心。好在他命硬，日子衰归衰，照样还得朝天老爷磕个头，认栽继续活着。他重新捯饬了自己，海投了一通简历，可竟然没一家公司肯收留他。他把自己灌醉，当然灌醉他也很容易，半瓶啤酒就可以了。他边哭边给我发消息，说他错了，他最开心的日子，就是在"永无岛"，他觉得亏欠我，所以过得不好感情不顺也认了。

我恨不得立刻冲过去给他两拳，当时是谁不珍惜我们的秘密基地了，别跟我认错，先自己揍自己一顿。

他继续给我发消息，说："我的人生差不多就这样了，小时候，我好恨我爸，好恨好恨，恨到现在竟然也无所谓了，很多事看透之后就没了乐趣，好像没有什么是最重要的，马斯洛需求层次你知道吗，我看到那张三角形图，觉得自己没什么欲望了，我不想出人头地，不想变成厉害的人，打从认识你那天就没想过，但是我真的好想你啊。"

我很想回：其实我也想你，只是你能不能别哭了，跟个小姑娘一样。

咳咳，我的故事就先讲到这里。

那个眼镜男又举起手，怔怔地站起身，见我眼神柔和，才敢接着问："飞机先生，你开始不是说你的朋友已经……这个故事感觉没有结束啊。"

"还要继续听吗？"

其实在这中间，偶然回来过。"永无岛"变成了一个大型超市，两边的道路加宽，跟当初的记忆完全变了样。

不过他没来找我。

后来回到大城市，偶然凭着过去在影视公司工作的经验，转行去搞文字工作，几经辗转，终于开启事业的第二春，他在一家视频公司写文案做策划，可能曾经做过心理援助，也或许是从我这里取了经，后来的他，独当一面特别会搬弄道理，成了人生导师。公司领导重用他，在赞助商经费允许的情况下，批了档节目给他，主持策划脚本剪片一锅端，节目上线第一期就破了当时的纪录。

他的工作团队问他，什么要起"飞机先生"这个艺名，不直接用"偶然"呢。他说，因为他最好朋友的童年梦想是当机长，穿制服，罩着几百号乘客。

节目里的偶然，侃侃而谈，从容淡定。他有好多故事，手里的那把木剑，是当初送给我的那把，上面的名字已经被我划掉了，但只要你仔细看，他在下面又重新刻了上去，三个字，路子由。

我的名字是我妈起的，她说"子由"，谐音"自由"，而我是她最好的儿子。

偶然回小镇那天，站在已经消失的"永无岛"前，又给我发了信息，他说："原来不用鼓足勇气，告别依然会来临。子由，你先去远方，不要回望，我会奔向更好的下一站，你也是。"

我不知道他现在在哪里，是否开心，但我知道，他相信，我依然在。

"怎么样，这个故事满意吗？"我轻轻抹掉眼角的泪。

台下的学生们集体沉默。

"你们看过电影《心灵捕手》吗？里面有段我很喜欢的台词——我每天到你家接你，我们出去喝酒笑闹，那很棒，但我一天中最棒的时刻，只有十秒，从停车到你家门口，每次我敲门，都希望你不在了，不说再见，什么都没有，你就走了，我懂得不多，但我很清楚。

"这是查克在工地上对威尔说的话，他希望看到朋友过得好，所以鼓励他向更广阔的天地去。我更想要这样的结局，所以那天回到小镇后，其实去了子由的家，我不知道屋里会不会已经住进了外人，但仍敲了敲门，心里默念着，不要开门，不要开门。因为我觉得，只要门没开，最好的朋友，只是去了远方，至少永远不会分开。" ①

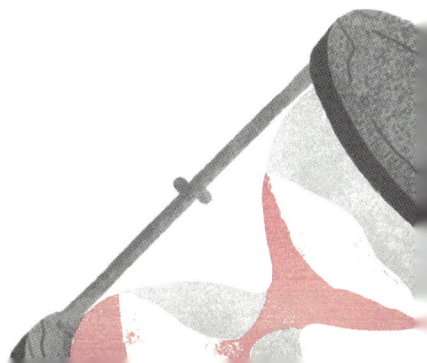

07:15　　　　　AM

07

WISH YOU　　WELL

若愿
天你
晴

这个世界很大，
每个人都需要跟别人建立情感联系，
才能生存下去。
不要把自己变成一座孤岛。

07

WISH YOU

WELL

　　"各位单身男女们，欢迎来到恋爱交友观察秀——《爱有晴天》。你们所在的位置，是位于印度尼西亚的一座未开发完全的岛屿，你们将在这座岛上共同生活三个月，体验一场心动冒险。除了你们背包上的GoPro，岛上也已经遍布了我们的摄像头，节目将由国内知名视频网站全程直播。三个月内，回到乘船点放信号弹视作自愿弃权，最终牵手成功的一对将赢走我们一百万元的恋爱基金。现在，请将你们的电子产品放入前方的木框内，从此刻起，你们需要回归原始，自己寻找物资，祝各位好运。"

　　十个人中个头最高的男生杨漾把任务卡上的内容读出来。

　　"不会吃的用的都要自己找吧！"说话的是年龄最小的魏来，一刻不停地踢着脚边的沙子。

　　"有没有人啊？！"化着精致韩系妆容的黄橙子朝着空旷的沙滩喊道。

"别喊了，游戏已经开始了。"付晓茹把手机放到木框内。

剩下的几个人里，叫展佳佳的成熟女人一言不发，径直往丛林里走。

"喂！"杨漾还不知道她的名字，叫了一声后只得到她越来越远的背影。他摊开任务卡内的岛屿地图，跟大家说："我们最好两两一组，有个照应，大家尽可能多地找到食物、帐篷，太阳落山之前在沙滩边集合。"

"你能别那么多废话吗，爱怎么找怎么找。"胖胖的郝哥语气很不客气，他自信地看着另外四位女士，问，"谁愿意跟我一组啊？"

没人搭理他。

"美女，我们一组吧？"他问付晓茹。

"我自己去就好了。"说着付晓茹颠了颠背上的包。

最后，魏来和黄橙子组成一队往正北方向去，另外两男两女一起去了西北方向。杨漾待所有人离开后，在树干上做了个标记，踩过凌乱的脚印独自出发。因为炎热的气候和充沛的降水，这里的植物长得都很高大，丛林内很多灌木丛，穿行而过时身上的防水服发出的摩擦声让他顿起鸡皮疙瘩。

杨漾一路在经过的树干上做着记号，绕到一条主干道时，看见蹲在地上的付晓茹。她的脚踝被灌木刺伤，杨漾连忙从包里拿出创可贴，上前蹲在她身侧，帮她贴上。

"谢谢。"付晓茹把耳边的碎发撩到耳后，面无表情地看着他，随后刻意朝他靠了靠，一只手抱着膝，挡住双肩包带上的GoPro，用指尖轻轻在他手背上蹭了下。杨漾轻咳一声，抬头假装看天色，在确定摄像头转至另一边时，他用力握住付晓茹的指头，三秒后，松开。

闹钟此时已经响过五遍。

说好不要再熬夜，早上9点起床，但付晓茹最后还是败给自己无穷尽的借口，毕竟从一段情伤里走出来不是那么容易的事。

她拉开窗帘，刺目的光照亮那张寡淡的脸，眯起眼的一刹那，委屈感又再度袭来。谈了三年的男朋友，已经到了婚嫁的阶段，结果就因为男生一次次的"我妈说"，让他们提前收场。付晓茹不想去南方，男友最后的分手理由是"我妈说你那里的空气质量不好"。她挂上电话，跟她的朋友们吐槽这个"妈宝男"的奇葩事迹，杯盏间一副独善其身的高傲姿态，让他们都以为自己在这段智商不对等的爱情里早已全身而退。

回到家后的付晓茹把遮光窗帘拉上，在黑暗里哭了整整三天，第四天的时候，她丢掉看不顺眼的化妆品，窝在不足二十平方米的卧室里，把枯燥的综艺节目开了关，关了开，身边堆着的是喝空的啤酒瓶，以及同一家外卖的包装袋。因为不甘心所以心不死，从此再没有人住进她的日常，成全她的幼稚，帮她擦疲惫的高跟鞋。

手机铃声响起，杨漾强忍着情绪听客户的修改要求，挂上电话后，把手机甩去一边，用力挠了挠直挺的短发。他当着全公司的面骂了让他忍无可忍的领导后，果决地当了一个自由职业者，他有一个20万粉丝的公众号，出过几篇阅读量10万+的文章，大部分的收入来源都是找他合作的广告商。自媒体这一行最怕的就是不温不火，没有话语权腰就挺不直，合作的软文要做到价廉物美，还要在客户无数次命题作文后，悻悻地回一句"好的"。

好在这不是他唯一的生财之道，他有一手很厉害的厨艺，于是在邻里做菜的APP上开了家铺子叫"鲜生一味"，卖自己拿手的日系盖饭。

热点文写到一半，手机提示收到新的外卖订单，杨漾没打开，就胸有成竹地去厨房洗菜做饭，等外卖小哥到位，他把包装好的三文鱼波奇饭递给他，小哥抢在他前面说："隔壁三单元1702。"

这半个月以来，有一位食客每天12点过后都会点这道饭，更有心的是，她总会及时给上一大段的好评，字里行间表达已经依赖上这道菜了。杨漾觉得这个食客一定是个对生活充满爱的知音。

宿醉的付晓茹又一次成功睡到下午，她在黑暗的房间里滑开手机，第一件事是点外卖——三文鱼波奇饭。把手机放回枕边，她一只胳膊压着双眼，放空着又浅浅睡了会儿。

没一会儿来电声把她吵醒。

电话那头的磁性男声问："您好，是付小姐吗？"

"嗯……"她还没有完全清醒。

"不好意思，我今天不在家，APP上忘记关店了，能取消订单吗？"

"为什么要我取消订单，这是你的问题啊，你知道这碗饭对我意味着什么吗？"付晓茹说着说着哭了出来，"我不过只是想平平淡淡地吃一碗饭，我没有别的要求，你们男人如果没这个能力，为什么要让我看到可能，我不是小孩子了，为什么大家不能用成人思维考虑问题。好啊，你走啊，你们都走，反正我有的是时间和自由，想干吗干吗，现在我什么都有了……又什么都没有了。"

"你别哭啊。我、我……你等我一会儿。"说着男人挂了电话。

回到饭局上的杨漾听着"客户爸爸"当面数落，对方不停在广告植入到底是硬一点还是软一点中找平衡，一篇稿子竟然来来回回改了十七版拖了半个月之久。

"对不起这合作我不接了。"杨漾的好脾气终于被点燃，起身拿着包走人，转身就把客户拉入黑名单，心想不就是一万块钱嘛，西北风又不是没喝过。

付晓茹在床上大哭一场后，脸颊上黏满了三天没洗的头发丝，听到门铃响，她以为是错觉，再听到清晰的敲门声，她才一脸不情愿地下床，穿着碎花睡衣开门，门口站着一个高大的年轻男人，还拎着两袋外卖。

杨漾把三文鱼波奇饭拎起来："做了两份，有幸一起吃吗？"

在最落魄时候的相遇，往往更容易滋生惺惺相惜，两个同在人生低谷的人，无论怎么走都是向上。见面十次之后，他们决定闪婚，不在乎对方过去的恋爱简历，也不考虑未来种种，但在定好婚礼后，他们在"面包"的问题上产生了困扰。按照付晓茹选的那一套婚礼流程，婚庆公司给他们的报价是二十万，两人的积蓄并在一起也就够结一半的婚，杨漾毕竟是个男人，又摆不下面子找双方父母借钱，就在两人互相给对方台阶下，是要"退而求最次"还是"门户开放"东挪西借时，他们看到了《爱有晴天》的嘉宾招募广告。

两人对上眼，灵光一闪，约定假装陌生人，三个月后搞定奖金，回来就结婚。

太阳渐渐偏西，海岛上游走的云被缝上一层金。

杨漾和付晓茹找到椰子，但返回途中没看到之前的标记，迷了路。杨漾只得爬上路边一棵粗树，到最高处远望辨别方位。怎料在喜欢的人面前爬上去容易，下来就露了怯，平衡能力极差的他看着扭捏的树枝，不知从何下脚。

这个时候胖子郝哥向他们走来，见到付晓茹立刻开启调情模式，说他找到了节目组藏好的帐篷，晚上可以跟他一起睡。付晓茹看着他不可一世的油腻嘴脸，饿了大半天的胃竟有了饱腹感。来者不善的郝哥倒是激发了杨漾的保护欲，他突然身手敏捷地从树上下来，完美落在两个人中间。

就在他们转角的林中小道上，魏来用工具刀把地里的葛根挖出来，把上面的土清了清就咬了半口，剩下半个递给黄橙子："美容的。"

"不是吧，我吃了中毒怎么办。"黄橙子接过来做作地看了两眼。

"我都吃了，要死一起死啊。"魏来坏笑。

"成年人讲话是要负责任的哦。"黄橙子难掩已经叫得欢脱的肚子，她小口咬下一块，涩涩的酸味袭来，呛得立刻把野生葛根丢掉，止不住干呕。停顿片刻，突然两眼一闭栽倒在地上。

魏来收敛笑容，用脚尖碰了碰她的身子，见她没有反应，吓得跪在地上，颤抖着开始掰着指头数数，数到第十下的时候，黄橙子眯起眼，嘴角偷跑出一丝笑意。

玩笑并不好笑，其实这不是她的什么好感度测试，而是在她准备咬下那难吃的葛根时，看见路边的摄像头，她神经习惯性绷紧，知道自己的戏份来了。

在他们后方的杨漾付晓茹和郝哥闻声赶来，在太阳落山前，五人一起返回起点沙滩。黑夜降临，四周莫名多了一层诡异的气氛，领头羊杨漾再次失算，一行人迷失在下一个路口。暴脾气郝哥又开始骂骂咧咧，众人一筹莫展的时候，灌木丛里突然发出沙沙的声响。

故事进行到这里特别适合冒出来一些岛上的奇禽异兽，或者是画着五彩浓妆的食人族部落。

"是我。"还好是展佳佳。

她带着所有人回到沙滩，另外两队男女已经在准备做晚饭了。在两个小时之前，展佳佳找到了一个帐篷和三个睡袋，还找好树枝枯木堆在沙滩边，等待更聪明的人生火。

借着月光，沙滩一下子亲切许多，郝哥自告奋勇地用树皮和树枝摩擦生火，付晓茹和黄橙子在旁边捏着卫生纸随时准备迎接火苗，十几分钟过去，满头大汗的郝哥仍不放弃，手指都已经磨破皮。他跟付晓茹说："美女你放心，一会儿火就来了。"

杨漾实在看不过去，用手里的打火机直接点燃了树枝。

"你有打火机为什么不早说啊！"郝哥抹掉额上的汗。

"你不是要表现吗？"成功K.O一脸狼狈的郝哥，杨漾得意忘形。

当晚他们吃着现烤的小海鱼，就着鲜椰汁勉强充饥。火堆烧得正旺，众人开始夜聊。

"你们有互相看对眼的吗？"提出这个问题的当然是我们的郝哥了。

杨漾跟付晓茹首先躲开彼此碰触的眼神。

黄橙子向魏来扫了一眼，见他只顾着吃鱼。

展佳佳起身离开。

另外两队男女好像也没有来电。

最后只有郝哥自己结束这个话题："我挺喜欢这位美女的。"

他指着付晓茹。

尴尬之时，无人机送来两天的饮用水和最新的任务卡，按照指示，当夜他们就要投票淘汰一位参与者。

投票结果公布，十个人里的假小子女生首先被淘汰，十分钟后，就有一艘快艇前来接她，一刻也不能留。

剩下几个人里，郝哥应该是公认的下一位宠儿。

投票过后，男生开始帮忙搭帐篷，杨漾假装被石头绊到，跟跄着塞了张字条到付晓茹的衣兜里，难为了搞得像特工交易的这对热恋情侣。

关于当晚睡觉的分配，我们的郝哥非常"绅士"地睡进了自己的帐篷，四个女生只好挤在展佳佳找的大帐篷里，另两个男生再睡一个小的，年轻气盛的杨漾和魏来驻守沙滩，睡睡袋。

入夜后的空气里似乎都带点海水的咸味，黄橙子偷偷用了两瓶第二天的饮用水卸妆洗脸，还从背包里取出面膜敷上，展佳佳翻了个身，不知是不是睡着了。趁两人不注意的空当，付晓茹摊开杨漾的纸条。

"墙壁眼睛膝盖。"

付晓茹会心一笑，把纸条捏成团塞回兜里，尽管荒岛生活不是她乐意的选项，但至少有那个人的出现，她愿意为之咬牙冒险。梦里杨漾拎着两袋三文鱼波奇饭来到他们家，赶上最好的相遇，第二天的外卖上，他就贴着这张字条，她问过杨漾，这是什么暗语。他说你把它们翻译成英文看看。

不会说情话的写手不是好厨子。

沙滩上，杨漾被郝哥的呼噜声吵醒，他微微侧过头，见魏来瞪着大眼睛望着夜空。

"睡不着？"杨漾柔声问。

"蚊子有点多。"魏来回以客气的笑。

杨漾嗳嗳地"嗯"了一声，半晌后他又问："你是怎么想到来参加这种节目啊？小小年纪，缺钱还是缺爱？"

"都不缺，"魏来讪笑道，"主要是时间多。"

时间对他来说，确实没有什么意义，这短短十九年里，他早已经历过两种极端人生。

魏来从小就是那种"别人家的孩子"，家境优越，被父母练就十八般武艺，文能挥墨画画算奥数，武能跆拳道击剑跳国标，小学双优，中学霸占排名表第一的位子，他坐在老师安排的好学生黄金席位，自带背光，跟打架闹事插科打诨的同级生完全隔离。初三那年一场小小的模拟考试，不料名次下滑，第二天醒来的时候，他拿上家里的一把雨伞，开始绕着学校的街道打转，他突然疯了。

他的灵魂像被关在一个狭小的黑屋子里，看得见整个世界，却不再能支配大脑，用力呼救也没用，只能任凭自己的皮囊犯下愚蠢的祸事。尖子生魏来成了笑话，墙倒众人推，那个时候他才知道，原来同学们是那么讨厌他，原来努力成为一个发光的好人，是一件错误的事。

关在黑屋里的他放弃抵抗，静默观察，偶尔绝望就默默掉泪，那个疯子的外壳变成一只不谙世事的蝴蝶，搅动起接下来的三年的巨大风浪。他的父母带他看过无数医生，吵过无数次架，终于在他成人那年，选择分道扬镳。

某天夜里，他被妈妈用粗绳子绑在床上，半梦半醒间觉得手被勒疼了，就用力转了转手腕，片刻间，他发现刚才的举动是自己的意志支配。

没人知道魏来是怎么清醒的，医生虽然说他痊愈了，但仍留下了后遗症，在焦虑害怕的时候，会扳手指数数。之后的他，俨然变成了另一个人，缺席了三年的高中教育他也不补了，甚至放弃了正常的人生，他要认认真真做一回棱角锋利的"坏人"。这几年，他当过吊儿郎当的古惑仔，摔过酒瓶打过架，所有情绪用脏话作为出口，对爱情马虎以对。人生失去目标，时间就变得富余，而他唯一的行为准则，就是这件事不管对错，只顾好玩。

他还记得有一任女友当着他的面砸烂手机，大骂："你真是个贱人！"

"谁说这个世界，不是贱人笑到最后呢。"魏来说罢，笑得灿烂。

太阳东升，海岛褪去一身神秘，呈现一片旅游短片里才会出现的碧海蓝天。

　　众人从帐篷里出来，沙滩上留下了很多退潮后的水草和贝壳，以及一张新的任务卡。

　　他们今天的任务是要乘坐皮划艇漂流到孤岛另一头的集合点。

　　一行人按照岛屿地图来到任务卡所在的象牙湾，到了漂流地才发现是两人乘坐的自划小皮筏。这意味着又要分组，而此次分组后多余的男生，将会面临淘汰。

　　付晓茹给杨漾使了个眼色，换上救生衣，抢占先机坐进靠前的皮筏里，结果郝哥身手矫健地坐了上去，还胸有成竹地捋了捋油腻的头发道："有哥在，别怕。"

　　魏来和黄橙子又自成一组，两个都戴眼镜的男女立刻抱团，展佳佳随后登上第三只皮筏，她回头看了眼一脸挫败的杨漾，声音淡漠问："上来吗？"

　　杨漾呆愣地点点头，坐了上去。

　　个子相对较矮的男生落单淘汰，节目进行到现在，嘉宾剩余八人。

　　这里的水流比他们想象的湍急，杨漾坐在展佳佳身后，与她刻意保持距离，皮筏刚顺着水流划出没多远，不等杨漾反应，就被河水冲上了巨石，惯性使然差点把他甩出去。杨漾两只脚紧紧踏住护带，一边划桨一边安慰自己："应该不会有危险的。"

　　展佳佳控制着桨，抛来一句："不要那么乐观。"

　　杨漾乖乖地正襟危坐，向内伏下身体降低身高。没想到后半段路险流急，冲下一个高坡后，四支队伍距离逐渐拉大，直到付晓茹的皮筏消失在杨漾的视线里，他担忧地伸长脖子张望，忘了手里划桨的气力，到了一处漩涡时一支桨卡在旁边的礁石缝里，一紧张，船桨抓得紧，另一只手的缆绳下意识抓得更紧，结果直接把整个皮筏掀了起来，连累展佳佳一起栽进了水里。

巧合的发生不过是概率的结果罢了，就好像杨漾的救生衣没扣牢，掉进水里的时候小腿正巧被礁石滑破了一块厚皮，手脚使不上力，陷进漩涡跟着顺流而下。他有点失忆是怎么扑扇着水花努力自救的，等到意识稍微清醒时，感觉有人正从腋下拖着他的身子一点点往岸边挪，淡淡薰衣草香的发丝打在他脸上，眼神渐渐聚焦，看到距离自己只有几公分的展佳佳的脸。

杨漾不仅受了伤，GoPro连着背包也丢了，岛上的地图也在里面。不过展佳佳倒是没有怪他的意思，两三下把自己包里湿漉漉的烟撕开，晾到半干，用烟草包扎杨漾脚上的伤口。看着展佳佳动作利落，杨漾被她的气场震慑，不敢说一句话。

天光将暗未暗，没看到周边节目组的摄像头，求助无门，两人只好彼此搀扶着穿过湾边的丛林，到了一处开阔地，展佳佳提议马上入夜，不要再走了。

没了打火机，杨漾靠郝哥的套路成功生了火。他们砸下几个椰子，煮了半熟的藤壶充饥，展佳佳把自己仅剩的两瓶水递给杨漾一瓶。

他接过来，不敢看她，对着矿泉水说："你一定不是正常人。"

展佳佳把外套垫在草堆上准备睡觉，场面尴尬了好一会儿，她才回应："为什么？"

"因为很厉害，但又不讲话，所以很神秘。"

"不爱说话不代表神秘，只是懒得说。"展佳佳面无表情地侧躺下，远远看着他。

"其实我觉得，你没表面上看着那么冷，你是个很好奇的人。"杨漾嗫嚅着。

"为什么？"

"因为我不告诉你为什么的话你会一直问我为什么。"

"没幽默就别硬撑了。"

杨漾开始翻兜，嘟囔道："啊，明明出门带着了的。"

她终于笑了。

在他们对角线两公里处的任务集合点，是一个架在草场中心的高脚屋。屋里有个卧室和家庭间，顶端只有一个橙色的灯泡照明，屋后有个小厨房，里面提供了炊事的炉具和食材。

睡觉前，除了杨漾和展佳佳外的六个人已经按任务卡规定，在自己的GoPro前记录了两天相处后的心情。

不能表现得太过担心杨漾的付晓茹心不在焉地说着场面话，郝哥自信地说感觉得到付晓茹其实也喜欢他，只是女生都比较装，不会说出来。黄橙子不住地抹眼泪，说节目比她想象得还要辛苦，但她会加油的哟。

魏来心高气傲地说除了黄橙子，其他三个女生都可以。

录制完毕，黄橙子琢磨了好一会儿刚刚的表现。钻进没有摄像机的小屋里，她终于松弛了神经，身心俱疲地呈大字形趴在床上。

就在几个小时前，他们从漂流的终点徒步过来，途中付晓茹想喝水，发现都被黄橙子洗脸卸妆用掉了，她成为众矢之的，而这一切刚好正中她下怀，她用余光找到大家的镜头，换了个站位泪眼婆娑跟他们道歉，魏来不耐烦这群人叽叽喳喳，帮她说了好话，走在最前。

黄橙子心里难掩得意，在快到高脚屋之前，她到魏来身边，对他说了声谢谢，魏来笑笑，俯在她耳侧说了一句话。

他说："你演得不累，我看都看累了。"

在魏来看来，她就是那种矫揉造作，全世界都该围着她转的姑娘。

黄橙子是她那群姐妹里最先实现财务自由的人，大二的时候就成了当地小有名气的模特，她的生活里，没有食堂教学楼寝室的三点一线，她非常清楚自己要什么，清楚那些看她的人要什么，代价就是跟自己身边的朋友渐渐活成了两个世界的人。她有超高的化妆技术，妆前妆后判若两人，直播风靡那会儿，她可以每天泡在直播上，刻意用奶声奶气的台湾腔说话，成为金币排行榜上最高的网红，她变成了表演型的人，喜欢出风头，镜头里自己不完美了，就在脸上动个手脚，还要随时随地秀那些大大小小的名牌，但离开那个长方形屏幕，她的家乱成猪窝，说话没那么讲究声调和文雅，卸了妆之后泛红的痘印黑眼圈，都在提醒她：如若这么走在路上，她就是那种最最平凡的女生。

妈妈从小就跟她说，女孩子嘛，不用那么拼，找个好男朋友好老公才是正经事。结果在黄橙子实践之前，家里的"好老公"首先辜负了她们，后来父母双方都组建了新的家庭，黄橙子成了最可怜的人。这几年，每年春节团聚的日子，她就送给自己一场旅行，好证明自己没有被这个世界抛弃。妈妈偶尔会过问她，但中心思想都离不开钱，她说："怕你乱花钱，妈给你存着。"

但凡妈妈过问，黄橙子就大气转账给她，一点儿怨言也没有，她深切明白一个道理，把解决办法依赖于性别的人，其实是因为能力差，她觉得要想不辜负年轻的皮囊，一切只能靠自己。

这个自媒体时代出名容易，只要有人关注，无论是赞美还是骂声，她都觉得自己是有价值的。或许只有她自己知道，从几百张同一角度的自拍里选一张，花几个小时修图想文案，再刷着那些大同小异的评价，时常跟假脸姐妹们出没在KTV酒吧，制造各种热闹，都是为了掩盖另一个事实，那个事实叫孤独。

付晓茹一夜没睡，辗转反侧挂念着杨漾，天色放亮后才迷迷糊糊睡着。她被无人机的噪声吵醒时，是上午十点半。

无人机送来的一个大箱子里，装着动力绳、安全头盔、上升器、脚踏带、手杖等等工具。新的任务卡上说，这座小岛上有一个原始村落，住着一百多号人，找到穿五彩干草裙的中年妇女，领取下一张任务卡。

"你们是不是在玩我们啊？！"坐在地上的杨漾朝着无人机大吼一声，转头朝地上吐了口唾沫。

展佳佳摊开新的地图确定好方向，背上双肩包回过头问他："自己可以走吗？"

"没问题！"杨漾站起来，刚迈开脚，小腿肚子传来一股钝重的痛，又一屁股坐回地上，两手向后撑着草地。

展佳佳把他拽起来，将他一只手环在自己肩上，扶着他的腰小心翼翼地往前走，她说："你争口气，我们一会儿可能要攀岩。"

"攀岩？！"

付晓茹仰头望着十几米高的岩壁，她回头问众人："确定这是唯一的路了吗？"

"地图上是这么画的。"魏来说。

郝哥终于派上用场，他取出上升器，说在电视上看过这种玩意儿，潦草教了大家使用心得之后，几个人就有样学样地尝试攀爬，利用脚环靠脚部发力向后蹬，再沿着主绳把上升器往上推，看似简单的使用方法，却让几个人力不从心，甚至连理论知识完备的郝哥爬到半截也泄了气，他死撑着面子怪罪是这个上升器不好用。濒临崩溃的付晓茹手臂和大腿全然不听使唤，她死死抓着绳子，大声朝郝哥嚷道："你能安静点吗？！"

让所有人惊讶的是，最先登顶的竟然是黄橙子。其实这样的鸠玛尔式上升器更多是考验手脚协调能力，靠蛮力往往很难达成。魏来最后几乎是靠臂力攀上去的，郝哥等着付晓茹，眼看还差三分之一的路段，付晓茹卸了力靠在绳子上停住了。郝哥本想帮她拽一下绳子，结果伴随着身体一个旋转，笨拙地将自己和她的主绳缠在一起，付晓茹体力不支，细瘦的胳膊青筋凸起，加上头天晚上没有睡好，一时间喘不过气，越想大口呼吸，意识越是朦胧。就那么几秒的时间，她眼前像蒙太奇一样闪过许多画面，失恋在家的阴影，跟她有绝对身高差的杨漾，还有为了骗婚礼钱参加这鬼打墙的生存节目，她抬起眼，正对着郝哥肥硕的屁股。

付晓茹心如死灰，用尽全身力气仰头大喊："够了，我受够了，这是什么恋爱节目，我不录了！我不想干了！"

眼睛开了阀，付晓茹泪水不止，郝哥也神色倦怠地放弃了挣扎，最后靠其他四人合力把他们拉了上来。之后的一路，郝哥再没有讲话，付晓茹一个人生无可恋地走在最后面，她此刻特别想见到杨漾，告诉他，我们回家吧。

山坡下的村落，被四面的高山草甸环绕，阳光穿透云层倾泻而下，在植物缠绕的房顶上投下了晦暗的阴影，颇有些绿野仙踪的意味。付晓茹没心情欣赏，因为她远远看到村口小道上的杨漾和展佳佳。但让她大失所望的是，杨漾见到她并没有她期待中失而复得的紧张情绪，问他腿伤，他也只是说没什么大碍，不知道是自己多疑还是怎么，感觉他与展佳佳四目交接了好几次。

付晓茹突然有种被耍了的感觉，明明只是分开一下子，却错过许多，仿佛曾经的承诺只是一次比较郑重的呼吸，在空气里零星添了些唾沫星子而已。

杨漾此时无心恋爱，因为十分钟前他跟展佳佳已经粗略地在村里走过，这个所谓的原始村落里，根本没有居民。

更让他们不安的是，家家户户早已破败不堪，难闻的气味袭人鼻腔，像是很久没人住了，而且这里没有通电，加上又被群山环绕，周边高耸树木较多，月光也会打个折扣。这就意味着他们今晚要摸黑在这个"鬼村"住一夜。

当晚所有人都睡得很浅，木制的门框会忽来一阵嘎吱声，屋外更像是被放大了分贝的大千世界，树叶的飘动，蚊虫的叫嚣，还有不知道是人还是野兽鬼怪的脚步声，让人肾上腺素激增，混杂成了悬疑电影的最高潮。

杨漾手里握着纸团，蹑手蹑脚地来到离大部队百米多外的村屋旁，付晓茹已经等待多时。她开门见山地说她要退出，让杨漾跟她一起走。杨漾当然不解，已然走到这一步。她抹掉不争气的眼

220

泪，明明心里担心他的安危，却把矛头指向了展佳佳。

"你不要胡思乱想。"杨漾皱眉。

"我在乎你才会乱想啊，不然我想都不会想。"

"你们女人就爱拿这个当武器，如果连我们最基本的信任都没有，那我不需要你这样的在乎。"

"所以你觉得我跟那些女人一样，"付晓茹陡然大声，"展佳佳更好更特别是不是？"

"你已经有这样的设定了，我再多说一句，我俩只会吵得更厉害。"杨漾耸耸肩，不再接话。

"杨漾，我再跟你说一次，我要离开这个鬼地方！"说罢付晓茹扬长而去。

付晓茹一语成谶，这里真成了"鬼地方"，他们来时的唯一上山小径被几块巨石拦住，一行人被困在这座废弃的村落里，一困就是三天，把红毛丹和葛根当主食，旁边的树林里有手臂般粗大的爬藤类植物，砍下一段后会有清水流出，饮用止渴。那三天犹如慢放般煎熬，所有人被打磨得士气全无，冷战中的付晓茹和杨漾保持距离，魏来因为太饿，其间犯过几次病，一个人躲在屋里来回从一数到一百。郝哥就在漫长的打盹中消磨时间，展佳佳倒是时不时绕着村子观察，队伍里唯一还坚持化妆的黄橙子把油腻腥臭的头发随意扎起，看着屋檐下的镜头再也没有一点表现欲望。

唯独那对眼镜男女为了奖金还在拼命硬撑。

第四天清晨，无人机带来新的生机，他们拆开任务卡与补给包，傻眼了。所谓的补给包里除了水，只有两个饭盒，一个打开是活蚯蚓，另一个是浸在水里的牛宝。有人尖叫着把饭盒丢了出去，郝哥直接蹲在路边干呕，经过几日折磨，他的啤酒肚都小了一圈。从此刻起，他们才幡然醒悟，所谓的恋爱交友都是幌子，荒野求生才是真的。

任务卡提示他们所处之地是旧村，新村在岛上的西南角，沿路线提示，可以走到另一条隐藏的山坡前。

好在不用攀岩，大伙儿挂着登山杖，终于上了山腰，把阴森的荒野绿村留在了身下。在众人满身泥泞、疲惫不堪时，他们看见一个木头砌起的平台，上面固定着一根缆绳，另一头直接插入前方茂盛的树丛里，在树桩的起点处，挂着金属护具。

看到这里的观众们，一定在屏幕前吃着瓜子，从猜测谁能在一起变成谁能活到最后。

有那么一刻，杨漾也想放弃了，但看到一脸愁绪的付晓茹，还是咬咬牙选择坚持。郝哥最先戴好护具，两只肉腿一蹬，伴随着一声沉闷的喊声，就快速滑进了丛林里，接下来是魏来和眼镜男女。黄橙子深呼一口气，她有点恐高，抓紧安全绳，眼睛一闭就跳了出去，由于忘记戴头盔，到终点的时候披头散发，头皮被树枝刮得生疼，摊开手全是勒红的印迹。

起点处的杨漾不敢往身下看，努力调节呼吸，好不容易平静一些，队伍最末的展佳佳突然愣住了，她说："我的这副是坏的。"

她腰上的安全绳断了一截无法固定，正准备起跳的杨漾站定，偏着脑袋向后看，付晓茹看在眼里，她神情肃然，上前直接把杨漾推了出去。

穿戴完备的付晓茹回过头，冷冷地对展佳佳说："你这么厉害，一定会有办法的吧。"

说完，她站在平台边，朝空中纵身一跃。

来这座海岛不过一周的时间，杨漾跟付晓茹分手了。

那天他们狠狠吵了一架。

杨漾说，他可以爱一个受过伤的人，愿意为她做一辈子的饭，但那个人，不能没有善良。

付晓茹说，这已经不是自己想要的了，她以为带她走出阴影的人是他，他却给了她更大的阴影。

每一对情侣的吵架，都有个必经的过程，从直抒胸臆开始，翻旧账为经过，结果是越来越幼稚。

"在确保展佳佳的安全之前，我不会退出的。"

"呵呵，张口闭口都是展佳佳。"

"你也有你的郝哥啊。"

"杨漾，你以为我不敢喜欢别人吗？"

"那我们就比比看，谁先拿到那一百万。"

"好啊！"付晓茹怒瞪着通红的眼，指着别处嚷道，"你可以滚了。"

杨漾咬紧腮帮子，真的走了。

女生的话术中有一句叫"薛定谔的滚"，当她说让你滚的时候，你永远都不知道她是想让你滚，还是让你过来坚定地留守在她身边。

付晓茹整理好情绪回到队伍，她刻意走在郝哥旁边，装腔作势地从嘴里发出奇怪的声音，郝哥睨了她一眼，舔着干裂的嘴唇，捂着肚子无心搭理。坑坑洼洼的小径不好走，没几步路的工夫，郝哥就两眼发昏站不稳了，付晓茹眼疾手快地搀住他，佯装关心道："郝哥，你没事吧。"

"能有啥事，哥哥我只是饿了，但也不吃你这一套。"郝哥饿归饿，但那满腔自信一点儿也不少，他挣开付晓茹的手道，"人都有看走眼的时候，你其实也配不上我，就别假惺惺了。"

付晓茹当下恨不得拔刀同归于尽算了，但回头见杨漾笑意盈盈，心里盘算着生命诚可贵，还是先争口气赢了这场比赛，再作打算。

其实郝哥的自信不是空穴来风，全仰仗他这近四十年的传奇人生，从卖喷漆涂料毛毡玩偶到如今的排队美食大王，他总在事业最高潮选择归零玩别的，但如有神助，做什么都能驰骋在生意场上成为常胜将军。他说到了这个年纪，不再相信什么从不成功到成功，不成熟到成熟的曲线上升，他觉得上下折腾，蹦跶着走，才是人生。

所有围着他的人，都频繁献上言语蜜糖：郝哥你真的好厉害，郝哥你真的好帅，郝哥你就是成功男人的标准示例，郝哥谁嫁给你谁上辈子就是银河系本人……

郝哥出生在市政府大院，不清楚老爸真正的工作，只知道他被众星捧月，说的每句话都有人拿着小本子记录。跟他爸出门，邻居都会连带着表扬他几句——瞧你这帅儿子。耳濡目染之下，他觉得自己的帅跟其他人不同，自己的优秀也是独一无二的，有一种众人皆醉我独醒、众人皆浊我独清的超然。

唯独感情上不太顺利，除了一次失败的婚姻，他其实没谈过几次恋爱，准确来说，跟郝哥在一起过的女人，要么是为自己审美观感到抱歉的少女，要么是认钱不认人的世故社会人。

围着郝哥的人总有理由帮他推托，是那些女人配不上你，是她们不懂什么叫极品男人。

活在谎言里的郝哥真的信了，他觉得自带发光体，走在哪里，都应该有女人对他投来仰慕的目光。

所以他来了。

天色暗下来，几个人已经不吃不喝地徒步了大半天。杨漾看着手里的地图，总觉得哪里不对，但又说不上来。身子骨最弱的黄橙子，画皮终于绷不住，忽然蹲在地上，把头埋进双臂里，魏来也停下，俯身在她耳边问，又要开始表演了？黄橙子微微点头，两行眼泪挂在脸上，狠狠盯着他，连一句回嘴的力气都没有，饿得差点直接生嚼蚯蚓了。

众人来到一条大路上，杨漾终于知道什么异样了，他看见旁边的树干上，留着自己第一天上岛时做的标记。

跟着标记往前没走几步路，就出了这片丛林，回到登船点的沙滩。杨漾把地图往地上一砸，骂了句脏话开始搓头发。这么多天过去，绕了个圈回到起点，众人被节目组玩了一通后溃不成军。黄橙子来到登船点，犹豫再三，还是放了宣告着退出的信号弹，黄色的火光在黛蓝色的天空画出一道弧线，等待良久，并没有她期待的船只或者直升机前来营救。

这节目根本就是个陷阱。

黄橙子捂着嘴哭了，众人陷入沉默，气氛跌至冰点。付晓茹看了眼离自己几米开外的杨漾，强忍着泪水，一屁股跌坐在沙滩上。

人说到底都是贪吧，一开始只想要一碗饭，现在想要刻满自己名字的一颗心，那个时候想要的，都不是现在想要的样子，死心原来只是一瞬间。夜晚风浪大，付晓茹又饿又冷，眼前布满一层清透的雾，感觉自己快死了，在情绪跌落谷底的时候，右侧方向的丛林里突然腾起一串白色的信号弹。

其实新村就在岛上的东南角，他们当时上岛只需向右一直走就到了。看到黄橙子的信号弹后，展佳佳接连放了三枚，在一个小时前，她已经把新村的情况摸透了。这里是岛上唯一有常住人口的地方，由于村民比较少，大多时间都很安静，他们的每栋房子都是独立建筑，村民们可以完全按照自己的风格来装饰自己的房子，在白天看来，一片饱和度浓重五颜六色，非常像地理杂志修片过度的艺术封面。

终于在岛上看到其他活人，众人仿佛从地狱回到人间，全身赤裸只用干草遮住重要部位的村民们准备了地道的晚餐，虽然没有什么硬货，大多是拌上各种咖喱大蒜椰子奶柠檬汁的海鱼和香蕉树茎髓，仍让饿了好几天的八人组大快朵颐。

付晓茹跟展佳佳劫后余生再见，气氛异常微妙，原本就塞满愧疚感的杨漾在听到展佳佳若无其事地说"我把饭盒里的牛宝和蚯蚓吃了充饥"之后，更是一刻不停地关心她。展佳佳溢满笑意，侧身在杨漾耳边说，其实我包里有巧克力。听罢，杨漾扑哧一声笑了出来。

他知道付晓茹看在眼里。

付晓茹不甘示弱地夹了一块吞拿鱼给郝哥，吃得一脸油腻的郝哥瘪着嘴,把吞拿鱼甩在了桌上。

付晓茹强掩尴尬道:"郝哥你这是浪费食物啊。"

魏来把鱼夹起来塞进嘴里,对付晓茹眨了下眼:"给对了人就不会浪费了。"

黄橙子余光看向魏来,顺了顺眼前的碎发。

此时正在热聊的眼镜男女笑起来,看彼此的眼神都带着爱意。杨漾和付晓茹心想,完蛋,敢情这局势内忧外患啊。

这一系列动作让众人心里升起了围墙,算盘声噼里啪啦地响,一顿晚餐吃出了云谲波诡的后宫味道。

第二天一早,穿着五彩干草裙的女村民发布了新的任务,继续两两分组,杨漾自告奋勇跟展佳佳一组,付晓茹跟魏来一组,眼镜男女继续绑定,郝哥转移目标,看上了一脸胶原蛋白的黄橙子。

三张只有实物一部分的线索图,在岛上寻找完整实物,用拍立得拍下,在日落前返回新村,第一名的队伍可以住在族长的高脚屋,第二名住村民小屋,第三名住海边的帐篷,最末一名有可能被淘汰。

接下来是杨漾和付晓茹的猫狗大战。

第一张图,墨绿色底上有浅红色经络。

杨漾和付晓茹把目标锁定在植物上,于是两队在丛林间狭路相逢,眼尖的付晓茹首先找到一棵半米高的小树,目标锁定在上面稀疏的树叶上,她拍好照片,然后回头警惕地望了眼不远处的杨漾和展佳佳,她眼光一闪,把树上的叶子全部拔下来,藏进了灌木丛里。

自鸣得意的付晓茹不知道,这树叶有毒,接下来皮肤会痛痒整整三天。

第二张图，黄色的长条物。

杨漾疑惑，难道这印度尼西亚的岛上还有人参这么疗愈的物种。倒是魏来一眼就看出这是当初拔过的葛根，在地图上确认位置，就拉起付晓茹往小道上跑，杨漾不甘示弱，牵起展佳佳一路追击。

四人终于在山脚下找到一棵独苗，杨漾跟付晓茹虎视眈眈地盯着前方，心里哨声一响，付晓茹先发制人冲在最前，紧随其后的杨漾碰巧摔了一跤，身子往前猛地一探不偏不倚地抓稳了葛根的枝丫。

这出戏还没完，此时一群野牛突然从山上冲下来，杨漾大脑的边缘系统发出冻结讯号，趴在原地呆愣三秒，直到野牛朝着自己跑来，他才护住脑袋把整张脸埋进土里，一阵铿锵的步子从两旁滑过之后，他灰头土脸地仰起头，不知是屎还是泥的东西溅了一脑袋，想哭但是哭不出来。

第三张图，一撮白色毛发。

两队人马找了小矮马、野猴子，把老鼠都从洞里揪出来了，就是没发现那撮白毛，任务限定了地域范围，不能走太远。日落之后，他们落寞地回到新村，发现郝哥和黄橙子已经在吃饭了。

原来那撮白毛来自于发布任务的村民——后脑勺的一撮干草辫子。

郝哥牙齿上留着香料叶，龇牙咧嘴道："我出发之前就看见了，这个必须要观察能力很强的男人才看得到。"

最后的结果，郝哥跟黄橙子睡在族长家里，付晓茹和魏来睡帐篷，眼镜男女只收集到树叶，面临淘汰。村民发布任务，他们要玩一个猜拳的淘汰游戏，只能出剪刀和石头，如果两人都出剪刀，则一起留下，如果一人剪刀，一人石头，则出石头的人可以留下，另一个人淘汰，如果两人都出石头，则一起淘汰。

他们俩互看一眼，很轻松地都出剪刀。

村民接着给出新的指示，这个淘汰游戏还没完，刚刚只是热身。

现在仍然是剪刀和石头，但是变成四十万阶段奖金，两人都出剪刀，平分奖金，并且安全留下，一人剪刀，一人石头，则出石头的人获得全部奖金，另一个人一分钱也拿不到且被淘汰。如果两人都出石头，则都空手回家。

在场的其他人都惊呆了。

眼镜男女二人脸上的微表情明显发生变化。眼镜女先发制人，她说："亲爱的，无论你选什么，我向你保证，我一定出剪刀。"

眼镜男微微点头。

最后的结果，眼镜男出了石头，留下了。

看着眼镜女被前来的直升机接走，其他人只剩唏嘘，原本想退出的黄橙子也动摇了，她有那么一瞬间幻想过，如果自己自愿放弃，坐在那个直升机上，其他人会怎么看她，是"这个姑娘真蠢啊"，还是"这姑娘跟这些可怜女人都一个样"。

眼睁睁看着两个互相来电的男女瞬间分崩离析，付晓茹心情沉重，跟着魏来一起拎着帐篷往海边走。

他们把帐篷搭好，全程没有互动，魏来生好火，把背包枕在后脑勺，躺在沙滩上看夜空。

付晓茹递给他一个罐头，谢谢他那天在餐桌上替她解围。

魏来换了个姿势，把腿跷得老高："我没那么伟大，只是没得选啊，一个假惺惺的，一个年纪大的，还有一个被送走的傻瓜。"

"和另一个傻瓜。"付晓茹自嘲道。

"那你碰上我，至少还可以调教。"

付晓茹笑着坐在他身边，海风拂过脸颊，望着远方漆黑的海域，眼眸深邃。

丛林里有动静，他们向后望了望，魏来见付晓茹害怕，又燃起一个火堆。

杨漾捂着嘴缓缓蹲下身子，挪进右边更深的灌木丛里。

魏来坐起身，话匣子被开启，两人变得热络。魏来半开玩笑地说："你最好别喜欢上我，因为我不是什么好人。"付晓茹也很直接，她说："没心思搞姐弟恋，我只想要赢，我要拿到那一百万。"

"是吗？"魏来说着在付晓茹脸上留下浅浅一个吻，见她一脸惊愕地捂着脸，孩子气地笑笑，"那我陪你玩。"

灌木丛里发着绿光的杨漾忍不住学着野兽嗷嗷叫。

警觉的魏来随手捡起火堆里的一根粗枝朝他走来，杨漾措手不及地左右张望，像螃蟹踱步一样，横行躲进了几米外的一间"豪华"高脚屋。

漆黑的屋里有股难忍的酸臭味，杨漾等到火把的光亮离开后，才长长舒了口气，后背都浸湿了。这种感觉并不好受，明明对方已经不是适合自己的人了，但又伴随着一点大男子主义的不甘心，不属于自己的东西，别人也不能得到。他跟自己打着架，正想挪开身，感觉脚踝碰到了什么粗糙的东西, 踢了两脚, 质地软软的, 像是晒化了的轮胎。

杨漾蹲下身, 饶有兴致地点起打火机, 看到一只外型像是科莫多龙的巨大蜥蜴。

高脚屋传来杨漾惊天动地的一声叫唤。

在所有人的围观下, 杨漾解释说自己在梦游, 付晓茹当然不相信他的鬼话, 心知肚明他这晚扮演的角色是破坏者一号。

接下来的几天, 他俩互相扮演彼此的破坏者, 找食材做饭的环节, 杨漾在付晓茹的菜里放了魔鬼调料, 呛得村民流着泪给了差评。男背女冲浪的环节, 戳中杨漾的死穴——平衡力负分患者。付晓茹像只树袋熊一样趴在魏来鲜嫩的肉体上, 指挥他调整冲浪板, 从杨漾身边利落地滑过, 然后杨漾利落地带着展佳佳滚进了海里。最坑的一次是男女双方做马杀鸡, 杨漾在精油里加了红色染料, 付晓茹把精油换成了树胶, 后来魏来和付晓茹身上沾着血红色, 展佳佳的手停在杨漾两胸前动不了, 两组真是别开生面的香艳啊。

在最新的几次恋爱记录里, 付晓茹对着GoPro毫不犹豫地说了魏来的名字, 杨漾念了三遍展佳佳, 两人战火升级, 彻底割据。

节目进行到后半程, 摄像机二十四小时不停机, 仍然没见节目组的工作人员出现。最后一次的七人互投淘汰环节, 眼镜男获得三票被投出, 他带着四十万不光彩的阶段基金, 登上了接驳船。

至此, 嘉宾剩余六人。

最新的任务发布, 他们需要横渡一条瀑布的高空绳索离开新村去往下一个目的地。先不说这个项目的危险性, 最关键的是两人一组要被带锁的绳子绑着手, 双方脖子上各挂有一把钥匙, 只有互相同意，才能解开手腕上的锁，而这也意味着但凡一人掉下去，就会连累另一个人。尽管村民给他们穿上了安全设施，但仍让众人叫苦连天。安全帽上的GoPro捕捉到了全程尖叫变形的黄橙子，闭眼咬紧腮帮子的付晓茹，还有爬到一半不敢挪身子的杨漾，他身体颤抖的频率已经让整条主绳都不停晃动，展佳佳在他身后给他打气，杨漾忘形地大吼着："这个时候别给我灌鸡汤，这真的是我的死穴啊！"

展佳佳抓着绳子的手被勒得生疼，她其实也撑不住了，记得上次这样力竭的状况，是自己一个人在瑞士攀岩。

她22岁那年就结婚了，跟着男友在全世界溜达，玩遍了年轻人向往的华丽冒险，他们的行为很快吸引了更多的年轻人加入，辞掉工作背起行囊说走就走，在印度恒河目睹过烧尸，在极地冰川迷过路，误食过致幻的亚马孙森林野果，也徒步登顶过英国的斯科费尔峰。

但他们的婚姻只持续了两年，最后停在男方出轨了队里的一个回族姑娘。展佳佳回到中国，颓靡的失恋过程里，她告诉自己，之后的爱情道路，每失恋一次，就去学一门技艺，体验一个新的职业。

原本只是一个自我催眠的疗愈方法，却被这之后十几年的感情造就成一个什么都会的女超人。这个世界上的男人，真的来得快，去得也快，快到她很快喜欢上别人，又能很快地不喜欢了，如同练就出一个爱情的开关，变成一个可控的能力。久而久之，似乎跟这个世界少了很多关联，很难有一个人能一路披荆斩棘，击溃她伴装的铠甲，偷偷住进她的心里。

年轻时喜欢一个人三分，表现十分，后来喜欢一个人，哪怕十分，也只表现三分。她其实没有多少安全感，但靠那些技艺与职业体验，也慢慢把自己变成一个好像不那么需要爱情的人了，那条不知是谁送的围巾，后来她还留着，只是因为暖和罢了。

眼前的景象突然像肥皂泡一样扩散，展佳佳气力也快耗尽了，她徒然大声："杨漾，我不想掉下去！"

满头大汗的杨漾努力保持平衡，胃里止不住翻江倒海。

"我之前遇见的每个男人，都让我摔得很惨，我其实好希望这个世界还剩一个跟他们不一样的人，我不知道那个人是不是你，但我希望是。"展佳佳说。

"嗯！"

杨漾掉下去的时候他紧紧抓稳了展佳佳。

像是玩了一次双人蹦极，等到腿上的安全绳平稳后，杨漾和展佳佳从河里爬上岸，湿漉漉的二人相视一笑，感觉又回到两个月前。

杨漾拧着短裤上的水，对刚刚的事还耿耿于怀："我肯定跟别的男人不一样，我其实挺成熟的，你要看看我其他方面。"

"你没机会了。"

"这不公平！"

"说这话就代表你还小。"展佳佳笑着走在前面。

杨漾也笑着摇摇头，他仰头看了看顶上其他人的动静，落寞地跟了上去。

　　眼看着杨漾和展佳佳搀扶着上了岸，付晓茹压抑着心里的怒火，回身直接挽住了魏来的手。惊魂未定爬过来的黄橙子斜眼瞥着他们，随后恶狠狠把视线抛到树上的一架摄像机上。

　　魏来经过她身边的时候，撂下一句："很气哦，忍吧，反正你也不敢说什么。"

　　黄橙子嘟起嘴，她盯着摄像头的眼神慢慢软下来，用力撑出一个微笑。

　　就是那天，他们遇上了上岛这两个多月以来最猛烈的暴风雨。

　　墨云翻滚着遮盖了半边天，如注的雨水从山后随着狂风漫过来，再加上几束几乎在眼前爆开的雷电，所有人魂惊胆战地四处乱窜。

　　从海滩边传来一阵船只碰撞的金属轰鸣声，突然整个岛断了电，视线所及的一切陷进黑暗里，树上的摄像机罢工，头上也再没有无人机的身影。

　　不知是谁喊了一声，往回跑！

　　两队人马绑着手跑到瀑布前，发现来时的绳索早被雷电拦腰劈断了。他们又互相叫嚷着躲过被狂风吹倒的椰子树，绕开崩塌滑落的山石，踩过陷进半个脚的湿泥，在失去方向的一顿乱窜后，看到不远处的一个小山洞。

　　付晓茹浑身湿漉漉地坐在洞口的石头上，头上不时还飞出几只蝙蝠，她心有余悸地拨开如同水草般的头发，绳子另一头绑着的魏来，正在不住地摇晃脑袋，掰着手数数，不过这一次，他停不下来，当其他人束手无策时，黄橙子给了他一耳光，他才慢慢安静下来。

其实黄橙子也很绝望，这段经历早已超出了真人秀的范畴，再精心打磨的伪装，套在一个孤独的女孩儿身上，也有些不合身的臃肿感。她在魏来身边坐下，用手将湿发顺至脑后，露出饱满明亮的额头，魏来埋着头用余光看她，彼此默不作声。

眼前焦灼的情景平息后，他们发现一个更严重的问题，除了黄橙子还背着包，其他人早已在刚刚的暴雨逃亡中丢盔卸甲。但黄橙子的包里，除了大半的化妆品，只有几瓶水和村民送的干果，一行人再次弹尽粮绝。

睡得迷糊中的魏来被吵闹声惊醒，起因是郝哥一人吃了半包干果，还把沾了口水的半块递给黄橙子，说哥吃过的都是好东西，付晓茹看不过去搭了搭腔，郝哥用一句"你就别打我的主意了"顶回去，随后二人争执起来。带着起床气的魏来直接送给郝哥一拳，蒙圈的郝哥也出拳回手，受绳子牵扯，四个人扭打在一团。

直到付晓茹嚷道："你这个Loser差不多就行了，本来有些话说出来就伤自尊，你偏要我告诉你，好啊，你听好了，根本没人会喜欢你这种人。"

郝哥停下来，扯了扯已经变形的T恤，问道："我是哪种人？"

"每个节目里，总要有奇葩和极品来调节气氛，很不巧，你就是。"这句话是黄橙子说的。

郝哥回过头，诧异地看着她，视线再回到嘴角渗着血的魏来脸上，他在笑，就是那种小孩嘲笑一个愚蠢成年人的笑。

伴随着"砰"的一声，郝哥心里有根线断了，这根线带着他多年引以为傲的自尊，而那一头一直绑着摇摇欲坠的真相，20岁那年，他喜欢的女孩子爱上了隔壁单位的小帅哥，他只好用钱吸引更多漂亮的姑娘，以为真正能整容的，不是手术刀，而是金钱。30岁那年，他开始掉头发，笨拙地在淘宝上搜索假发，怎么戴怎么滑稽。40岁那年，他跟妻子离婚，医生告诉他，他的睾丸内精子存活率过低，宣判他没有生育能力，他终日买醉，变得大腹便便。

很多事其实他一开始就知道，只是习惯催眠自己，唯一害怕的是叫醒他的人。

暴风雨过后，岛上一片狼藉，杨漾和展佳佳躲在一艘搁浅的破船上勉强过了一夜。他们吃着现抓的鱼，展佳佳从包里掏出两听啤酒。

"哇，你是专门为今晚准备的吧。"杨漾接过啤酒。

"参加恋爱节目，要学会未雨绸缪。"展佳佳倒也接他的话。

杨漾此时脑海里蹦出付晓茹的脸，旋即摇摇头带着玩笑的语气问她："你觉得我们有可能吗？"

"你真的喜欢我？"展佳佳问。

不知怎么回答，杨漾猛灌了一口啤酒，被呛到："怎么这酒那么苦啊？"

"因为你还有不甘啊。"

杨漾愣住。

第二天清晨，天地一片晴朗，空气中泛着新鲜的泥土味，洞口淹出了水坑，植物叶片上的水滴在上面溅起涟漪。山洞里，郝哥不见了，他偷偷用黄橙子脖子上的钥匙，解开了他们手腕上的绳子。

三人分食完剩下的干果，付晓茹提议出去探路，黄橙子坚持说要在山洞里等节目组救援。付晓茹问她，你还肯相信这节目组吗？

不置可否的黄橙子看见洞口树上被风吹歪的摄影机，瞳孔突然放大，她几步冲出去，站定后，对着镜头比了个中指，用所能想到的脏话破口大骂。

原形毕露的黄橙子并没有让付晓茹有多意外，她走到洞口，右手被绳子向后扯了一把，回过身，魏来悻悻地指了指她脖子上的钥匙，选择留下。

很多事好像不用问缘由，已然盖棺定论，看来最终还是输给了杨漾，注定这几个月以来自己就是个笑话。生无可恋的付晓茹反而觉得一阵轻松，她选了条最顺眼缘的路，独自开始一场冒险。

魏来来到黄橙子身边，揶揄道："那玩意儿又没有电，省省力气吧。"

黄橙子叉着腰，满脸不悦地看着魏来。

"但刚刚的你，挺酷的。"魏来两眼直直地盯着前方。

其实黄橙子有个秘密，她自己都不知道，但老天爷知道。

中学的时候，她就是个死宅，每到寒暑假就把自己关在昏暗凌乱的房间里，玩装扮漂亮的跳舞游戏，学美妆杂志化妆，那个时候，她有一个望远镜，立式的那种，无聊就会用这个望眼镜观察外面的世界。

直到有一天，看见一个撑着伞的男孩，每天都会绕着学校一圈一圈地走。

太酷了。

当然后来，也没什么后来，他就只是青春期的一个观察对象而已，隔段时间就忘了。

　　只是这么多年过去了，黄橙子看到这个节目嘉宾照片的时候，总觉得魏来很眼熟，刚看完玄幻小说的她，以为他们上辈子可能相遇过吧。

　　展佳佳的地图晾干后勉强还能派上用场，他们决定继续朝任务布置的东北方向去，两人爬过一座小山，穿过几段道路不明晰的密林，杨漾最先看到一群野牛，正用屁股对着他们，呈半圆形列队，还是展佳佳告诉他，里面好像有人。

　　付晓茹半蹲着身子靠在山壁上，一脸欲哭无泪的表情。

　　杨漾在看清楚是付晓茹之后，立刻往前探了探身，却被手上的绳子牵制住。

　　"去救她吧。"展佳佳取下自己的钥匙。

　　之前感受过野牛的践踏，杨漾也不知道怎么制伏它们，只能甩着一件红白相间的背心，以为世界上所有的牛看到红色都会兴奋，但他不知道牛其实都是色盲，它们兴奋的不是红色本身，而是动起来的那块布。

　　终于，他让那群野牛彻底high了，在它们蓄势待发前，他紧紧拉住付晓茹，没别的后路，只能靠跑。

　　两人抓紧彼此逃命，途中看见路边竟然停着一辆皮卡车，杨漾机敏地直接把付晓茹推进车里，然后自己钻进驾驶座，正要发动引擎，就听见一声枪响，他们抬起头，前方不知何时蹿出来一个终于穿着衣服的黑人村民。杨漾只有在中学军训的时候看过真枪，他瞬间吓傻了，眼看后方的野牛群马上追上来，他一脚油门下去，火速转着方向盘，从那个村民身边开过，差点就撞上他。

又是几声枪响，杨漾一手摸着自己胸口，感觉中弹了，在确认自己还能喘气儿的时候，已经把村民和牛群远远甩在了身后。

好不容易平静下来，他抬眼下意识看了看后视镜，那只在海边高脚屋出现的蜥蜴，此刻正蜷缩着巨大的身子，趴在后座上盯着他。

"别往后看。"杨漾冒着虚汗双手颤抖，车头明显左右晃起来。

"啊？"脸红心跳的付晓茹乖乖地转头，再回过头的时候，眼泪就下来了。

"别哭、哭啊，我在，"杨漾紧张得都磕巴了，"你看到前面的转角没有，我喊321，咱们一起跳车。"

"我现在就想下去。"

付晓茹话音未落，皮卡车中弹的前轮被路上一根破木桩子绊到，车身随之一颤，蜥蜴的脑袋直接从两人的坐垫中伸了过来，正巧夹在两人中间，蜥蜴吐出长长的舌头卖萌，杨漾灵魂出窍，把着方向盘的手不自觉地重重向左打死。

皮卡车直接滚下了山坡，好在被山下的热带植拦阻做了个缓冲，掉在平地上的时候，除了车的侧门被撞破，杨漾和付晓茹都平安无事，只是无辜的蜥蜴帮二人挡住了冲破挡风玻璃的锋利树枝，肚子上被扎出了好多个血口。

杨漾把付晓茹从车里拽出来，两人绝望地抱在一起，蜥蜴呆呆地看了眼他们，转身爬走了，留下一路红色血痕。

真是个爬行战士啊。

不过如果蜥蜴本人会说话，那时它一定会感谢他们拯救它于水火，终于不用被那个原始村落的黑人豢养，拥抱属于它的大自然。

看着巨型蜥蜴爬走后，付晓茹突然张嘴大哭，她不想跟杨漾争个输赢，不想继续在这个鬼地方拍这个神经病鬼节目，也不想结婚了，她现在只想回家。

杨漾抱着她的手没松开，原本是想像哄小孩一样哄她的，结果因为后怕，也不争气地酸了鼻子。付晓茹见杨漾哭得比她还惨，瞬间母爱泛滥，收了眼泪开始安慰他，两个人就这么一来一往地哭了半个钟头，最后破涕而笑。

在那北五环同一栋的房子里，付晓茹边吃着杨漾给她做的三文鱼波奇饭，边在微博上写道：电影《卡萨布兰卡》里有一句台词，说世界上有那么多城镇，城镇有那么多酒馆，他却走进了我的。这句话我突然想改改，世界上有那么多城镇，城镇有那么多混吃等死的失恋女青年，他却给我做了饭。

那时的她心想，杨漾的出现就是来拯救她的吧，遇到他以后，之前的委屈都被踩在了脚底下，再看别的男生都会在心里默默比较一下，确定谁都不如他。

当时的杨漾也是这么想的。

这时的他们，应该也会有新的想法。

接下来的几天他们要面临新的生存问题，为了找到水源，两人朝地势低的地方走，路上靠烤香蕉和椰子汁果腹，结果好不容易撑过了几天还落得腹泻的下场，就在身体和心理都虚脱到极限的时候，岛上终于恢复供电，他们看见离自己最近的一架摄像机亮起了红灯。

两人像是见到黎明曙光般对着摄像机打招呼，告诉节目组他们的位置。

圆形的摄像头里映照着另外两个人的身影。

山洞口的魏来和黄橙子也正在招手。

又是半天过去，在确认等不到无人机后，魏来问她愿不愿意相信他，黄橙子若有所思地睨着他，魏来捡起黄橙子的绳子，套在她的手上，然后把手腕伸进另一头的锁扣里，牢牢扣动锁芯。黄橙子诧异，因为没有郝哥的钥匙，两人分不开了。

"所以问你愿不愿意……"魏来顿了顿，"怕不怕相信我。"

"在这儿已经要完蛋了，我还怕你这个坏蛋吗，去他妈的。"黄橙子把装满化妆品的背包用力摔进山洞里，决定跟魏来，还有她的未来拼一拼。

两人离开山洞，抛弃安全区，朝东北方向行进。来到海边的峭壁，前方没有路，但明显能看到峭壁对面的小径，他们看着悬崖边泡沫般的海浪愣神。退潮时，里面的礁石显露出来，他们互相交换了眼神，然后牵着彼此，一起翻越礁石。

黄橙子粗暴地把头发一扎，踩着礁石全程大叫，素面朝天的脸上每一道表情都挤出生动的细纹来，魏来嘲笑她的蠢样子，却在她身后始终保持着护住她的姿势。

越过海边峭壁，又是一段丛林探险，随着夕阳西下，日升月落，迎来豁然开朗的一处高地，让他们惊叹的是，眼前有一座深褐色的火山。

几日的跋涉后，付晓茹在火山脚下发现一个红色的邮筒，上面贴着一张任务卡。

　　"这里是全网恋爱交友观察秀《爱有晴天》，在你面前的是伊瓦库尔火山，从这座火山喷出的熔岩大多直起直落，因此其被称为'世界上最容易亲近的火山'之一。在登山观看火山喷发之前，你需要给你喜欢的人写一封明信片，这封明信片也预示着你们在本节目最终的归属。"

　　付晓茹从邮筒边的木框里取出两张空白明信片，一张递给身旁的杨漾。

　　他们一人蹲在岩石边，一人趴在邮筒上，背对背写着心意。

　　付晓茹动笔很快，好像早有腹稿：有人说当你问出一个问题的时候，心里其实都有自己的答案，所以丢硬币的时候，如果丢出的结果让你心里有一阵遗憾，那就选另外一面。所以我就自私一点，关心关心自己，也试着问自己问题：我真的想结婚吗？我想的。但我真的非要那几十万结一个体面的婚吗？好像我其实是无所谓的。我真的爱吃三文鱼波奇饭吗？不爱吃，其实好腻，我其实是看厨子的照片长得帅才有了点餐的原始冲动。我真的爱那个厨子吗？真的很爱。那现在他在我旁边一米外的地方写自己的心事，我想让那张明信片上有我的名字吗？我真的好想。我骗不了自己，有他在天空都很宽，世界很好看，很多年前，那是我真的想去的地方，既然这样，结果如何我也不在乎了，因为我发现，我不想离开你，杨漾。

　　杨漾想起那晚暴风雨过境，跟展佳佳的酒后畅聊。

　　展佳佳轻松地说出了那句暗语——墙壁眼睛膝盖。她说付晓茹太大意，纸条都不毁尸灭迹，再对照着杨漾在地图上标注的字，一看就知道字的主人是谁。他们每一次眼神交流，擦身而过轻碰的手，还有彼此硝烟弥漫却更在乎对方的幼稚行径，她早就看在眼里。

展佳佳对杨漾说："许多男女吵架，不是真想伤害对方，只是一种先下手为强的自我保护。可是你想过没有，或许你的保护在对方看来就是不作为，而你以为对方的无理取闹，也全是你想象中的人设。两个人在一块，就是要彼此拆解，弄掉那些精致，留下最后那个赤裸裸的东西，才能让对方安定。有一天，当你在恋爱中开始发现自身的不足，恭喜你，你正在迈入成人的世界。"

或许他真的还是个小孩，但在那个时候，他的心里也有答案了。

杨漾思绪万千，写作对他来说该是得心应手，但迟迟不知道怎么下笔，最后涂改了几次，就留了一句话。

杨漾和付晓茹再次对上眼神时，竟像当初互相看对眼的时候一样，窜出一丝羞怯。他俩一前一后把明信片放进邮筒，明信片在漆黑的狭小空间里掉落，平稳降落在另外两张明信片上。

黄橙子没有躲躲藏藏，直截了当地把明信片给魏来看了，上面写着：你在扮演一个坏人，我在演好人，我俩累不累啊，但我觉得，我能治你，魏同学。

她仰着头努力撑出自信的笑脸等着魏来的回应，尽管她心里早已厌到谷底，只是想做自己的意愿太强，只好放肆赌一把。

魏来给了她一个神秘的笑，然后把自己的明信片飞快地塞进邮筒里。

"你写的谁啊？"黄橙子急得抱住邮筒，杵在小小的开口处往里看。

"你猜。"

"你到底什么意思啊！"黄橙子又开始大吼大叫。

叫喊声慢慢变成火山沉闷的呜咽，伴随着夜色降临，火山喷发越来越频繁，每隔几分钟，绚丽的岩浆肆意冲破火山口，如烟花喷涌在空中，火山灰混着烟雾和蒸汽，有如流星雨般坠落，随后恢复平静，酝酿下一轮的暗涌。杨漾牵起付晓茹的手，两个人的面庞被映成浅橙色，眼波流转，不发一言，只有敬畏。

另一头的魏来和黄橙子画风就要欢脱许多，他俩一口一句脏话，在熔岩直奔天空的时候大叫，在烟柱凝固的时候大叫，在火山灰被吹得糊住双眼时大叫。满脸脏兮兮的黄橙子反应过来："刚刚是不是该许愿啊！"

魏来捂着肚子，笑得比谁都开心。

其实那晚郝哥也在，只是他远远看着这上帝的烟火，除了感叹自己渺小至极，也再无其他情绪。

那场壮观的火山喷发后的第二天，他们终于听见无人机的声音。

按照指示，他们在伊瓦库尔火山的南面搭乘螃蟹船回到了当初上岛的登船点，也还是在那片沙滩上，他们再次见到展佳佳。

最近一次失恋，展佳佳学完了自由潜水一星的课程，来到这里当上了海岛管理员，通过每周的报告、相簿日记和视频接受媒体跟踪访问，向当地旅游局和全世界报告其探险历程。每天在水下有各种珍贵鱼群蜂拥而至等着她喂食，也曾肩负原始村落的调研保护或在高空完成航空邮递服务的重任，以及在几个月前，接受《爱有晴天》节目组的邀请，成为恋爱十人组的隐藏指引。

这是她的工作，但她仍然对杨漾有了好感，一次次暗中帮助他，在眼镜男淘汰的那次投票里，原本他跟眼镜男2比2持平，是她偷偷把郝哥投给他的票改到了眼镜男头上。

但她仍然选择退出，因为她明白，杨漾心里的位置不够了。

展佳佳取出四个人的明信片，一一对应后意外发现最终并没有人拿到那一百万的奖金。

付晓茹和黄橙子面面相觑。

原来魏来的明信片是空白的，他没写黄橙子的名字，是因为他觉得这样不酷，他不想玩了。节目结束后，他准备认真一次。

而杨漾涂了又改的明信片上只留了一句话：晴天没有你，便不是晴天。

到底还是搞文字的。

其实这还不是故事的最后结局。

后来发生的事更令人啼笑皆非，他们的节目因为点击量直线下滑，在直播到第二周的时候就被视频网站退订了，意味着节目临时腰斩，就连节目的官方微博也停更了，重点是不知道是出于什么特殊的原因，制作方并没有通知所有嘉宾。

他们就真的在这座海岛上经历了几个月的荒岛求生。

那些摄像机记录下的素材，全变成尘封的数据，而这一行人经历的心和身的改变，也只有自己最清楚。

展佳佳在送众人登船后，她问杨漾能不能抱抱她。展佳佳被他拥在怀里，对他说了声谢谢，虽然杨漾并不明白为什么她会感谢自己，但仍回了句，不用谢。

回到陆地后，他们再也没见过郝哥，魏来焦虑的时候再也不敢数数了，因为黄橙子会扇他巴掌，在一个彻底放飞自我，直播卸妆，成为网上正义使者的疯女人面前，他觉得还是当一个文静的三好学生比较舒服。

人潮涌动的市民广场上，一对穿着礼服的新人站在人群中心，杨漾手里拎着个行动音箱，大声向所有人宣布，他们在今天结婚了，付晓茹羞赧地哭得花枝乱颤。后来在警察的追击里，他俩手牵手唱着歌轻车熟路地逃跑，旁边的行人刻意给他们让开一条路，有人泪目举着手机，有人鼓掌欢呼，有人觉得这肯定是两个神经病。

那三个月的经历仿佛就像一场梦，后来每个人想起来，印象都变得很模糊，网上找不到节目的视频，身边也没人讨论过这个节目，他们开始怀疑，真的参加过这个节目吗，而那座坐落在印度洋和太平洋中间的岛屿，是真实存在的吗？

这个世界很大，每个人都需要跟别人建立情感联系才能生存下去，不要把自己变成一座孤岛。其实我们都太需要爱了，那些嚷着不会再爱的人，真没有几个孤独终老的，所以不用假装自己很开心，试图让自己合群，或是佯装坚强，嘴硬说一个人能行，你没那么多观众。

你其实最希望的，是一直做自己，然后遇见一个懂你的人，但现实是做自己很难，懂你的人还没赶来。

各位单身男女们，欢迎来到恋爱交友观察秀，你们所在的位置，是柴米油盐的世界，你们将在这个世界共同生活百年，体验一场心动冒险。这个世界已经遍布了我们的摄像头，节目将由记忆系统全程直播。你可以选择退出，但其实你根本逃不了。哦，忘了介绍，这个节目的名字，叫，这就是人生。⑰

● SQUARE VICTORIA—OAC

12:03   AM

08

START UPON   RED
LIGHT

故　红
事　灯

爱就是两个灵魂
住到对方的身体里，
弥补了之前的所有份，
开始第二段人生。

电影《蓝莓之夜》里，有句台词很适合我现在的心境：其实要过那条马路并不难，就看谁在对面等你。

打从我入职后，就跟马路结下了不解之缘。

有人一直在路上，而我就一直在马路中心，酒吧大道和剧院大道的交会处，固定一天换两岗，每次四小时。我特别希望，对面出现的不是酒驾司机或是飙车的热恋情侣，而是一个让我能看见未来的人。

我其实挺喜欢疏导交通的，路口不堵，我心里也不堵了。可能在外人看来，女警是警队里的稀缺生物，重点保护对象，但实际操作起来的时候，为了能让自己看起来不那么好欺负，说话要练丹田之气，头发也不能留太长，一年中四分之三的时间都穿着警服，每天早上七点多出勤几乎也没时间化妆，素面朝天混到男警察堆里，其实性别是可以忽略不计的。

除非还有一种情况——感冒，就像今天这样。

一整天都昏沉沉的，站两个小时就有人来接我的班，中午还吃到了同事甲乙妈妈做的爱心午餐。其实除了生病，还有被特殊照顾的时候，不知是哪个领导想出的主意，用直播软件直播查酒驾，作为队里唯一的女性，我顺理成章成了这个路口的主播。

我们区的交警队跟一个代驾公司合作，引入了一个代驾热力图，可以实时查看以群组区域为特征的代驾订单密度，代驾订单越多的地方，喝酒人群越密集，酒驾风险也就越大。

我的路口刚好成了重灾区。

每日看似冷漠的车来人往，却像是一个小型的人生舞台，你方唱罢我登场。在这里，你可以看到失意的中年男弃车跑到路边痛哭，可以看到隔三岔五载着不同女人的男人，还有找来社会大哥的肇事者，谈判后发现对方的哥更大，赔了钱不说还请大家伙吃饭，然后，就是酒驾。

就好比现在这个，满嘴酒气，非说他刚吃了蛋黄派，副驾驶上的女人挡着脸，显然连她也听不过去这民间烂借口。

我强撑着酸疼的身子，把手机直播屏对准自己，朝酒精测试仪吹了口气，数值显示为零。我当着酒驾司机的面，从甲乙的包里找出来个蛋黄派吃掉，再次检测，数值显示为70毫克/100毫升。

酒驾司机嚷嚷着："你看吧！我的也才80毫克！"

我保持微笑，关注着手表秒针，30秒后，我再次吹气，数值变为39毫克/100毫升，3分钟后，结果忽略不计。

酒驾司机没辙，下车胡搅蛮缠，试图抢我的手机，说这是侵犯他的隐私。

　　他靠近我，突然指着我的鼻尖喊："原来是你啊，你还记得我不？"

　　我用手背贴了贴自己的额头，确实烧得厉害，但理智还算清楚，不记得这号人。

　　"上次就是你，罚完我钱当没事儿人一样是吧！"司机咄咄逼人的唾沫星子溅在脸上，我感觉下一秒就要晕过去了。

　　恍惚间我看到了他的车牌，一拍大腿："蓝色的玛莎拉蒂，当时你还搂着一个尖下巴短发妹子，对吧？"

　　后来的事啊，直播回放里有，点开直接拉到23分57秒，那个副驾上的女人直接下车，当街因为"尖下巴短发妹子"跟那个司机打了起来。

　　这种奇景在我的职业生涯里数见不鲜，所以我一般很少看电视剧，因为我每天在这条马路上见过的人和事，超越了狗血本身。

　　回到家后，我晕得实在厉害，明明已经入夏，浑身还发冷，鸡皮疙瘩随着步子的挪动此起彼伏的。原本以为只是个小感冒，含完温度计才发现已经烧到40度，我翻箱倒柜找了药，不管说明书，看到退烧两个字，就塞了两粒，浑浑噩噩地睡下了。

　　来到后半夜，梦里出现一个会飞的超级英雄，没穿像蜘蛛侠蝙蝠侠那么骚情的紧身衣，就是一件特别干净的白T恤，下半身宽松黑短裤，身后披着一条真丝披风，肌肉丰满，该激凸的地方激凸……等等，我是个人民警察，此刻怎么能做如此下三滥的春梦，等我想再看清楚这个超级英雄的脸，画面来到了我执勤的马路上。他渐渐向我走近，然后脱了他的鞋。

　　我真实地感受到了臭味袭来。

我猛地睁开眼，臭味还在肆无忌惮地弥散。

黑暗里，一个男人正背对着我，但我太虚弱了，嗓子里也发不出声音，等那个男人转过身见我扑扇着大眼睛看着他时，他向后一个趔趄吓得摔在地上，原来手边还有刀。

我计算了一下，大概跟他对视了有五秒。我本能地起身反抗，但无力可施，像一条带鱼瘫软回枕头上。那个小偷本来想躲，见我这德行，立刻操起了手里的刀。

尖刀伴着月色银光一闪，我死死闭上眼，多少往事在脑里闪现，再睁眼时，另一个身材更高大的男人举着一盆龟背竹，朝小偷脑袋上用力一砸。小偷随之倒地，龟背竹在原地转了两圈，完好无损地停稳。

我想看清这位英雄的样子，只见他戴着一个日式的猪脸面具，潇洒地跳窗走了。

我躺在枕头上，恍然觉得这可能还是梦里的情景，英雄应该飞走了，要知道，我家在七楼。

我在一家面包店工作。

店面很小，在一个毗邻湖泊的小山丘上，我也不是那种穿着白衣戴着厨师帽的高级糕点师，顶多就是个打杂的，主要负责揉面、烤面包，每天工作四小时。对我来说，八小时的工作实在是不好找。

因为我这个人特别丧，有我在的地方，大好的天气也会突然低气压。我前三十年的人生几乎就是一出闹剧。

我妈刚怀上我的时候，她跟我爸在录像厅看恐怖片，我爸嘴里含着块喉糖，结果碰巧屏幕上猛鬼出街，我爸一个激灵被喉糖噎死了。

我爸的离奇死亡成了镇上的花边新闻，从此我妈被说是克夫灾星。我一岁那年，她想在家里的农地盖个新房，结果因为太忙昏倒在了工地上。半年后，我妈因为宫颈癌去世，我头上绑着白条子穿着孝衣，周围人议论纷纷，有一个声音我听得很清楚，她说："原来真正的灾星，是他们儿子啊！"

成人后，我就没干过一个长久工作，不是老板拖欠工资跑了，就是碰上奸猾刻薄的包工老大。我在饭店误伤过客人，不小心烧过烤串摊，印刷厂都能被我弄得大面积机器报废。最穷困潦倒时，垃圾桶的饼干我都捡过。

我不是一个快乐的人，觉得老天爷给了我一条命，却欠了我一辈子。

我谈过一次恋爱，那个女孩儿还陪我睡过地下室，她喜欢日本电影，那个时候我俩天天守着一部山寨手机看电影，小小的地下室被我们布置得异常温馨，温馨到我真以为她会嫁给我。

她离开后，我仍然悉心布置自己的小窝，每天把自己捯饬得人模狗样的，虽然我丧，但我不脏，说到底，骨子里还是一个文艺青年。这个世界的人擅长遗忘，我其实挺怕浑浑噩噩走这一遭，好像没有存在过一样。

所以我还有一个听起来特别不要命的职业，危险到随时会搭上性命，每天爬上爬下是常态，不能光是体力好，还得聪明，要熟读各种心理学的书，眼观六路耳听八方。

好吧，就是小偷。

带我入行的人叫强子哥，强子哥对贯彻"惯偷理论"很得心应手：偷风不偷月，偷雨不偷雪。所以我第一次上手，是在一个风雨交加的夜晚，偷一个小商户。强子哥把摄像头砸掉，熟练地撬了锁，我却全程手抖脚抖，大气也不敢出。强子哥问我，你看看周围，有什么是自己特别想要的，我扫视了一圈，大件物品不敢瞧一眼，只能伸出一只颤抖的手，指着一个电风扇。强子哥猛拍我的后脑勺，出息！

那天我们什么也没偷到，因为风太大，门窗被吹得哐哐直响，住在二楼的店主人醒了，妈呀，原来有"老虎"！我俩落荒而逃。而我因为尿，从窗户外面溜走的时候，把人家的百叶窗一并给带下来了，绑在屁股上，一路逃一路嘎吱响，从此我有了个代号，叫百叶窗。

我一直坚信，一个好的小偷必须要懂人性，如果一味靠手法和技术，那永远是二流小偷。所以直到现在，我下手之前，都会尿。

今天注定是非同寻常的一天。

我在面包店里揉着面，强子哥突然出现，假借买面包的空当，给我施了个暗号，说今晚干票大的。

月黑风高，我们假扮外卖小哥混进小区，强子哥锁定了三家重点对象，"老虎"均不在家。第一家我们顺走了一把古董刀，第二家显然家里有小孩子，遍地玩具，家具几乎都搬空了，除了彩电还值得偷，没什么值钱玩意儿。但强子哥一直叮嘱我贼不走空，我左顾右盼，最后看到一个日式的猪脸面具，觉得甚是可爱，拿走前忏悔一番，才带在身上。

第三家是在七楼，我俩进到屋子里，客厅东西少，一眼便能看穿这满屋子的穷味，眼看今晚要落败收场，强子哥忽然瞧见卧室一角有一个金晃晃的东西，敢情是一块大金砖啊。

强子哥勇猛一挥手，我乖乖顺从跟在后面，"做贼剜窟窿，全凭不吱声"。蹑手蹑脚来到卧室，才发现床上躺着人，我立刻就慌了，入行以来，最怕的就是"老虎"。

强子哥拍拍我的肩，示意我脱鞋进去，我紧张地涌起一阵尿意，脱得慢，不料被强子哥的脚臭味熏得"唔"了一声。

我赶紧捂住嘴巴，蹲下身子，此刻那个金晃晃的东西就在我脚边，我埋头一看，是一盆龟背竹，好死不死在花盆涂了一层金漆，这"老虎"是有多闲。

内心牢骚还没发完，只见强子哥重摔在地，手上的古董刀也跌落在一边。

床上的"老虎"坐了起来。

那一瞬间，我脑里挤入很多画面，比如我跪在"老虎"面前自扇耳光，比如我被警察叔叔套上手铐押解上车，比如我直接用强子哥那把古董刀切腹一了百了。

但现实的画面是，那只"老虎"突然躺回枕头上，强子哥不受控地举起古董刀，我被古董刀发出的白光吓得退后两步，直到我看见衣架上挂的警服。

"苦海无边回头是岸"几个大字闪现在脑海中，我下意识举起那盆龟背竹，对准了床上的"老虎"。

强子哥被我砸晕在地。

而后听到床上那只"老虎"虚弱地喊了声："英雄！"

还是个女人！

我吓得措手不及，摸到腰带上绑的面具，眼疾手快地戴在头上，伴随着大脑的短暂缺氧与浑身不自主的抽搐，想也没想就趔趄摸着窗户跳了出去。

我以为我就在那晚结束了这潦草的生命。

结果被两家的雨棚做了缓冲，最后砸破了一块塑料大棚，掉进了柿子车里，人没事，就是满身柿子泥。

在我看来，知道自己糟糕的人才是成熟的人。如果世界上只有这一种判定成熟的办法，那我觉得我已经熟透了。

春城市政厅发布沙尘红色警报，整个春城淹没在红色的沙尘里。

强子哥被警察带走的时候，神志还不太清醒，但是第二天的报纸上，登出了有人拍到的戴猪脸面具的宋乾坤，加上交警李唯西的口供，记者给他取了个超级英雄的名号——神猪侠。

正在烤面包的宋乾坤无意间看见门口经过的老式广播车，他用手帕捂住嘴，眯起眼努力辨清广播车上贴着的今日报纸，头版头条几行大字写着：春城神猪侠勇斗小偷，飞天遁地营救人民警察。

宋乾坤羞红了脸，原来当超级英雄是这番滋味，只不过神猪侠这个名讳过于像个低成本动画片的主角，好歹应该叫个百叶窗侠之类的，回头想想强子哥现在还在局子里，难免又有点追悔莫及。

本以为这小城风云随着红色沙尘暴吹几天就过了，有天宋乾坤准备下班时，李唯西竟然出现在面包店里。

李唯西穿着便装，背对着他选面包，他一边收拾厨具，一边上下打量。

"有没有人啊？"选好面包的李唯西转过身，视线跟宋乾坤对上。

老板在里屋里喊："结下账，我在厕所呢。"

宋乾坤咽了团口水，怔怔地从烤间里出来，在衣服上蹭了蹭手上的水渍，走向李唯西。

好漂亮的女孩儿啊。

这是蹦进他脑海里的第一句话。

"这个点了你们是不是该打个折啊？"李唯西看着眼前过于害羞的怪人，大方地笑起来。

她笑起来真好看。

这是第二句。

"行行行，不打折那就多送我一个牛角包呗。"李唯西其实是在逗他。

她不仅漂亮，还好看，关键是好眼熟啊，会不会是我前世的恋人啊。

这是第三句。

第四句还没来得及蹦出来，宋乾坤已经机械地送了她两个牛角包，并且打了个6折，然后挥着小手跟李唯西送别了，以上一套行云流水的动作全出于本能，并没有给脑子思考的机会。

因为跟甲乙临时调岗，李唯西换到了靠近春城湖的小学门口，接下来的一周，她收工后就三不五时去山丘上的面包店买面包，说来可笑，每次都是那个憨憨的面包师傅帮她结账，要么在集点卡上多盖了几个红章，要么偷偷塞给她好几个牛角包。

她职业病一犯，想拍拍肩章才发现穿的是便服，于是换上一个凌厉的眼神："送我一次当你是可爱，多了我可就认为你在贿赂我了。"

这姑娘当自己是警察呢，宋乾坤觉得自己恋爱了，甚至扒别人钱包的能力都退化了，再也无心恋战，晚上一个人躺在简陋的小民房里都能咯咯傻笑个不停。

他看见桌子上的猪脸面具，莫名开心，好像他的命运从他成为超级英雄那刻开始，慢慢发生改变了。

他戴上面具，从圆形的两个小洞看出去，世界仿佛变成了粉红色，他把床单披在身上，学着电影里的英雄，一只脚踩着窗台，伴着朦胧月色，摆了个拯救世界的pose。

此时，就在他对面的民房楼顶，站着一个中年男。

他一个趔趄摔到了窗台底下，等爬起来再向窗外看时，中年男已经坐在了天台边上。

他朝对面的人吼了一声，磕磕绊绊地穿上鞋冲出了门。来到对楼楼顶，中年男见有人出现，那些标准台词终于有机会说了。

"你不要过来！再过来我就跳下去了！"

"不是兄弟，我是看在下面那家面包店的分上，咱别影响人家做生意，能不能换个方向，往那边跳一跳。"宋乾坤此刻全是真心话，比真金还真。

"你不是那个神猪侠吗！见死不救啊你！"中年男崩溃了，小嘴儿一瘪，哭了起来。

后来他们开了很久的茶话会，中年男苦心攒了大半辈子的钱都被一个女人骗走，人财两空，他感受到了人生满满的恶意，准备一了百了。说到惨，宋乾坤就有了话语权，想说这男人在他面前，也不过是小惨见大惨，自己爹妈女朋友跟赶集一样离开他，人民币从没眷顾过他，就连最近喜欢上一个女孩儿也连屁都不敢放一个，之所以活到这岁数没感受到什么人生恶意，因为他的人生打从出生到现在，就没善过。

藏在面具后面的宋乾坤一把鼻涕眼泪，越讲越丧，他突然站上天台，说什么也要往下跳，好在中年男紧紧抱住他，倒回天台的水泥地上。

次日，中年男登报感谢神猪侠救了他一命。游走在春城的广播车上，循环播放着中年男的话："原来世界上的英雄过得比我还惨，我还有什么想不开的！"

从此以后，宋乾坤的人生开了挂，像被神明指示，但凡戴上面具，他总能误打误撞，成为每个人的英雄。

他看见迷路的小女孩哭，便戴着面具哄她，爸妈找来的时候，连连感谢，又是送钱又是送菜的，殊不知小女孩事后偷偷趴在他耳边，用大人的语气说："其实我是故意走丢的，就想看看他们更爱我还是弟弟。"

碰上两个同行从一个老太身上顺了钱包，赃款瓜分不均，他本想戴上面具吓唬他们，自己渔翁得利，结果同行是吓走了，老太这时带着警察找了过来，宋乾坤只得乖乖上交钱包。老太老泪纵横，感谢神猪侠帮她找回钱包，回头恶狠狠地跟警察说："你看，要你们有啥用！"

这只是神猪侠光荣事迹的冰山一角。

原本只是舆论的一阵风，渐渐吹成了这座小城的历史大事件，神猪侠成为吉祥物，几番修饰加工后，他真的变成上天遁地、无所不能的超级英雄。神猪侠的周边还成了爆款，经常在路上看见小孩子戴着做工参差不齐的同款面具，手里拿着公仔小人，嘴里振振有词念着口诀，好像下一秒就可以一飞冲天，惩恶扬善。

宋乾坤在墙上订了块木板，还打了红色射灯，专门供着面具，他从此决定金盆洗手，做个正儿八经的英雄，不辜负老天爷给他的这一道缝隙里的阳光。

李唯西也是神猪侠的超级崇拜者，甚至有一点私心，觉得自己是这座城里第一个发现神猪侠的人。她站在小学门口，看着鱼贯而出的孩子们，一时期待着，神猪侠再次出现在人群里，与她上演一次久别重逢。

甲乙带了西瓜来给李唯西解暑，自从换到这小学门口以来，工作明显比以前清闲很多，光是看直播软件的分享次数就知道。但甲乙换到李唯西以前的十字路，就没一天轻松过，各类奇葩车主让他大开眼界。

零星还有学生从学校里出来，李唯西扬扬下巴颏，示意甲乙前面那辆正左摇右晃的黄色SUV。

拦下车后，司机摇下车窗，果然酒气熏天。这大白天的喝成这样还敢往学校门口开，李唯西让司机出示驾照，那司机眼睛轱辘一转，弃车往山上跑。

山丘上的民房错落无序，李唯西和甲乙晕头转向差点跟丢了人。最后他们把酒驾司机堵在一个单元门口，李唯西喘着气，习惯性地取出手机，开启直播。

那个司机看着铁门上的锁眼，糊涂得当这是密码锁拼命在上面一顿乱按。

甲乙抱着双臂横在胸前看好戏："要不再给你一次机会猜一猜。"

李唯西上前一把揪住司机的衣领，气鼓鼓地说："我没心情陪他玩。"

怎料那疯狂司机直接一拳头挥在李唯西的右眼角，李唯西直接被打翻在地，太阳穴顿时如针刺般疼，右眼一时间什么都看不清了。

甲乙沉闷的一声惊呼后，正想动手，这时一串强有力的水柱直接劈头盖脸地把司机冲倒在地上，神猪侠举着下水道施工队的水管，英勇驾临。

酒驾司机被押上警车，等着清醒后的审判。戴着面具的宋乾坤把李唯西扶起来，虽然此刻她肿着右眼，但他也一眼认出了这就是他朝思暮想的牛角包女孩。

好好的女孩当什么警花，宋乾坤恨不得立刻找个地缝钻进去，他惯性想逃，但被李唯西一把抓住，她按着眼睛，带着哭腔喊道："英雄，我终于又见到你了！你还记得我吗？"

一直在试图挣脱她的宋乾坤心中一喜，难道她认出来了，早在面包店时就互相看对了眼？

"龟背竹！金盆子！"李唯西兴奋得全然忽略了痛觉，"就是我啊！"

此话仿佛一道晴天霹雳，宋乾坤随之一颤，他使出吃奶的劲儿挣脱她，向后退了好几步，结果被绊倒，尾椎直接磕在石头上，他站起来扶稳面具，夹着尾巴狼狈地逃走了。

再见神猪侠，果然非同凡响，李唯西春心荡漾，甜意浸满全身。甲乙突兀地伸手摸了摸她的右眼，她痛得惊声尖叫，被一顿暴击的甲乙央求着："我以为你不痛了啊！"

那是宋乾坤一生中最漫长的一夜，惊喜与惊吓并存，但他无比确定，小偷爱上警花，他的人生变得好浪漫。

这天是春城入夏以来最热的一天，往日下围棋的大爷们不见踪影，冰淇淋车沿街摆了一排无人问津，看门犬吐着舌头懒洋洋地趴在地上，只有广播车还在勤勤恳恳地播报着价值连城的红宝石被盗的新闻。

宋乾坤刚把一个迷路的大妈送到家，出来就听见学校的放学铃响，戴着猪脸面具的他来不及躲，就被蜂拥而至的小学生们团团围住，他不得不蹲下身子，耐心地在他们的书包和作业本，还有脸上签名。

招呼完一群小粉丝，他看见正站在对面星星眼的李唯西。

李唯西满腔热情，跟她讲了很多执勤时的趣事，最后问到他那天为什么会出现在她家，宋乾坤三缄其口，怕多说一句就露了馅。实诚的李唯西只好自问自答，但没有半点尴尬，她搓了搓拳头，问："是不是你们做超级英雄的都像你这么酷啊？"

他其实特别想用力点头，再呐喊一句："是的。"

但他忍住了。

收工后的李唯西头一回穿着警服来他店里买面包，这次换他开启话痨模式，还故意放慢结账的速度，就想多跟她聊两句，末了还补上一句："是不是你们女警察都像你这么漂亮啊。"

宋乾坤喜欢李唯西，而李唯西喜欢神猪侠。从此面包店与学校街口情景来回交互，宋乾坤也不得已在沉默寡言的英雄和轻佻的面包师中忙碌切换。

李唯西问神猪侠："你有超能力吗，就是电影里那种？"

宋乾坤问李唯西："女孩子当交警，会被人欺负吗？"

李唯西问神猪侠："你会谈恋爱吗？"

宋乾坤问李唯西："你有男朋友吗？"

李唯西："沉默就当你默认了哦，也是，电影里的那些超级英雄背后都有美女相伴的。"

宋乾坤："沉默就当你默认了，你别告诉我，那个人是神猪侠。"

李唯西红了脸："你这个面包师能不能好好结账，聒噪死了。"

到这里为止，他们之间成了一部遗憾的三角爱情片。

跟甲乙换回原岗那天，李唯西按约定等宋乾坤等到傍晚，她恋恋不舍地看着这个山丘下的路口，脸被火烧云映得通红，手里握着的牛角包，是几个小时前去面包店买的，想送给神猪侠。

宋乾坤给她结完账，看着她一脸女花痴模样雀跃地盯着表，那个时候他就决定，还是不要赴约了。

她是安稳一生的猫，而他是四海为家的老鼠，她是无公害的万家灯火，而他只是灯红酒绿的一盏红灯，这样注定没结果，注定擦肩而过。

心灰意冷的宋乾坤戴着猪脸面具躺在床上，老天爷这玩笑开得并不好笑，甚至过头了，或许回到平日颓丧的日子，当个负能量的屁货小偷，他会更心安理得，但现在他自我膨胀了，还开始奢求什么爱情，享受万人敬仰。

他站在窗前，对着天空喊："老天爷你是不是选错男主角了！"

变调的门铃声适时响起。

这么晚是谁呢，宋乾坤小心翼翼地开了门，四下无人，怀疑是不是自家的门铃坏了，正琢磨着换块电池，忽然从楼梯上滚下来一块石子。

强子哥回来了。

他笑得满脸灿烂，但总觉得有点猥琐，宋乾坤思量着，果不其然被一块黑布当头罩住，后脑勺挨了一闷棍，而后再无意识。

他在一间气味刺鼻的破屋里醒来，嘴上贴着胶布，手脚被绑在凳子上动弹不得。见强子哥正靠在桌子上打盹儿，他哼唧着努力挪动凳子，强子哥被吵醒，连忙蹲在宋乾坤跟前，比了个"嘘"的手势。

"百叶窗，你不能怪哥，哥也是身不由己。"

宋乾坤吓得不轻，用舌头猛舔胶带，直到口水把胶带滑开，他刚想求救，就被强子哥脱下的袜子堵住了嘴。

他翻着白眼，此刻很想死。

"坤儿，我没在跟你闹！一会儿他来了，你有啥就答应着，老大真的惹不得。"

原来这剧情里，还有个大哥。

幕后大哥终于现身，他双手插兜，从黑处徐徐走近，不是宋乾坤不相信，而是眼前这位大哥就是个未成年的小鲜肉，模样清秀，长得特别像个姑娘。这跟古惑仔里的刀疤黑社着实不符，他被嘴里的臭味刺激得快昏厥过去，一刻不停地哼唧着。

　　小鲜肉下手利落地在他脑门上一拍，然后向下一撅屁股，强子哥眼疾手快地把凳子对准他下落的屁股。

　　小鲜肉叫老K，春城地下的老大哥，强子哥当时入这行也是为他做事。这次他把宋乾坤绑来，是听闻神猪侠的事迹弄得满城风雨，他手里拿着宋乾坤的猪脸面具，直觉靠他的英雄身份可以做点大事。

　　他把猪脸面具给宋乾坤戴上，问他："是要继续做你的大英雄，还是人人喊打的狗熊，自己选吧。"

　　宋乾坤泪流满面，连连点头。

　　"你这小兄弟，这么好说话？"老K大惊，随手抽走他嘴里的袜子，宋乾坤哇的一声就吐了老K满脸。

　　被逼无奈的宋乾坤重出江湖。所谓的大买卖就是让他抱着一盒生日蛋糕在春城大酒店等人，按照信息行动。宋乾坤被要求全程戴着猪脸面具，酒店的人看到他，争先恐后地用手机拍照，他按照老K的指示预定了603号房，等待晚上8点敲门的"客人"。

　　早早入住的宋乾坤肚子咕咕叫，跟那个蛋糕面面相觑良久，心想着一会儿下去再买个蛋糕，于是拆开蛋糕盒大快朵颐。

　　蛋糕切开一半，刀子被钝物卡住，好奇害死猫，他手伸进去，抓出来一颗红宝石。想起最近的新闻，宋乾坤目瞪口呆，后背瞬间铺上一层汗，喉结上下抖动，狠狠咽了团口水。

　　此时强子哥发来信息，带了个小丸子表情包，说："我在你隔壁。"

　　"你知道你在干什么吗！"他火速敲了一行字发过去，还把红宝石拍下来，担心信息会有监控，于是点开手机蓝牙，想直接把照片传给他，结果此时蹦出另一个开了蓝牙的用户，他来不及反应，食指已经点在那个头像上。

李唯西的手机亲切友好地收到了红宝石的照片。

空旷的走廊传来手机的振动声，另一头一个西装挺括的大叔机警地回过头，她猛地捂住手机，往墙内躲了躲。

就在一个小时前，一辆比亚迪和大奔在李唯西眼皮子底下追尾，责任显然是后方的比亚迪车主，李唯西敲敲大奔的车窗，想跟他说明情况，刚看清楚司机是一位穿着白色西装，戴着墨镜的文艺大叔，大叔就猛踩油门，留下一个撞歪的保险杠。事有蹊跷，李唯西跟甲乙报备后，开着警车跟上了那辆大奔。

大奔停在了春城大酒店楼下。

大叔拎着一个棕色皮箱上了酒店，李唯西一路尾随，大叔的电梯停在六层，训练有素的李唯西也轻松地从消防通道来到六层走廊。

敲门声响起，宋乾坤心跳漏一拍，他强装镇定地打开门，请拎着皮箱的西装大叔进屋。

"年轻人都擅长玩cosplay啊。"大叔进屋后开始环顾四周。

"你不认识我？"宋乾坤诧异道。

"老K的人那么多，没必要都认识吧。"大叔点了支烟，用手帕巾扫了扫皮质沙发，优雅地跷着二郎腿坐下，"废话不多说，东西给我看看。"

大叔打开蛋糕盒，红宝石坦白地搁在空旷的盒子中央，四周还零星有点蛋糕残渣。

"我也是方便您看。"宋乾坤哆嗦着嘴，点头哈腰道。

手机提示收到一条信息，老K说："想办法，跟窗外的强子换一颗宝石。"

愚钝如他，此刻也都懂了。宋乾坤看着大叔戴上白手套，取了一枚放大镜凑在蛋糕盒上端详，没有机会下手。等他用无比庄重的姿势拿起宝石，用手帕擦拭时，他突然想到整治洁癖强迫症以及文艺青年，只有一个办法，就是无下限的脏，以及无下限的low，气死他。宋乾坤开始胡扯，说他们老大还有更多好货，巴黎直供，然后开始抠头发，讲话故意喷口水，最后懒散地往凳子上一瘫，一只腿跷在扶手上，脱去袜子，伸出傲娇的小拇指，开始在脚趾缝里上下左右来回搓。

油腻的动作完毕，他伸出双手灿烂地拥抱了大叔。

大叔嫌弃地站起身，把宝石放在垫着手帕巾的桌上，开了洗手间的水就是一顿猛洗。

宋乾坤回头看了眼趴在窗外的强子哥，抓起桌上的宝石，晃着小碎步来到窗台，成功跟强子哥用太子换狸猫，正要回身，听见身后大叔的声音："你们在干什么？"

后面的事就变成了动作片，大叔识破骗局，拎上皮箱开门想走，结果趴着房门听动静的李唯西直接栽了进来。她戴好警帽，用催泪喷雾直接把大叔制伏，再来个临门一脚，大叔跪地，被铐在桌腿上，白西装全是灰，裤裆中央还有个鞋印，这比眼睛酸下半身涨痛更让他崩溃。

"坤儿，跑啊！"站在窗台边的强子哥拍了几下愣神的宋乾坤。

见他没反应，便把他直接抱了出去，一脸蒙圈的宋乾坤终于回了神，跟着强子哥顺着通气管道往下爬。李唯西咬紧腮帮子，来不及消化混乱的讯息，纵身追了出去。

这是她当警察以来第一次爬通气管，以往在警校最多是模拟训练，以至于抓力不够，爬到三楼的时候，没抓稳管道上的铁片，仰头掉了下去，宋乾坤适时抛出挎包，让她扯住包带一角，但她瘦归瘦，但密度大，把宋乾坤一起带了下去。宋乾坤用手腕护住她的头，两人摔在低矮的植物带里。

红宝石摔在台阶上，裂成碎片，被阳光折射出漫天的红色光晕。

李唯西忍着痛爬起来，费力咳嗽，她捡起一块碎片，是玻璃。

强子哥抓着真的红宝石刚跑出酒店五十米远，迎面等来了接他回家的甲乙。

"没想到竟然在这里遇见啊，"李唯西的情绪开始起波澜，语无伦次道，"神猪侠嘛，对啊，肯定是在帮警察的忙，以身试险啊。"

宋乾坤埋着头，难过得一言不发。

"刚刚那个人叫你……坤儿，那是你的名字吗？"李唯西声音发颤，"强子，他是上次来我家的小偷儿，他为什么可以这么亲切地叫你啊？"

宋乾坤也站起来，手臂锥心地疼，他知道自己骨折了。

李唯西解锁手机，打开直播对准宋乾坤。

她高高举着手机，揭穿他的所有话到了嘴边，却开不了口，眼泪旋即流了出来。

宋乾坤百口莫辩，又想逃。这段日子自欺欺人努力当一个英雄，但现在才知道，那不叫努力，就是使劲儿，最多跟早上爬起床一样。

认怂才该是他人生的永恒要义。

但在这之前，他声音沙哑，问了她一句话："你喜欢我吗？"

李唯西恶狠狠地盯着他，眼里全是泪。

"原来你也只是把我当英雄。"

这不明就里的话，让李唯西如鲠在喉，她放下手机，看着他逃之夭夭，心里支撑自己的正义感突然破碎了。

那天宋乾坤没有回家，在门诊简单挂上石膏，不顾医生劝阻疯狂灌啤酒，在四下无人的街拎着酒瓶晃荡，路遇一只不怀好意的流浪狗，他叫得比狗还大声。

那夜他跟乞丐坐在一起，他没有哭，却比任何一次经历都要心痛。看着这座小城从黑夜慢慢苏醒，感受地球转动，生命又老去一天，他决定换一个地方，糊涂走完接下来的人生。

第二天一早，他去面包店辞职，老板好巧不巧又闹肚子。门口的风铃响起，一脸寡淡的李唯西破天荒在这个时候光顾。

他打开厕所门，伴着臭气和老板的抱怨声整理仪容，重新回到收银台，李唯西问他："你的手怎么了？"

"嗷，揉面揉的。"

"鬼才信。"李唯西笑不出来。

"那个，今儿你的面包算我头上吧。"他尽量压低声音，"我不干了。"

"哦？这么巧。"

"你也……"宋乾坤睁大眼。

"你知道当警察的,每个错误是道坎儿,有些坎儿过不去,哎呀,说了你也不懂。"

宋乾坤把她送到门口。

李唯西问他:"还不知道你叫什么?"

"宋乾……"他顿了顿,"……捆。"

"怎么名字还带东北口音啊。"她竟然笑了,"我叫李唯西,这些天谢谢你的牛角包。"

宋乾坤老实巴交地点点头。

走开没几步,她突然折返回来:"你一会儿有事吗?"

李唯西邀请宋乾坤陪她轧马路。虽然她是交警,但其实对春城的道路并不熟悉,每天只存在于一小块安全区。

那天他们相处一整天,聊天的频次却很少,很多时候两人默契地保持沉默,只是看看手机。太阳落山前,他们站在春城湖边,比赛扔石子打水漂。

"我一直在想一个问题,"李唯西举起手里的石子,"人因为有鼻子,所以能闻到气味,有眼睛,所以能看到喜欢的人,那这个世界会不会还存在很多感觉不到的东西,只因为我们少了个器官。"

石子在水上跳跃好几次,打出无数个涟漪,超过了宋乾坤的最好成绩,她拍拍手,继续说:"比如说,人跟人的灵魂这种东西,如果我们有一个感知器官,是不是从一碰面能知道谁是适合你的谁不适合,谁是好人,谁是坏人。"

"你这很像我看过的日本电影。会思考这种问题的女主角,都有病。"宋乾坤指了指脑袋。

"你是在损我吗?"

"真的，一定程度上，我是个文艺青年，不然也不会在面包店工作了。"

"我看你现在一定还没女朋友。"她的转折很突兀。

宋乾坤不接她的话。

"要知道喜欢上一个人的时候，就是有病啊。"

"我觉得老天爷很聪明的，我们的身体已经很精密了，不需要专门弄一个器官，因为好不好，跟喜不喜欢没关系啊，喜欢是不能控制的。"见李唯西有点呆愣，他补充道，"哦，我在回答你前面的问题。"

其实是他暗自想了很久，看到她，一万次现实的暴击都抵不过一次还是想要爱的冲动。

晚高峰车流密集，他们在路口分别，这一次离开，宋乾坤并没做好告别的准备。好几名高三模样的学生从他们身边跑过，在车流的缝隙中打闹，把书撕成一片片抛在空中。李唯西上前抓住几位学生告诫他们，其中一个染着黄毛的学生叫嚣着："这位大姐你谁啊？"

李唯西意识到没穿警服，她换了个语气："大姐是为你们不值啊，现在把书都撕完了，等下个月高考完撕什么？"

说得好有道理竟无法反驳，几个学生乖乖被降伏。

宋乾坤远远地跟李唯西道了再见，他双手插兜，转身朝十字路右边走去。

刚迈出步子，他突然意识到什么。

在那几个学生里，有一个人的侧脸特别熟悉，他终于想起来是谁了——老K。

再回头，李唯西已经被抓上了车。

手机收到老K的信息，是一个地址定位，他不敢报警，一路小跑回家，从墙上取下猪脸面具，像是仪式般戴上，自己的女人要靠自己拯救。

手机信号不好，定位失灵，急性子的老K等不及打来电话，劈头盖脸地一顿骂："我都要等睡过去了，你他妈是不是男人啊！"

宋乾坤委屈道："你这定位是个茅厕啊哥！"

无奈之下，老K直接派了个大汉把宋乾坤敲晕，人肉扛去了目的地。

醒来后他躺在一个烟草味刺鼻的仓库里，四周全是红色集装箱。

他手脚被绑着，脖子上挂着一个称重的大篮子，上面放了几块废铁。他克制着恐惧环视一周，看见对面挂在空中的李唯西。

那个大汉来到李唯西身边，二话不说添了两块铁片到她的篮子里。这头的宋乾坤脚底失重，被身后的绳子拎了起来，挂着盘子的麻绳一时间陷进后脖颈里，立刻把他疼出了眼泪。

两人就像一个巨型天平，一上一下被大汉玩弄于废铁之间。

宋乾坤不停呼喊着李唯西的名字，让她也让自己保持清醒。

老K鼓着掌登场，一边做作地抹着眼泪，一边向下撅屁股，准点落在大汉送来的椅子上。

"百叶窗，神猪侠，损失的货我不跟你计较了，今天，我们再玩一个选择题怎么样。"老K摩拳擦掌道。

大汉丢了块铁片到宋乾坤的篮子里，他随之下落，脚尖终于够着地面，而李唯西则忍着脖颈的痛吊到空中。

"你要让我做什么都可以，放了她！"看着李唯西一脸痛苦，宋乾坤歇斯底里道。

"你看我很欠虐吗，在这秀恩爱！"老K陡然大声地站起来，而后清清嗓子又温柔坐下，"我要玩点更有意思的。"

他在手机通讯录上打出110，招呼大汉在李唯西脚下放上一台摄像机。

"这边儿，我可以放那个女人走，但你要跟警察叔叔说真话，你不是什么神猪侠，不过是个人人喊打的小偷，不仅手贱，还倒卖宝石。抬不起头是小，这辈子就要在牢里过咯。另一个选择，就是我把你身上的铁全部拿掉，知道后果吧，你会从那边的地上听到'砰'一声，你可以继续做你的英雄，但我会把带子送给你，让你想她的时候就看一遍，看她怎么摔死的。左边还是右边，选吧。"

话音未落，宋乾坤果决地喊："右边。"

老K下巴都快掉到地上。

"啊，是我的右边还是你的右边，你能不能说清楚啊？"宋乾坤急忙补充。

"你的……我的！你他妈是不是白痴啊！"

"不用说了，你打电话吧，这对我来说就是个屁，我压根不想做别人的英雄，只做她一个人的男朋友。你快把她放了！"宋乾坤一声冷笑，小朋友玩游戏事先也不查查清楚，他这三十年来就没抬起头过，生活跟牢里也没什么两样。

简而言之，选错人了。

一旁的大汉认真地看宋乾坤拨通电话，突然一撮麻绳掉到脑袋上，他抬起头。

　　李唯西使出洪荒之力用力卷腹，膝盖把篮子高高顶起，里面的铁片全部掉了出来，正中大汉面门。她又迅速往上升了两米，一个高抬腿夹住房梁，直接翻到了房梁顶上，用豁口割开手上的麻绳，选了块离自己最近的集装箱跳了下去，连带着几个翻滚安稳落地。

　　而这一边的宋乾坤也没闲着，他用力跟老K的脑门相撞，把他远远撞在地上，见身后的绳子掉下来，他弯腰甩开脖子上的篮子，一蹦一跳地逃开。

　　他跟李唯西终于会合，两人抱在一起，与整个世界划清界限。

　　李唯西刚解完宋乾坤腿上的绳子，他就重重摔在地上，被绳子另一头的老K扯了过去。

　　李唯西朝地上吐了口唾沫，咬咬牙，两腿站定一个马步扎稳，使出在警校拔河女王的魄力，轻巧地把绳子一拉。

　　老K在空中完成了个抛物线，脸朝地完美降落。

　　李唯西不紧不慢地继续解绳子，身后鼻青脸肿的老K颤悠悠地站起来，宋乾坤瞳仁鼻孔和嘴巴同时放大，脸上褶子都挤出来两层，原来他看见老K掏出了一把手枪，对着李唯西的后背开了火。

　　宋乾坤动作敏捷地华丽转身，像植物大战僵尸里的坚果墙般挡在了李唯西身后。

　　他以为自己要死了。

　　睁开眼，老K打偏了。

　　老K恼羞成怒，又连开三枪，还是没射中，最后一枪还被强大的后坐力震麻了手筋。

　　李唯西见机立刻朝他扑了上去，两人扭做一团，枪掉在地上，滑到宋乾坤脚边。

阴风拂过，一股迷之真气游走全身，他把歪了的猪脸面具扶正，掸掸身上的灰，扭了扭酸疼的脖子。

拯救春城的神猪侠，come back。

他学警匪片里警察握枪的动作，对准眼前的猎物，虽然有两只纠缠在一起，但此刻他眼里如有精算机器，自动过滤了要保护的人，他拉开枪栓，瞄准对手。

毫不犹豫地扣动扳机。

子弹从枪膛射出，笔直飞向目标，不过是老K脚下的废铁片儿，子弹被反弹到旁边的铁柱上，又正中大汉骑来的重型机车，拐了弯，最后往回弹，直接穿破了宋乾坤自己的心脏。

李唯西尖叫一声，用手肘敲昏了老K。

她上前抱住倒下的宋乾坤，泪如雨下。

宋乾坤气若游丝，握着李唯西的手问："我是不是，第一个挂掉的超级英雄啊。"

"你不会死的！"

"上次有个问题你没回答我……你是不是喜欢我？"

两行泪滚落，李唯西用力点点头。

"好巧，我也是。"宋乾坤开心地笑起来，嘴里涌上一口血，不忘调侃道，"喷血怎么跟呕吐一样啊。"

笑完后，他的眼皮开始不受控地慢慢耷拉。

"求求你，别死。"李唯西哭着挽留。

"你这家伙。"说着把她揽入怀里。

之后他再没有动静，李唯西就这么躺在他怀里放声痛哭。

听着不再跳动的心脏，她捂着嘴，尝着腥咸的泪，取下他的面具。

红灯熄灭，绿灯亮起。

在刚刚等红灯的60秒里，我视线一直停在对面正在执勤的女交警身上，虽然她的头发不长，也没有什么精致的妆，但看她身材挺拔，气质非凡，看到她的时候，我脑海里好像就已经跟她度过了一生。

站在她旁边的那几个行人里，只有一个比我帅，为免除后患，所以我当他是女交警的同事，叫甲乙，甲乙丙丁的甲乙。站在我旁边这个贼眉鼠眼的小胡子就是强子哥，虽然我并不知道他是谁，但好歹"扬眉吐气"当了回贼。

我给那个交警起了个很好听的名字，李唯西，念起来的时候像在微笑。

刚刚想过的故事不够好，身为英雄的我不能死，应该被来自宇宙星河的高等生命救赎，活过来再续前缘。

我是真的爱上她了，我现在慢慢走向对面，离她越来越近，我看到她在用眼光上下打量我，我确认，她，在看着我笑。

《蓝莓之夜》里说："其实要过那条马路并不难，就看谁在对面等你。"

我好像等到了，我决定两人擦肩而过的时候，跟她打一个温柔的招呼。

绿灯开始闪烁，行人加快步伐，互相擦肩而过，这条斑马线上，有穿着校服的小鲜肉，模样清秀，像个姑娘，有拎着皮箱穿着白西装的大叔，有老太小孩，小孩的手上，拎着一个猪脸的面具，对面的广告路牌上，是新上映的续集英雄片。

他们成全了奇幻故事，却仍是生活里最平凡的那一个。

有人说，遇到一个对的人好难啊。感觉过去太放肆，爱我的没有珍惜，我爱的送了我一身伤痕累累。但越往后来走，越发现过去发生的种种，不过是肩上的一枚勋章，有些疼痛已经被记忆篡改，需要时提取成一张褪色的照片充当谈资，全无痛觉。

要知道，遗忘是大脑最温柔的自我保护。

后来循此一生，遇到一个对的人，确实好难。但遇见，特别容易，可能就在某个路口。

放下那些被伤害的后遗症吧，爱情始终不是精挑细选的商品，求不得好，也问不明合适与否，爱就是两个灵魂，住到对方的身体里，弥补了之前的所有伤口，开始第二段人生。

而两个有趣的灵魂相遇，上帝会为他们创造故事。☺

逆时人生

俱乐部

青春期那会儿，
我们爱得豪烈士。
长大点儿感情都铆足了劲儿，
眼里世界是被修饰过的。

疼痛是一丁点儿磕碰的夸张，
遗憾是我们分手了的排比，
爱是有点喜欢你的比喻。
正巧这些都是我们曾经动情过的证明。

　　我确定看到了天堂。

　　光很刺眼，随后是一片开阔的白。我从未感觉到这样的安宁，器官衰竭伴随的绞痛，也在此时消失了。四周很安静，却没有隔离感，我感觉自己轻飘飘的，听不见心跳，没有了笨重的身体，但好像又变得巨大无比，似乎向前伸个懒腰，就能拥抱一整片晴朗。

　　旋即又有那么一刻，我突然变得沉重，天堂的景观不复存在，只能看见穿着白衣焦急的医生。

　　我真的不喜欢身上插那么多管子，我又不是个行为艺术品。

　　直到听见旁边的呼吸机发出一串凄厉的哀鸣，我笑了。我知道，终于又可以看见天堂了。

　　我沉沉睡去，结束了八十二年的生命。

　　在睁眼之前，梦境飞快进行到尾声，前面的过程忘记了，只记得我在初中的教室醒来，书页上留着一摊口水，地理老师在讲地球自转的运动。我瞬间崩溃了，因为我意识到自己在做梦，这也意味着我还没死。我努力睁开眼，想看看是哪个该死的医生把我又救了回来，结果只看见一个年轻护士插了束嫩黄色的花在我的床头柜上。她见我醒了，吓得手一颤，花瓶碎在了地上。

我的倔脾气在医院是出了名的，主要真是觉得这身老骨头经不起他们折腾，所以很不配合。连医生都怕我，更别提年轻的小护士了。

从那个小护士收拾好玻璃瓶，起身念叨着"碎碎平安"，到今天一整天的巡查记录，我都觉得格外漫长，且带着异样，直到晚上小护士又把一个新的花瓶搁在我床头，我盯着花瓶上绿色的螺纹看了许久，才终于用落了灰的脑子理清了异样的原因。

今天发生的所有事，在前几天发生过。一模一样的人事物，那束嫩黄色的花，碎掉的花瓶，阳光落在床脚的区间，医生说过的话，以及螺纹花瓶。我安慰自己，这可能这是去天堂的必经过程，回光返照的幻觉。

再次睁眼的时候，我看见戴着眼镜的医生，他摸了摸我的额头，劝诫我："老头儿，你下次要是再自己把呼吸机关了，我就把你换到别的病房去，让那些男护士守着你。"

我终于确定这不是幻觉，因为这是上个月发生的事，我周身腾起一阵热流，绝不是尿床，而是脑筋突然明朗了。我有个大胆的想象，只需要静待时间来验证。

果不其然，第二天，第三天……每天睁眼的时候，我会倒流回过去，这个奇遇没有特定的规律，短的大概回到三五天前，最长的也就一个月。

我的身体竟然越来越好，记忆里那层沾满水雾的玻璃好像也被某只手掌渐渐抹开了。某天半夜醒来，我觉得口渴，下意识地起身找水喝，等我听到饮水机上水桶发出哐当的声响时，我才反应过来，我不在医院。

我回到了养老院。

我们那个养老院在我看来就是一个高科技监狱，混搭亲切的老上海建筑风格，目的就是为了骗不懂事的老人。洋玩意儿就是洋玩意儿，弄得再智能也不是小时候憧憬的家。

我的房间在中央花园的北面二层，空置的101号房旁边，木质结构的大开间里一应俱全，但都冷冰冰的，没一点儿人味。餐桌旁的墙上挂着一个养老院标配的资料夹，其中有一页，是我的个人介绍。

方衡，男，60岁时入住怦然疗养院，伴有癌症与多年的气管囊肿。

虽然时间在倒流，但仍然免不了要在这监狱里再度过二十年人生，好在时间跨度慢慢变大，就在昨天一早，我发现自己竟然直接回到了五年前。为了不让自己重蹈孤独的覆辙，我努力笨拙地造反，反正这日子不需要昨天的我来交代。

我遥控着轮椅大闹养老院，把钉子塞进了好几个端茶倒水的机器人脖子里，让它们闯了一路的祸，还用内裤遮住监控，从纯露机器上偷走了几束无刺玫瑰，学着电影《阿凡达6》的台词，跟我的年轻护工表白，I always see you。院长把我关到不允许外出的阁楼里，被几个膀大腰圆的家用机器人看管。我满足地吃饱饭，一身轻松地躺在床上，迎接第二天的时光逆行。

我果然又安稳地从自己的睡床上醒来，之前发生的一切都不复存在。

我发现双腿能走了，激动得来不及洗漱，来到走廊上瞎晃悠。一转身，看见隔壁101号房间的门打开，从里面出来一个烫着卷发，穿着碎花裙的老太婆。

准确来说，她是别人眼里的老太婆，却是我一个人的老婆。

我忍不住上前抱紧她，还不争气地湿了眼眶。终于再见到她，有种失而复得的惊喜交集。我主动提出想吃她做的便当，她有些意外地看着我，念叨着我不是很讨厌吃她做的菜么。我俩坐在阳台上，迎着落日吃得很开心。她好像被我感动了，努努嘴道，你今天好像跟以往不太一样。

她不知道，在我看来，我们已经快二十年没见。当初我们搬进养老院之后的一个月，她从楼梯上摔下来磕到脑袋，人就这么没了。

我对阿兔始终有愧疚的，嗯，结婚之后我一直这么叫她。我承认我不是个好男人，这一生没给过她什么，理所当然地接受她的付出，就仗着她爱我。我从一个固执的中年人变成一个固执的糟老头儿，遇上一点儿不顺心，就喜欢拿她当靶子，哪哪儿都看不顺眼，以至于进了养老院，也要分开两间房，但我心里清楚，我依赖她，根本离不开她。

我牵起阿兔的手，轻轻在她耳边告诉她："下个月初，不要走楼梯。"

阿兔显然被我今天的态度转变扎了心，突然抽泣起来，问我："我是在做梦吗？"

我回答："没有，是我在做梦。"

我已经很久没做过梦了。

每个夜晚就像是被按下了快退按钮，伴随着刺眼的黎明，回到过去熟悉又平凡的一天。

好在接下来几天倒流的幅度不大，有足够的时间跟阿兔再相处。我可是到过天堂的人，哪还有那么多脾气，况且终于又见到阿兔，怎么看她怎么顺眼。见她之前，我会认真洗漱，把头上掉得差不多的呆毛梳得整齐利落，学那些年轻人谈恋爱，带她把这监狱当成绝佳旅游胜地来逛，我还邀请她住进我的房间。每一天跟一个过去的她重逢，再看见她因为我的转变意外一次，如此循环，这真是老天爷给我开的非常可爱的玩笑。

直到有天电梯坏了，经过楼梯间时，远远看见阿兔在台阶上跳舞，那时我才反应过来，她或许不是无聊去爬楼梯的，而是偷偷在这里跳舞。

依稀记得，跳舞好像是她唯一的爱好。

我站在楼梯间，看着脚下十三阶的楼梯，心想只要摔不死，残了半边，明天醒来又是一条好汉。我咬咬牙，合上眼，像个烈士一样洒脱地把身子往前一探。

摔得已经全无痛觉的我躺在急救中心，唯一还能听见电视里传来的新闻播报，说怦然疗养院下午发生事故，院长决定封闭全院的扶手楼梯，听罢，我放心地闭上了眼睛。

我想，未来的阿兔，应该不会从那里摔下去了吧。

时间一天天逆行，我像是站在人行横道上，看着所有人迎面走向我，又匆匆从我身边穿过，而只有我在往对面空无一人的目的地踽踽独行。

后来是阿兔把我叫醒的，我睁开惺忪的睡眼，动了动身子，前所未有地充满活力，我一阵窃喜地坐起身，发现此刻正在自己家里，终于离开养老院，我这个老不死的现在就想开香槟庆祝。

看着家里陌生又熟悉的一切，一时还有些不适应，看着自己组装的储物柜，从旧货市场淘回来的木制弥勒佛，我突然灵机一动，赶紧去茶几下面掏出零食盒，开盖之后，心满意足，里面是我最喜欢吃的饼干，要知道，五年之后它就停产了。

阿兔正在收拾行李，我大口咬着饼干问她这是要去哪里。她低声说，别闹了，知道你不想去，但我们也该认命了。我讶异，去哪儿？阿兔没有理我，去客厅把一张广告单递给我，上面写着怦然疗养院。我条件反射地向后一躲，差点撞到衣柜上。阿兔害怕我又发脾气，停下了手上的动作，悻悻道，那你自己跟儿子说。

突然反应过来，我还有个跟我老死不相往来的儿子。

他拒绝跟我沟通，人在美国我又逮不到他，坐飞机十几个小时才能到，越过时差线，我哪怕打个盹儿，醒来又会回到家里。

我像个脑残粉一样在微博上搜他的名字，看到有人发他的航班信息，知道他回国工作，才在机场堵到了他，还跟接机的小妹妹借了块很大的横幅，躺在上面让他注意到我。

方有全，哦不，现在他叫方一寻，就是电视上热播的那个皇太子的扮演者。他是我儿子，也是别人眼里的型男明星，说实话我到现在还耿耿于怀，起艺名也要看性格啊，我儿子什么时候那么娘炮了。

他终于给了我半个小时时间，在机场附近的一家高档酒店里坐下来聊聊天，我也不想跟他叙旧，这么多年有一个形同虚设的儿子早也习惯了，我大半辈子没见过他，还有什么旧可叙，当初那些矛盾隔阂早已生了锈，拉长成茫茫时光中的一声叹息。

我开门见山地说："你妈其实不想去养老院的，她是在逼自己懂事，你就那么坦荡啊，送我们去了养老院，你安心了是不？你不喜欢我可以，别因为我的窝囊连累到你妈。我知道你肯定觉得我照顾不了她，说实话，就我这样，我也不放心，有本事，你就把她接到你身边去，没本事，你就送她到那破监狱去。"

其实有全从小特乖，品学兼优，我这个暴脾气老爸反倒是没什么存在感，直到高三那年，他说想学表演，我愣是把憋了十几年威严的父爱发挥到极致，不仅打消了他这个念头，还让他严格按照我设定的人生道路前行，进入名牌大学，毕业后再去一家大公司上班。那一年其实大学生就业早已不是难事，各行各业选择颇丰，但我傻啊，外面的世界再开放，总有闭塞的青蛙，生在同一口井里。谁知他28岁那年，突然辞掉了年薪五十万的高管工作，跑去横店当了大龄"横漂"。

那时的我，一怒之下说要跟他断绝父子关系，而后的几十年，我们在争吵里度过，他说要做自己，我说你被动地来到这个世界，就没有自己可言。

但会说那些话的，也是那时的我。

那天去机场接机，问那个小妹妹借横幅。她问我，你也喜欢方一寻啊。我羞赧地点点头，小妹妹笑着说，大爷您真是好眼光，他太值得我们爱了，这也是一寻的福气，有您这么大岁数的粉丝。

那段话听得我像灌了蜜。回来之后，我真的看完了他的每一部戏，忽然好像有点理解他了，甚至觉得，我儿子长得帅，演戏那小眼神儿也到位，好像蹲在格子间里西装挺括地伏案开会实在是失败的人生配置。方有全这个名字，应该去干体力活，一寻，才是文艺巨匠。

从那一天起，我开始期待，时间回到有全在我们身边的那段日子。

在我52岁那天醒来的时候，我成功地又有了自己退休前的最后一份工作——坐便器体验师。

这个时代的电子公司除了智能手机手环手表二轮三轮四轮车，魔爪还伸向了卫浴设备，其中智能马桶一直是飘红在销售榜前线的产品。我的工作就是每天蹲不同的马桶，记录马桶圈的温感，水流的冲力，还有配套影音设备的性能数据。

这段时间阿兔总在我面前鬼鬼祟祟的，一大早6点出门说是买菜，8点才回来做饭。以前我没在意，这次回来，刻意留了点心思。在她早晨出门后，我戴上口罩和帽子跟了出去。

原来她是去跳广场舞了。作为北广场的领队，阿兔意气风发地拎着音箱整队集合，然后吭哧吭哧在队首花样百出地摇摆身姿，一二三四的节拍喊得地动山摇的，跟家里那温顺小媳妇儿完全判若两人。

说完了北广场，还有一队跟他们势不两立的南广场，南广场舞后跟阿兔是死对头，从队员到队服颜色什么都要比，两队人马的名字也一天一个变，一队叫铃铛雨一队就叫黄金雷，一队叫花鸳鸯一队就改叫大棒棒，一物降一物。

时间又拨回几天之前，他们结下梁子是因为市里的广场舞比赛，南北广场队都去了，南广场舞后的家里是专业做灯光的，一个个身上绑着彩灯，五颜六色的效果一流，跳得好不好已经不重要了，那次阿兔她们输，就输在了太实在上。

比赛当天我从厂里偷了一批马桶出来，白花花地绕着广场中心摆了一圈，外接上电源，随着阿兔队伍的舞步开关盖，还自带立体环绕BGM。

果然北广场队狠抓了把观众眼球，马桶广场舞上了头条，媒体记者采访阿兔的时候，她紧张得嘴皮子都哆嗦。

一天的喧嚣过后，只剩我俩留在广场上，身后是挤成一团的马桶和电量还没耗尽的团团彩灯。我们背对背坐在一个马桶上，她问我，这些东西回去怎么交代，我笑笑说："反正我也不想干了。"

我突然有个大胆的冲动，想邀请她跳舞。随之不听使唤地伸出一只手，她不解风情地重重打在我手上。我捂着手心惊呼你干什么，她委屈地眨眨眼，不是要玩"看谁躲得快"的游戏吗。

我承认，在我们都年轻的时候，玩得最多的就是这个游戏，因为她是断掌，打人很疼，但我躲得快，所以棋逢对手，互相较量乐此不疲。但此刻，我气得站起来，直接把她扯到跟前，像个孩子般厉声道，我是要跟你跳舞！

马桶适时放了首钢琴曲，我抱着她旋转，碍于我手脚不协调，连累我们踩了彼此好多次，但看她荡漾的笑脸一刻没消失过，我也心满意足了。

她的脸上留着淡淡妆容，坚定的光重新回到眼睛里，皱纹已然少了许多，我忽然意识到，自己也从死过一次的秃顶老人，来到了中年。

她把额头贴在我肩上，轻声说："你今天跟以往很不一样。"

"听你说过很多次了，"我说。

"啊？什么时候？"

"未来。"

某天我在一片黑暗中醒来，发现自己正套在一个巨大的鸭子玩偶里，刚刚休息了片刻，接下来要继续在这家主题乐园里当吉祥物。这是我做过最长的工作，扮演一只勇敢无畏的卡通鸭子，让前来游乐的痴男怨女们相信童话。我在闷热的绒布罩子里摆动身体，做出各种可爱的pose，跟排队的游客们一一击掌，谨记着园区HR给我的叮嘱，不许说话，在客人面前不能摘头套，以及催眠自己——我就是只鸭子。

回到家后，有全回来了，我止不住兴奋地给他夹菜，他却夹还给阿兔，不跟我说一句话。我理解他，也理解自己，当初会那么惹人厌，是因为白天闷在黑暗里不能讲话，只能让情绪变成最简单粗暴的出口，用在自己最亲的人身上。

我没有一个体面的职业，所以希望儿子能为我完成。说到底，我还是个自私的爸爸。

饭后，我坐在有全身边，见他正在写案子，有些话难以启齿，便等他上厕所的空当，在他正在写的Word文档上，匆忙打下一行字，我说："帅哥，好好收拾收拾自己。"

这真的是心里话，主要是这次看他如此不修边幅，跟之前我看到的那个大明星相去甚远，我儿子必须要帅在起跑线上，未来他可是名震四方的皇太子。

我趴在厕所门口观察有全，他竟然完全没反应，屁股刚挨着沙发就啪啪地敲起字来，忽然他抬眼看了我一眼，我赶紧躲进厕所里。

像是完成了件人生大事，心口被暖意填满，我淡定地看着镜子里的自己，终于等来了久违的四十岁。

年轻的我精力越来越好，我又可以喝啤酒，大块吃我最爱的饼干，穿着鸭子服在乐园里跑跳也就是多喘几下，陪阿兔看电影追剧到了半夜也不觉得困。

回过头再看我们这段生活，虽然仍觉得自己不够好，但还算跟幸福沾了边。

唯一遗憾的是，我固执了一生，而阿兔围着儿子和我绕了一生，这好像是大多数平凡家庭的常态，有了孩子以后，做父母的就失去了自己。

三年前，我搬了一次家。

回到两室一厅的老房子里，我找到了中学的同学录，翻到贴着阿兔照片的那页，她在中间小小的留言栏上密密麻麻写了几行字，她说："我有两个愿望，一个是嫁给自己喜欢的人，一个是成为非常厉害的舞蹈家。"

视线往上，是她的星座血型，最后停在名字上，郑如夏。

就在她后面那页，贴着一张清秀的女孩照片，名叫林焕焕，我想到了一些事，于是把照片揭下来，在它的背后，是我用红字写的昵称——阿兔。

　　我的老婆其实不是我喜欢的人。

　　阿兔这个名字是我跟林焕焕的秘密，她是典型的南方姑娘，五官精致，眉眼间带着灵气，喜欢用粉色头绳绑两束辫子，很像兔子耳朵。那时我们都喜欢动漫，恋爱谈得很二次元，我们会一人绑着一只气球，坐在电影院最后一排，会在学校里玩寻宝游戏，到处藏满线索卡，就为了找到对方送的圣诞礼物。

　　我俩写过的交换日记上，贴满了《犬夜叉》和《钢之炼金术师》的卡通胶。她给我的日记，习惯以"dear，大狗"开头，我就用"阿兔，晚安"结尾。

　　在我俩这段早恋之间，还夹着一个高我一级的学姐郑如夏。她从小学舞，腿特别长，常年留着短发，老被我们笑说是男人婆，但我知道她喜欢我，只是她不说。

　　后来我们班上又有个男生喜欢焕焕，我这脾气不怕情敌，就怕焕焕这种公主性格，她似乎很享受这种被很多男生追的状态。终于在一次黑人外教课上，那个小男生在台上说，I want to marry Lin Huanhuan。我当时真的捏紧拳头了，回头看焕焕的反应，只要她给我个眼神，我下一秒就可以冲上去揍他。

　　可她没有，而是捂着通红的脸蛋羞羞地笑。

　　是有多好笑啊，大小姐。

　　一气之下，我跟焕焕分手了。又因为不甘心，在散伙饭上喝了很多酒，最后趴在厕所里吐。郑如夏冲到男厕所里，安抚我的后背。

见她担心我的样子，我莫名生气，大声告诉她，你就死了这条心吧，我是不会喜欢你的。

我最后还是跟她结婚了，因为她对我好，年轻的我，就是太自私，我叫她阿兔，她以为那是属于我们的昵称，殊不知是纪念那段遗憾。

我本来应该娶林焕焕的。

青春期那会儿，我们爱得像烈士，屁大点儿感情都铆足了劲儿，眼里的世界是被修饰过的，疼痛是一丁点儿磕碰的夸张，遗憾是我们分手了的排比，爱是有点喜欢你的比喻。正巧这些都是我们曾经幼稚过的证明。

今天一大早醒来，我看见在厨房里忙着做饭的如夏，觉得甚是亏欠，我从身后抱住她，跟我结婚后，她早已留起长发，从棱角分明的个性少女磨平成了普通的家庭妇人。她被我的举动弄得有些发怵，我闻着她头发的清香，跟她说了声对不起。她半晌不说话，背对着我捣鼓着锅里的煎蛋，喃喃道："一大早的，你要说什么，有些错不用让我知道。"

我开玩笑地说："林焕焕回来找我了。"

她腾地转身，惊呼："真的假的？"

我给了她一个不置可否的笑。

"不好笑。"她转身继续做饭。

"你说如果当初你考上了舞蹈学院，我们还能成吗？"我又问她。

她想了很久，只留下两个字："难说。"

随着深层的记忆越发繁盛，逆流的时间幅度也随之增大，这几天醒来经常就直接跨到了好几年前。

有天我在一张新的床上醒来，四周是上了年纪的装修和家具，心弦突然一紧，来到客厅，看到我爸爸正在摇椅上看报，我抱住他哭了整整一天。

我爸妈是搞户外运动的，在我很小的时候，妈妈死在了雪山上，我爸后来郁郁寡欢，也是在这张摇椅上走的。当初的我，不太理解他们，总觉得他们铤而走险选了最不合常理的路，即便我爸得了抑郁症，也随他去了，因为是他们自找的。

带着八十多岁的人生智慧再回来看，发现了很多细节，原来爸爸每天坐在椅子上会给妈妈的微信发语音，聊聊近况。他还有写日记的习惯，日记里说他是跟妈妈在营地里认识的，没有这一路的跋涉，彼此也就不会相遇。

我从小就是个特别丢三落四的人，唯一学过几年画画，那些画过的作品也被我丢得差不多了。拉开爸爸家里的抽屉，发现那些画竟完好地躺在里面，爸爸还用利落的字写了时间档案。

临摹漫画，画于小衡7岁，老师说他有美术天赋。

静物，蔬菜，画于小衡9岁，考段位的佳作。

人像，爸爸妈妈，画于小衡10岁，把我画丑了，但我也爱你……

有时候，只有自己当了爸爸，才能明白有些重要的感情，很难用言语来表达。每个家庭有不同的命，或破碎或向阳生长，但出发点一定都是相同的。

有全高考结束那天，如夏给我打电话，说他离家出走了。

我在乐园的休息室里心急如焚，脱鸭子服的时候太着急，结果被铁丝卡住脱不下来，到了园区内又不能取头套，我索性直接穿着鸭子服逃走，怎料欢乐巡游准点开始，我被工作人员带到队伍里，这个时段园内所有的卡通演员们都会集合表演。队伍来到大门的主路上，我找准时机冲进人堆里，游客们迅速拿出手机围观拍照，刚好隔开了追捕我的工作人员。我一路推倒冰淇淋车，抢过小贩的气球边跑边送，更多的人朝我涌来，连跑带跳的，最后顺利从乐园逃了出去。

我知道有全会去哪，果然在剧院门口看到他。

他高三那年每次跟我吵架，都会来这儿花光生活费看一场话剧，以至于在如此饱和的饮食条件下还瘦了十多斤，为此我跟踪过他，直接把他从话剧座位上撵回了家。

我无所不用其极地让他讨厌我，现在想来真是后悔之至。

其实有件事我一直没说，有全小时候最喜欢的卡通就是这只鸭子，所以我去做这个人偶演员的工作，也是受他影响，但跟乐园签了保密合约，其中非常重要的一条是，不能让别人知道我是鸭子的扮演者。连他到乐园里玩，小的时候抱着我啃，大一点排队跟我拍照要签名，我也绝对配合奉上奥斯卡级别的表演，要是被他知道啃了这么多年，每次排上半个钟头的队就为了要一张签名的鸭子是他爸，这太毁童年了，所以我从没告诉过他真相。

此刻我忘记自己正穿着鸭子服，当有全大老远看到我，向我跑来时，我本能的反应是躲。

我当然跑不过他，他把我压在身下，差一点头套就分家了。

我俩坐在剧院对面的长椅上，保持着安全距离，我不能说话，就听他讲。他真的像个孩子般问我，你迷路了吗？他跟我讲了很多心事，想学表演当明星，他说他真的受够了每天被卷子压得喘不过气的日子，他还偷偷跟我讲学校里暗恋的女生，最后他说到了我，用词太暴力我不忍心再复述一遍，总之，我就是难沟通，是他成功路上的绊脚石，自以为是的直男癌，超级低气压制造者。

他最大的梦想不是演戏，而是远离我。

我做了一个勇敢的决定——把鸭子的头套摘了下来。

因为听到"远离"两个刺眼的字，我反应到，根据现在逆流的规律，很有可能下次睁眼的时候，有全就不在了，所以有很多话，我必须要及时跟他说。

他显然是吓到了，瞪着眼睛张着嘴半天没吐出一个字。

"我不是迷路了，我从乐园里逃出来了。抱歉一直没告诉你，因为我知道你喜欢它，但你讨厌我，所以我那个时候就想默默做点事，好离你近一点。"我抹着头上的汗，大口呼吸着空气，憋了一天终于可以做回人类了。

这下换他不说话了。

"行，你就听着。我知道我不是个好父亲，更不是个好老公，我让我儿子讨厌我，让我老婆变成了家里的保姆，要论失败的男人，这世界应该找不出第二个。所以你做得很对，别听我的，去当大明星多好啊，演演皇太子什么的，你绝对可以，我特别看好你。但接下来的话，你必须要听我的，我这辈子浑浑噩噩，不在乎对得起谁对不起谁，但我唯一对不起的人，就是你妈。你妈为我们付出太多了。我不懂事，但你比我成熟，记得好好照顾她，多给她一些自己的时间，像你一样，做自己喜欢的，成为想成为的人。儿子啊，刚刚听你说了那么多，总结起来，你跟我一样，还是没长大，有些事我可能到死都弄不明白，但也算了，不过我明白一点，就是你的生活里一定会出现一个人，愿意越过你看起来的样子，发现你的本质。"

良久，他终于开口了："爸，你是得绝症了吗？"

我叹气道："人最后都要死的，很多事回头再看，就没那么重要了。"

"满嘴生啊死的，你不会要出家了吧？"

"寺庙都选好了。"

他瞳孔放大。

愚昧这点，我儿子特别像我。

知道我在开玩笑，他眨巴下眼，放松身体，把后脑勺搁在椅背上。

"话说回来，你真觉得你爸有那么差吗？"

他想了半天，嘀咕道："你除了太会生之外就没有任何优点了吧……"

我想揍他。

"哦，当鸭子当得挺好的。"

"我怎么听这话有点像在骂我啊。"

我终于看到他在我面前笑了。

后来我们一起去看了场最晚的话剧，不得不说，艺术永远是我的弱项，大概看了有五十分钟吧，我就呼呼睡过去了。

接下来每天睁眼的日子，就是有全童年的回放，他就像是给家里投下的一颗炸弹，因为他的出现，我们的生活轨迹全部在一个中心点交汇。年轻的我父性的升起比较慢，常常帮倒忙，我爸又只是个圣诞老人，大部分时间在摇椅上伤春悲秋，想起了就大包小包带礼物给孙子。

要说带孩子，最辛苦的还是如夏。

以前不觉得，现在来看，发现如夏对儿子有点过分宠溺，中学住校的时候每周要去给他换洗衣服，小学长身体的时候一日四餐，餐餐要照着营养食谱来挑食材，上学车接车送，寸步离不开他。再小一点，她就抱着有全不撒手，生怕一点磕碰。

终于这天，有全在家里玩电动火车时闯了祸，推倒了酒架上一整排的工艺品，如夏第一次狠心对他动了手，把他关在门外，听着他哭喊砸门，自己也不争气地捂嘴哭了起来，最后母子俩抱在一起互相抢着说对不起，哭声此起彼伏的。

当初的我生无可恋地在旁边玩PS4。

这一次，我看不过去，硬是载着如夏去了远郊的坝上草原。

我跟如夏躺在草地上，阳光耀眼。

"你每次都把苹果削好给他，他可能以为苹果不会长皮儿呢，虾肉鱼肉不是本来就乖乖去了刺剥了壳趴在他的碗里的，咱儿子是当超级英雄的料，内裤只会穿里面，那不就没有超人了。你不要给自己太大压力了。"

"我就是想他在我们身边的时候，对他好点，今后大了要一个人很久。"

"这话说的，人家不会找老婆啊？"

"万一老婆对他不好呢？"

我把她揽在怀里:"就我这样都娶到了你,那我儿子那么优秀,得娶个仙女了。"

伴着初夏的风,我们一直躺到了落日,我好像从未跟她说过什么腻歪的话,也从不向往什么一生一世一双人的爱情,但此刻,突然很想婉约地表达一下感谢。

在太阳蜷缩进远处的山坳时,我埋头在她头发边耳语:"有些话我一直没对你说过,我不喜欢你,一点都不,但我觉得我爱你。"

这辈子,终于有勇气说了那肉麻的三个字,像骂脏话般的爽。

那夜过后,再见到有全,他正在如夏的肚子里。

刚好是如夏生产那天,当初她不允许我跟她进产房,这次我铁了心,跟医生商量好,偷偷躲在她看不见的地方,结果疼得汗流浃背的如夏听到脚步声就认出了我。她大喊着:"医生,帮我拿下粉扑,我要补个妆。"

是的,永远的狮子座少女郑如夏回来了。

我们会结婚,其实特别顺理成章。我们在同一家银行做了五年,我没跟她求过婚,婚礼也没办过,离职那天我们就去领了证,因为公司规定员工不得谈恋爱。我们应了那些电影里的经典台词——如果到了30岁男未婚女未嫁,那好朋友就在一起吧。

看上去好像挺将就的,但这么多年过去,确实谁也离不开谁。高考毕业后我们去了同一所学校,整天混迹在一起,最后在男女宿舍楼的拐角处分开。我们终日浪荡,浪荡到我大四大三大二大一分别交了四个女朋友,她交了一个男朋友,结果分手了还是处女。

网上说,成年男性一次射精能排出数千万甚至高达2亿左右的精子，那个时候我并不知道，有些上亿的合作最终还是得靠我来完成的。

时间一不留神打了个盹儿，我回到了自己的18岁。

我抱着更年轻的老爸亲了两口，然后迫不及待地去找郑如夏。老街和两旁的柳树瞬间把记忆从远方拉回，看着四周低矮的居民楼，走街串巷拿着糖葫芦的小孩儿，还有响着清脆铃声的人力三轮车，这个时代留存着太多人情味，可是再过几十年，这种文明就被掩埋在科技笼罩的钢筋水泥里，大家都生活得小心翼翼，一点疼痛，就会成为无法治愈的顽疾。

我跟着记忆很快就找到了如夏的家。

她爸妈说她去舞蹈学院艺考了，我算算日子，三天后她会回来，向所有人宣布没有考上，从此弃舞从文。离开她家，我坐上了开往市中心的公车，一路闲逛的同时顺便嘲笑着这个时代的审美，五步一个顶着厚刘海的男生，十步是BOBO头的少女，三不五时地拿着小梳子梳一下分叉的刘海。

经过一家麦当劳时，我看见坐在角落的郑如夏。

原来她不是没考上舞蹈学院，而是根本没去，在这里躲了三天。

她看见我就逃，两条大长腿迅速迈过桌椅，从店里蹿了出来。我在她身后追，追到我们都没力气，两人停在马路边喘气。

她捂着脸，哭得好伤心，说："我只是想跟你去一所学校。"

心中突然划过缱绻的旋律，这一路逆旅一直在等一个答案，就是人生到底是什么，现在我好像有点明白了，我的人生就是跟我并不喜欢的郑如夏结婚，然后生了一个跟我不和的儿子，身边有一对携手向生命尽头跋涉的父母，最后还要承认自己的普通与平凡。

在不同的日子里，重复做同样的事情，其实就是人生。

我一点儿不觉得失望，也不后悔，甚至觉得自己是幸运的。我忽然可以原谅所有，包括我自己，我一直在期待这一天的到来。

我竟然做梦了，记得上次做梦是在八十二岁闭眼的时候，这一次，梦的细节还是忘了，只记得睁眼前，我看见自己皱纹满脸地躺在病床上，身上插满了维持生命的管子，旁边的呼吸机从规律的叮叮声变成一声凄厉的哀鸣，床边的医生和护士像约好似的集体围上来。

梦里的我好轻松，四周发着光，我好像看到了天堂。

我不情愿地睁开眼，发现自己趴在初中的课堂上，地理老师在讲地球自转的运动，我懒洋洋地直起身，口水黏在书页上牵出了丝。

脑里一片混沌，像是刚刚经历一场冒险。突然感觉有人用指尖在后背上写字，我猛地转过身，看到林焕焕在朝我眨眼睛。

外面阳光尚好。

我直接跑出了教室，然后冲到郑如夏班上，不顾老师和同学诧异的眼光，把她从座位上牵出来，带着她往阳光里跑。

这一次，我要让她住进我的日常，保护她的天真，成为此生的不虚此行。

晚上回到家，我从书包里找出钥匙，打开锈迹斑斑的铁门，听到厨房里有动静，我以为是爸爸提前下了班。

来到厨房，我看到一个背影陌生得像是上个世纪见过的女人，正背对着我在水池里洗菜。

我眼前瞬间盈满了雾气，双唇微颤着，说不出一句话来。

她倏尔转过身，吓了一跳："哎哟，你要吓死老妈啊。"

眼泪堆积，视界一团模糊。

她转回身继续做菜，问道："怎么回来这么晚？"

我抹掉眼泪，嚅嚅地说："拯救世界去了。"

"得了，是不是去网吧玩游戏玩忘了，你最好给我老实点。"

"好啦，骗不了你。"我冲上去抱住了她。

这晚我失眠了，躺在床上辗转反侧，我有那么一刻迷茫了，有点分不清是老人梦年少，还是少年梦人老，抑或这就是天堂的一场大梦。人生如逆旅，而我是行人，此刻终于有了勇气，也有了片刻欢愉。

随着黎明破晓，我缓缓闭上了眼睛。

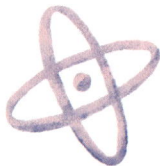

后记

00:00 🕐

其实每个人的一生，无论好与坏，都有规律可循，任何事都有因与果。

他不是一个生活自带弹幕的小孩，童年青春期的二三事也最多跟上课放学、打电脑游戏和无限量的吃吃睡睡有关，所以长大以后的他，每次听到别人童年圈地玩枪，学生时期逃课打架，还有特别不在乎结果地想爱爱，想恨恨，都由衷羡慕。

小时候的他，个儿不高，还胖，去店里买牛仔裤轮不到他挑，只能牛仔裤挑他。他朋友很少，所以习惯跟自己玩，用作业本写小说，在课桌上画铅笔画。

直到有个女孩走到他的世界里，打破他的安全区，成为他光荣早恋的另一半。那个时候，校服就是最自豪的情侣装，曾经难吃的食堂，校园门口的脏摊子，还有每逢下雨就积水的泥路，都因为跟那个女孩再次体验，成为日思夜想的存在。

那会儿，亲嘴拥抱是不合规范的，但创作力是无穷的，恋爱只维持了一年，但情书写满了两箱。

03:00 ☺

大学毕业后，他才意识到，在学校四年还是过得太谨慎了，原来大学就是社会的试炼场，应该在保持善良的前提下尽可能多张扬。而后他只身来到北京，住迈不开腿的小房子，赚靠码字混来的稿费。

北漂南漂全世界的漂此时都感同身受，故事大多略同，此处省略一千字。

他迷信于大城市的人际交往，在杯盏三国杀狼人杀游戏间赢得了很多"朋友"，谁知道后来微信发明出来，扫一扫就可以称兄道弟，白瞎了当初耗费那么多时间经营友情。

后来啊，人走茶凉，原来所谓的朋友真的可以在人生这条路随时上下车的。那个时候他22岁，明白原来人跟人的关系不是自己刻意去找，去费心经营，或是强迫自己变得很合群。所有为你鼓掌的人，是因为你好，而不是因为你很会讲笑话，很会聊天，或者很努力。

说到努力，努力不是使劲儿，不是早上起床用的那股劲儿，而是运动举铁到身体极限时，那一丝快昏厥过去的窒息感。

后来他体验到了。

06:00 ⓘ

他成为别人眼里的"小有成就"，做自己喜欢的事还能养活自己。他一直跟别人说，自己是个幸运的人，但很少提过程。

提过程的人都太矫情，就跟现在很多人，一不顺利就怪水逆，有时候还是要从自身找原因，比如长得难看等等。

几本书的成绩之后，他有想过还能写什么。

那些鸡汤已经悉数分享，脑海里可用的爱情素材也内存不足。

他想到自己小学在作业本上提笔的念头，是一篇科幻小说。于是决定，写故事，真正意义上的故事，每一个写作者最该有的能力——制造梦境。

他这本书的造梦过程可谓百感交集，有一篇把自己写哭了，自斟自饮了一瓶酒，有一篇因为从未尝试过这样格局的题材，把自己耗尽到生无可恋，写不下去，不想回信息，不想开电视，不想拼积木，不想跟朋友喝茶聊天，甚至打开外卖软件也兴趣缺缺。他甚至去网上查抑郁的症状，他是个人生信条里只有"我爽了"和"我不爽"的白羊座，此刻浑身却被焦躁塞满。

终于完稿的那刻起，他真的像重新活了一次。

他跟自己说，这十几万字，不论读过它的人喜欢或讨厌，他对自己的人生走到目前为止, 已经有了交代。

这是他这二十多年来, 平淡生活和幸运之神的眷顾里, 对情感和活着这两件事的全部感受。

09:00

他不是一个爱做计划的人, 人的大多数烦恼都来源于自我设计, 但他喜欢幻想, 比如幻想一下半百之后的人生会是什么样子。

那个时候他应该跟他爱的人坚定地共同迈入下一段人生, 他心里还是住着小孩, 朋友也不算多, 他应该也挺自恋的, 对生活必须高标准严要求, 当然他会终身带着写字的兴趣, 仍然不奢望自己的书能让人记一辈子, 只期待每一个当下的作品都能陪伴喜欢他的人一阵子, 而那一阵子, 很可能改变很多事的发展。

他应该还是很喜欢拼积木, 喜欢傻笑, 没心没肺的, 他会不会长高, 你问我? 我不知道。

00:00

人会老会死, 但他相信, 灵魂会在某个空间醒来, 与相爱的人重新认识。

小的时候想快点长大, 长大了又怀念一觉醒来的班级时光。世上的事皆是因果, 谢谢他坚持了这么多年, 也谢谢你一路开朗, 你才能翻开他的书, 他才能讲故事给你听, 成为彼此的陪伴。

闭上眼, 冥想幸福, 再睁开眼的时候, 我们就是新的自己了。

未来时间都与你有关

还好是你
认识我正喜欢

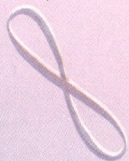

张皓宸

青年作家，写故事的人。
生活另一部分
交给插画与手写字。
见字如面。

已出版作品：
《你是最好的自己》
《谢谢自己够勇敢》
《我与世界只差一个你》

谢谢。您选择的是一本果麦图书

诚邀关注"果麦文化"微信公众号

后来时间都与你有关

产品经理｜慢　慢　　责任印制｜路军飞

后期制作｜顾逸飞　　出 品 人｜路金波

图书在版编目（CIP）数据

后来时间都与你有关 / 张皓宸著. -- 天津：天津
人民出版社, 2017.7
ISBN 978-7-201-12071-3

Ⅰ.①后… Ⅱ.①张… Ⅲ.①短篇小说－小说集－中
国－当代 Ⅳ.①I247.7

中国版本图书馆CIP数据核字(2017)第133304号

后来时间都与你有关
HOULAI SHIJIAN DOU YU NI YOUGUAN

出　　　版	天津人民出版社
出 版 人	黄　沛
地　　　址	天津市和平区西康路35号康岳大厦
邮 政 编 码	300051
邮 购 电 话	022-23332469
网　　　址	http://www.tjrmcbs.com
电 子 信 箱	tjrmcbs@126.com

责 任 编 辑	赵子源
产 品 经 理	慢　慢
书 籍 设 计	TOPIC DESIGN

制 版 印 刷	北京旭丰源印刷技术有限公司
经　　　销	新华书店
发　　　行	杭州果麦文化传媒有限公司
开　　　本	880×1230毫米　　1/32
印　　　张	10
字　　　数	210千字
版 次 印 次	2017年7月第1版　2017年7月第1次印刷
定　　　价	39.80元

A
MATTER
OF
LOVE

THE END